PHILIPPA L.
ANDERSSON

(non) STOP loving THE BOSS

Impressum

Originalausgabe Mai 2024

nonStop loving the Boss
Philippa L. Andersson

Umschlaggestaltung: Philippa L. Andersson unter Verwendung eines Fotos von © depositphotos.com/clearviewstock
Lektorat: Sarah Herzer, Forest Park, GA, USA
Korrektorat: Laura Gosemann, Berlin, Deutschland

Enthält sensible Themen:
philippalandersson.de/trigger

Philippa L. Andersson vertreten durch:
Sowade, Plantagenstraße 13, 13347 Berlin, Deutschland
www.philippalandersson.de

ISBN: 978-3-98942-659-7

Bestellung und Vertrieb: Nova MD GmbH, Vachendorf, Deutschland
Druck: Sowa Sp. z o.o., ul. Raszynska 13, 05-500 Piaseczno, Polen

PHILIPPA L.
ANDERSSON

(non) STOP *loving* THE BOSS

New York City Feelings 3

Über das Buch

Um ihrer Mutter aus finanziellen Schwierigkeiten zu helfen, muss sich Werbetexterin Skylar Jones undercover bei *All-in* einschleichen und die Agentur für ihren Arbeitgeber ausspionieren.
Doch schon am ersten Tag gerät ihre Mission ins Wanken, als sie auf ihren neuen Boss Jake Thomas trifft, denn beide verbinden eine gemeinsame Vergangenheit und jede Menge Gefühle ...
Jake will seine zweite Chance nutzen und Skylars Herz für sich gewinnen. Sie bemüht sich, professionell zu bleiben und Abstand zu halten. Aber was, wenn das nicht länger geht – und ihr Geheimnis herauskommt?

Über Philippa L. Andersson

Philippa L. Andersson lebt und arbeitet in Berlin. 2012 erschien ihre erste Kurzgeschichte. 2013 folgte ihr erster Roman. Viele ihrer Romane gibt es auch als Hörbuch. Wenn sie nicht schreibt, joggt sie durch ihren Kiez, entdeckt neue Restaurants oder lässt sich vom Leben inspirieren.

www.philippalandersson.de
philippa@philippalandersson.de

Content Note

Liebe Leserin, lieber Leser,
dieser Roman beinhaltet
potenziell triggernde Themen.
Welche und wie ausführlich, erfährst du auf der
Website philippalandersson.de/trigger.

Bitte beachte, dass die Auflistung für den gesamten Roman Spoiler enthalten kann.
Wenn du dir unsicher bist oder beim Lesen sehr sensibel reagierst, schau dir bitte unbedingt vorab die Liste an. Ich wünsche dir und allen anderen viel Spaß mit der Geschichte und eine wundervolle Lesezeit.

Philippa L. Andersson

KAPITEL 1

Skylar

»Ms. Jones, in mein Büro!«

Die Stimme meines Chefs Daniel Devilton verrät wie immer nichts. Ich wette, auch wenn er verkünden würde, im Lotto gewonnen zu haben, würde er wie die automatische Bandansage eines Anrufbeantworters klingen. Mein Herz beginnt trotzdem zu rasen.

Endlich! Hallo, Beförderung! Hallo, Licht am Ende des Tunnels. Hallo, Rettung für meine Mom. Seit zehn Monaten kämpfe ich um diese Beförderung, und mit jedem weiteren Tag steigt meiner Mutter das Wasser bis zum Hals. Aus gesundheitlichen Gründen kann sie nur noch halbtags arbeiten, ihr Gehalt allein reicht für den Lebensunterhalt nicht aus, und sie hat jede Menge Schulden. Mittlerweile lastet die zweite Hypothek auf ihrem Haus. Jeder Cent, den ich entbehren kann, geht an sie. Ich mache das gerne, aber ich kann nicht ewig zwei Haushalte finanzieren, meine Rücklagen neigen sich dem Ende. Jetzt wird alles gut. Happy End in Sicht!

Mit Schwung erhebe ich mich von meinem Schreibtisch und bewege mich in meinen knallbunten Secondhandklamotten wie ein lebendiger Regenbogen durch die Agentur. Wie ein hopsender Regenbogen, denn mir kommen ein paar

Hüpfer unter. Als wäre ich ein kleines Mädchen und keine Mittzwanzigerin.

»Hier bin ich«, melde ich mich mit einem Klopfen an der schweren Eichentür bei Daniel Devilton und strahle ihn so breit an, als wären heute Weihnachten, Neujahr, Thanksgiving und der 4. Juli zusammen. Und auch Hochsommer und nicht wie aktuell ein stürmischer, verregneter Frühlingstag, der unser Büro in eine dichte Wolke hüllt und die Aussicht auf Manhattan auf exakt einen Meter begrenzt.

Egal. Hallo, bester Tag meines Lebens!

»Nehmen Sie Platz!«, brummt mein Chef, doch das kann meine gute Laune nicht dämpfen. *DoubleD* ist eine eher konservative Agentur. Zu unseren Kunden gehören Versicherer, Banken und Krankenhäuser. Ein staubtrockener Umgangston ist normal.

Ich setze mich an einen massiven Eichentisch und wippe vor Ungeduld mit dem Fuß, während sich Daniel Devilton mit der Geschwindigkeit eines Faultiers zu seinem Platz gegenüber bewegt.

»Ms. Jones, Sie arbeiten seit fünf Jahren für *DoubleD*.«

»Ja, das tue ich!«, bestätige ich. *Fünf Jahre, vier Monate und zwölf Tage, um genau zu sein, aber wer zählt schon?!*

»Ihr Teamleiter lobt ganz besonders Ihre schnelle Auffassungsgabe, Ihre Fähigkeit, sich an neue Umstände anzupassen, und …« Er blättert in den Unterlagen, als könnte er sich nicht mal drei Komplimente merken. »Oh ja, richtig«, sagt er. »Und dass Sie unglaublich kollegial sind.«

»Vielen, vielen Dank«, sage ich. Auch wenn mich ärgert, dass er nicht erwähnt, wie verdammt kreativ ich bin und dass meine Texte schon Preise gewonnen haben. *Wichtige*

Branchenpreise! »Ja, das bin ich. Ich erfasse auch komplexe Aufgaben blitzschnell, habe keine Probleme mit Zeitdruck, komme gut mit allen klar und leiste natürlich auch ganz hervorragende Kreativarbeit«, wiederhole ich praktisch seine Worte und füge noch ein Eigenlob hinzu. Nur für den Fall, dass er es vergessen hat oder es so selbstverständlich fand, dass Leute in einer Werbeagentur kreativ sind.

»Laut Ihrem Vorgesetzten sind Sie bereit für ein eigenes Team.«

»Auf jeden Fall«, verkünde ich enthusiastisch. *Und bereit für mehr Geld.*

»Ich würde Ihnen gerne die kleineren Kunden überlassen.«

»Als Senior-, statt als normale Texterin?«

»Ja, als Senior-Texterin.«

»Mit einem entsprechenden Gehalt?«

»Natürlich, Ms. Jones.«

Natürlich! Er hat echt ›natürlich‹ gesagt? Ich kann kaum noch stillsitzen. Ich denke an meine Mom, und mir steigen Tränen in die Augen, die ich schnell wegblinzle, um meinen professionellen Eindruck nicht aus Versehen zu zerstören.

»Ich weiß gar nicht, was ich sagen soll, Mr. Devilton. Sie werden es nicht bereuen. Versprochen, ich –« Ich will aufspringen und ihn umarmen. *Premiere!*

»Die Sache hat nur einen Haken«, bremst er mich.

Verunsichert sinke ich wieder auf meinen Platz zurück. »Welchen?«

»Ich kann Ihnen Ihr eigenes Team nur geben, wenn wir als Agentur mehr Umsatz machen. Deutlich mehr Umsatz. Und das schaffen wir nur, wenn wir *Space Air* als Kunden gewinnen. Die Airline vergibt einen siebenstelligen Werbeetat.

Es geht um Kampagnen in den USA, Europa und Asien. Mit *Space Air* könnten wir in Zukunft außerdem weitere Branchen abdecken, vielleicht sogar mehr Werbung für Konsumgüter machen.«

»Das ist gar kein Problem«, versichere ich ihm. »Ich habe mir schon Gedanken um die Fluggesellschaft gemacht, ihre bisherigen Kampagnen analysiert und auch die Richtung, die sie neu einschlagen wollen. Ich bin sicher, dass wir die Airline von uns überzeugen können.«

Mr. Devilton lacht. *Nanu? Der Mann lacht nie.* Mir war nicht mal klar, dass er das kann. Seine Haut spannt bedenklich.

»J-j-ja?«, mache ich irritiert.

Mein Chef schiebt mir einen Flyer der Agentur *All-in* zu, was mich vollends verwirrt. Sie gehört zu den Topadressen der Stadt, hatte eine schwierige Phase, aber seit einem halben Jahr spielt sie wieder vorne mit.

»Ms. Jones, neben uns ist auch *All-in* in der engeren Auswahl des Kunden.«

»Kein Problem. Wir können sie schlagen.« Davon bin ich fest überzeugt. Auch wenn *All-in* wirklich gute Arbeit leistet und *DoubleD* eher dröge ist, kreative Leute haben wir hier trotzdem.

»Das werden wir«, sagt er. »Weil Sie uns dabei helfen werden, und zwar anders als gedacht.«

»Ich … ich verstehe nicht«, stammle ich. Irgendwas ist mir in meiner Euphorie gerade entgangen. So viel zu meiner tollen Fähigkeit, auch komplexe Aufgaben zu meistern.

Mr. Devilton schiebt mir ein zweites Papier zu, den Ausdruck einer Stellenanzeige. »Ms. Jones, ich möchte, dass Sie sich bei *All-in* auf die Stelle der Texterin bewerben und für uns herausfinden, was deren Strategie ist, damit wir sie ausstechen können.«

Mir wird ganz anders. *Das kann er nicht ernst meinen! Wo ist die versteckte Kamera?* Ich warte darauf, dass er sein Gesicht wieder zu einem Lachen verzieht, aber das Schauspiel wiederholt sich nicht. »Sie möchten, dass ich spioniere?! Ist das nicht illegal?!«

»Ich möchte, dass Sie sich *umsehen*. Max Conrad ist der Kopf von *All-in*, Owen Alexander ist der Stratege, und Sie sollen sich an Jake Thomas hängen, den Chef der Texter. Laut meinen Quellen ist er bei dem Pitch federführend.«

Jake Thomas ist der Texterchef?! Uff. Mir bleibt für einen Moment die Luft weg. Aus Gründen, guten Gründen ...

Als wäre mein Schweigen Zustimmung, schiebt mir Mr. Devilton einen weiteren Zettel zu, und ich frage mich allmählich, woher er die die ganze Zeit herzaubert. So dick sieht die Mappe, die vor ihm auf dem Tisch liegt, nicht aus. BEFÖRDERUNG UNTER VORBEHALT, lese ich die Überschrift auf dem Papier.

»Was ist das?«

»Das ist Ihr neuer Vertrag bei *DoubleD*. Darin sind Ihre neue Stelle und Ihr neues Gehalt beschrieben, plus dem Zusatz, dass beides an den Gewinn des Kunden geknüpft ist. Helfen Sie uns den Auftrag zu bekommen, dann bekommen Sie Ihr Team und Ihre Beförderung.«

In meinem Kopf geht auf einmal alles durcheinander. Wie Obst im Mixer. *Lehn ab*, ist mein erster Gedanke. Dieser Deal ist faul. Wie kann mir mein Chef das nur anbieten? Ich wusste ja, er ist ein Arsch, aber das ist jenseits von Gut und Böse. *Du bist kollegial und fair und ein netter Mensch, Sky. Nette Menschen lassen sich nicht auf so was ein!*

Mein Blick fällt auf mein neues Gehalt. *Heiliger Bimbam!* Sie bieten mir das Doppelte. Damit kann ich nicht nur meiner Mom helfen, sondern mir sogar eine etwas zentralere Wohnung leisten, Fahrtweg sparen, leben …

»Haben Sie Fragen, Ms. Jones?«, hakt Mr. Devilton nach.

»Ich … äh … die Konditionen.« Sprich: alles! Wie stellt er sich das vor? Ich kann doch nicht einfach da reinspazieren und die Schubladen durchwühlen.

»Ihr aktuelles Gehalt beziehen Sie natürlich weiter.«

»Das meinte ich nicht.«

Kommentarlos reicht er mir einen weiteren Vertrag. »Wie ist es mit *dem* Gehalt?«

Oh Gott! Mir wird schwindelig. Er hat gedacht, ich will mehr Geld. Jetzt sehe ich, dass ich noch mal 10.000 Dollar mehr im Jahr bekommen soll. Das sind nun fast 8.000 Dollar pro Monat. So viel Geld, das meine Mom so dringend braucht.

Ich sollte …

Nein, Skylar. Das kannst du nicht ernsthaft in Erwägung ziehen! Du bist die schlechteste Lügnerin der Welt. Die zerbrochene Vase, als du zehn warst? Die Schramme am Wagen deiner Mom? Hast du beim Einparken verursacht. Das warst du. Alles kam immer raus. Wenn du eines nicht bist, dann gut darin, Leute zu belügen.

Außerdem wäre da noch *All-in* selbst. *All-in* und Jake Thomas, den Mann, an den ich … *Stopp! Das spielt keine Rolle. Ohne die Beförderung geht deiner Mom in drei Monaten das Geld aus. Entweder sie zieht zu dir nach New York und schläft auf dem Sofa – oder du gehst zurück nach Yellow Springs und schlägst dich ohne Collegeabschluss mit Aushilfsjobs durch.*

»Gibt es ein Problem, Ms. Jones?«, fragt mich mein Chef.

»Kein Problem«, sage ich und kritzle meine Unterschrift unter den Vertrag, bevor mein gesunder Menschenverstand gewinnt. *Nur die Kleinigkeit, dass ich die ganze Aktion furchtbar finde, ich soeben den Respekt vor mir selbst verloren habe und für diese Nummer, vielleicht nicht für immer, weil ich es schließlich für meine Mom tue, aber für mindestens einen Tag in der Hölle lande. Das wird ein Spaß.*

Und, was noch, Skylar?

Nichts.

Doch, da ist noch mehr …

Mein Blick fällt auf die Broschüre von *All-in*. Eigentlich sollte ich mir die Headline und den Text genauer ansehen, ich interessiere mich immer dafür, wie sich andere Agenturen präsentieren. Aber ein Foto zieht meine Aufmerksamkeit auf sich. *Sein* Foto. Er mag älter aussehen, aber diese Augen habe ich nicht vergessen. Mokkabraun mit dichten Wimpern und markanten Augenbrauen. Augen, die mit einem Blick dein Herz zum Stehen bringen. *Damals wie heute.*

Nein, das alles ist kein Problem. Bis auf die Tatsache, dass Jake Thomas, mein zukünftiger Chef bei *All-in* und der Mann, den ich bespitzeln soll, der Bruder meiner Kindheitsfreundin ist. Und der Mann, in den ich seit meinem vierzehnten Lebensjahr verschossen bin.

Hallo, Desaster, hier bin ich. Es kann losgehen.

Jake

»Hi«, begrüße ich Catherine, mein Date für heute Abend.

»Hi«, sagt auch sie.

»Schön, dass es geklappt hat«, ist mein nächster Satz.

»Finde ich auch«, erwidert sie.

»Wollen wir reingehen?«, frage ich, zeige zum Eingang der *Snow White Bar*, die ihren Namen dem schwarz-rot-weißen Interieur und zig Spiegeln verdankt, und kann nicht fassen, wie hölzern ich rede. Meine Werbetexte haben Preise gewonnen. Man sollte meinen, ich wäre besser im Dating-Game. Locker, unbefangen, charmant. *Fehlanzeige.* Nur die Tatsache, dass ich groß bin, Sport treibe und weiß, wie man sich als erwachsener Mann benimmt, hilft. So auch heute. Bei Catherine, einer Ärztin, die ich über eine App kennengelernt habe.

»Wie war dein Tag?«, frage ich, als wir auf den Aufzug warten.

»Sehr voll«, sagt sie. »Und deiner?«

»Stressig, wie immer«, antworte ich und atme auf, als der Fahrstuhl kommt und mich für einen Moment von weiterem Small Talk erlöst. »Warst du schon mal hier?«, frage ich, als wir nach oben fahren.

»Nein, noch nie. Du?«

»Ein paar Mal«, sage ich und kann nicht fassen, dass mir nichts Intelligenteres einfällt. Was stimmt nicht mit mir? Catherine ist Ärztin, hat Humor, liebt gutes Essen und segelt gerne. Wir haben viel gemeinsam. Sie kommt auch aus einem kleinen Kaff. Nicht so klein wie meines. Yellow Springs, Ohio, zu unterbieten ist wirklich schwer. Doch mir fällt nichts ein, absolut nichts. Chatbots sind gesprächiger als ich.

Unbeholfen rücke ich etwas näher zu ihr. Ich streife mit den Fingern ihre Hand, und als sie nach meiner Hand greift, nehme ich das als Zeichen und umschlinge ihre Finger mit meinen. Spätestens jetzt sollte ich etwas spüren, und wenn ich ehrlich bin, ist da auch ein Hauch von Verlangen. Allerdings nicht nach ihr, sondern nach einem anderen Gefühl, dem, mit jemandem verbunden zu sein, der mich in- und auswendig kennt und den ich in- und auswendig kenne.

Ich schließe kurz die Augen, um mich zu sammeln, und stöhne innerlich auf, als *ihre* Augen auftauchen. Große, strahlende azurblaue Augen. Mal wieder. *Fuck.*

Wut steigt in mir auf. Ich bemerke gerade noch rechtzeitig, dass ich kurz davorstehe, Catherines Hand zu fest zu drücken, atme tief durch und entspanne mich.

»Nach dir«, sage ich, als der Fahrstuhl auf der Etage der Skybar hält, und lasse ihr den Vortritt.

»Wow, was für ein atemberaubender Ausblick«, haucht Catherine, ignoriert die freien Plätze an der Bar und steuert die Panoramafenster an.

»Fast so gut wie vom Observation Deck des Summit One Vanderbilt«, plaudere ich.

»Wenn du das sagst!«, meint sie lachend.

»Erzähl mir nicht, dass du dort noch nicht warst«, tue ich beinahe empört.

»Touristenattraktionen meide ich. In meiner ersten Woche war ich auf dem Empire State Building. Das reicht mir.«

»Du hast dir nicht mehr angesehen?«, frage ich nach und merke, wie das Date immer mehr in Richtung Bekanntschaft abdriftet. Wir reden über die Sehenswürdigkeiten der Stadt, nicht über uns.

»Ich war in den großen Museen und im Central Park, und ich habe mir auch die Freiheitsstatue angesehen.«

Ich verziehe das Gesicht, als ich mich an meinen Besuch dort erinnere.

»Ja, war enttäuschend«, sagt sie. »Von außen sieht sie so beeindruckend aus, aber das Innere mit den kleinen Fenstern ist das Gegenteil von spektakulär.«

»Lass uns zur Bar gehen«, sage ich und lotse sie vom Panoramaausblick weg. Sie spielt mit, und wir nehmen uns zwei Plätze am Rand, die dicht beieinander sind. Perfekt zum Unterhalten – und vielleicht für mehr, auch wenn Catherine mir nicht wie der Typ Frau für mehr erscheint. »Was möchtest du trinken?«, frage ich galant.

»Chianti, wenn sie welchen haben.«

»Bestimmt.«

Ich nicke dem Barkeeper zu, ordere für Catherine den Rotwein und entscheide mich für einen Gin Tonic.

»Wann bist du nach New York gekommen?«, fragt sie.

»Vor zehn Jahren«, sage ich und habe dabei den Moment vor Augen, als ich Yellow Springs verlassen habe. *Sie* verlassen habe. *Fuck. Nur weiter so, Jake, und du kannst den Abend vergessen.* »Deshalb kenne ich wohl auch die Bar und du noch nicht«, versuche ich es mit einem mickrigen Witz, für den ich zumindest ein höfliches Lächeln ernte.

Keine Ahnung, warum die Chemie zwischen uns nicht stimmt. Wir haben einen ähnlichen Hintergrund, beide Jobs, die uns stark beanspruchen, sind gleich alt, und Catherine ist definitiv attraktiv. Sie trägt verführerische High Heels, ist schlank, und ihr Kleid betont ihre Kurven genau an den richtigen Stellen.

Vielleicht sollte ich mutiger sein, meine Hand auf ihr Knie legen und schauen, was passiert ... Ihr zuflüstern, wie sexy sie ist ... Sie fragen, ob sie ein braves Mädchen ist ...

Oder vielleicht lasse ich es auch! Selbst wenn sie Funken versprühen würde, würden sie bei mir rein gar nichts entzünden. Als wäre ich aus feuerfestem Material. Das wird nicht mal Sex, was frustrierend ist, denn langsam bekomme ich vom Wichsen Schwielen an den Händen. Aber One-Night-Stands sind nicht mein Ding. Dafür bin ich einfach nicht gemacht. Ich brauche eine tiefere Verbindung zu den Menschen, mit denen ich intim werde, die ich in mein Leben lasse, mit denen ich mein Herz teile.

Du brauchst sie, meldet sich mein Gewissen.

Echt jetzt? Es reicht!

Unsere Getränke kommen, und wir stoßen an. »Auf uns!«, sage ich, als würde da was laufen.

»Auf den Abend«, korrigiert sie mich, und damit ist klar, dass zwischen uns nichts passieren wird.

Wenigstens wird das Date keine komplette Katastrophe. Wir plaudern miteinander, zwei Fremde, die Gesellschaft bei ihren Drinks haben. Wir vergleichen unsere Lebenswege, entdecken beide unsere Vorliebe für Shrimps mit Ketchup, und wir tanzen sogar einigermaßen eng, was sich überraschend gut anfühlt. Vielleicht hatten wir nur einen holprigen Start, wir passen eigentlich ganz gut zusammen.

Als ihr Pager plötzlich piept, entschuldigt sie sich. Sie

muss ins Krankenhaus. Obwohl sie nicht im Dienst ist, braucht man sie wohl bei einem ihrer Patienten.

»Hat mich gefreut, Catherine«, sage ich.

»Mich auch, Jake«, erwidert sie. »Man sieht sich.«

»Man sieht sich.«

Ich schaue ihr nach, und erst als sie weg ist, merke ich, wie ich mich entspanne. *Weil sie die Falsche war.*

Wenn ich wüsste, dass mir das hilft, würde ich eine Therapie machen. Aber ich habe keine traumatischen Kindheitserlebnisse, kein gestörtes Selbstwertgefühl, keine Aggressionsprobleme.

Aber du vermisst sie, Skylar …

Ich verdränge den Gedanken, genauso wie all die anderen unnützen Gedanken, die wieder und wieder an die Oberfläche kommen wie Blasen in Mineralwasser. Sie war die beste Freundin meiner kleinen Schwester Jane, nicht meine. Sie sollte nicht in meinem Kopf herumspuken. Aber das tut sie. Ununterbrochen. So wie die Erde sich um die Sonne dreht.

Damals war sie erst vierzehn, ich achtzehn. Während andere Mädchen in ihrem Alter schon Brüste hatten, war sie flach wie ein Brett. Ein Spätzünder. Aber einer mit einer großen Klappe. Irgendwie hat mir genau das gefallen. Ihre Power, ihre Attitude, ihre nie enden wollenden verrückten Ideen.

Ich bestelle mir einen weiteren Gin Tonic in der Hoffnung, die Erinnerungen wegzuschwemmen. Doch statt zu verschwinden, drängen sie noch stärker an die Oberfläche.

Ihre funkelnden azurblauen Augen, ihr breites Lachen, diese verdammten Sommersprossen, die ich küssen wollte. Ihre immer vom Herumtollen zerzausten dunkelblonden

Haare. Wir hatten nicht viele Momente, aber die, die wir hatten, waren genug.

Ich erinnere mich an Sommer am See, wenn ich mit meinen Freunden allein sein wollte, aber Jane und Skylar mitnehmen musste, damit die beiden Teenies nicht alleine zu Hause rumhängen. Daran, wie beide Girls meine Freunde und mich kichernd dazu benutzt haben, sie mit Sonnenlotion einzucremen. Wie ich mich um die Aufgabe gedrückt habe, weil ich mir selbst nicht vertraut habe, die Situation nicht auszunutzen. Wie nervös ich war, wenn ich sie dann doch nachcremen musste, weil gerade alle anderen im Wasser waren. Wie da was war zwischen uns, was nicht sein durfte und dem ich wieder und wieder aus dem Weg gegangen bin, weil es nicht angemessen gewesen wäre.

Dazu kommen Stunden im Auto neben ihr, wenn ich ihr Fahrstunden gegeben habe – mit Jane auf dem Rücksitz. Im Sommer, die Fenster heruntergelassen, sodass ihr Duft permanent zu mir gewirbelt ist. *Die beste Hölle auf Erden*. Es ist ein Wunder, dass wir keinen Unfall gebaut haben. Was eher an Skylar und weniger an mir lag. Sie war eine sehr vorsichtige Fahrerin.

Fuck, und dieses eine Konzert, zu dem ich Jane und Skylar begleiten musste. Taylor Swift! Beide haben mir Freundschaftsarmbänder umgebunden, ohne ging das wohl nicht. Und sie haben sowohl auf der Hin- als auch auf der Rückfahrt vom Konzert pausenlos SHAKE IT OFF gesungen, den damals aktuellen Hit. *Shit, ich habe sogar noch ihre Stimme im Ohr. Das kann nicht gesund sein!*

Müde reibe ich mir übers Gesicht, als könnte ich diese Bilder von meiner Netzhaut wischen, doch es ist alles da.

Mehr als einmal habe ich sie gegoogelt, aber außer einem Instagram-Profil ohne Beiträge, das sie wohl nur hat, um anderen Accounts zu folgen, gibt es keine Spur von ihr im Netz. *Keine Ahnung, was sie jetzt macht. Und selbst wenn, Jake, du bist hier, und sie ist woanders.*

Großartig, als ich in den Abend gestartet bin, war ich richtig gut drauf. *All-in* hat gerade spannende Kunden, jeder Auftrag macht Spaß. Ich habe dieses tolle Team. Vor allem Zahra, aber auch Xavier, die immer gute Ideen haben. Und wir könnten mit etwas Glück den Etat für *Space Air* kriegen. Jetzt bin ich der reinste Partycrasher.

Beiläufig schaue ich in meine E-Mails und sehe, dass mir die Personalabteilung drei Bewerbungen für die offene Junior-Copywriter-Stelle weitergeleitet hat. Neugierig öffne ich die Anhänge, ignoriere die Lebensläufe und stürze mich direkt auf die beantworteten Testaufgaben. Interessierte mussten für fünf unserer Kunden Headlines texten, TikTok-Hooks für ein Sportevent schreiben und ein Mailing verfassen. ›Gut, gut, wow, okay, na ja, gut …‹, bewertet mein Gehirn die Antworten. Und dann … muss ich lachen. Richtig laut lachen. Die Texte sind frisch, locker und neu. Die eine Headline würde ich am liebsten sofort für eine aktuelle Kampagne verwenden. *Von wem ist das?*

Ich tippe auf den Lebenslauf, und mir wird heiß und kalt. *Oh Leute, das ist nicht lustig! Sie?!*

Sauer gebe ich dem Barkeeper ein Zeichen, dass ich zahlen will. Dabei erfahre ich, dass Catherine ihren Wein schon selbst gezahlt hat, was mir deutlich sagt, dass es kein Wiedersehen geben wird. Ich verlasse die Bar und will Max anrufen, bis mir klar wird, dass er keine Ahnung hat, wer *sie* ist. Gleich darauf schwebt mein Finger über dem Kontakt von Owen. Aber auch er kennt sie nicht.

»Taxi!«, rufe ich vor dem Gebäude. Ein Wagen hält, ich steige ein und nenne meine Adresse in Williamsburg. Sobald wir losfahren, schaue ich noch mal auf die Bewerbung und das Anschreiben. Ich lese den Namen, der dort steht, Buchstabe für Buchstabe, nur für den Fall, dass ich heute irgendwas am Kopf habe.

S.k.y.l.a.r. J.o.n.e.s. Skylar Jones.

JONES mag ein gängiger Nachname sein, aber in Verbindung mit SKYLAR? Unwahrscheinlich, dass das jemand anderes ist. Der Lebenslauf ist dürftig und gibt keine Hinweise auf ihre Schulbildung, nur zwei Jobs in New York werden aufgeführt, was normalerweise nicht ausreicht, in der Kreativbranche aber kein Problem ist. Doch das Alter passt. Als ich erneut die erste Headline lese, beginnt mein Herz wieder schneller zu schlagen. Ja, sie ist es. Skylar Jones ist in New York, und eines von zwei Szenarien wird eintreten: Entweder sehe ich sie und kriege sie endlich aus meinem Kopf. Oder – und das halte ich angesichts der Bewerbung für wahrscheinlicher – ich sehe sie, ich will sie, und ich werde alles tun, um sie zu bekommen.

KAPITEL 2

Skylar

Mit jedem Schritt in Richtung *All-in* werde ich nervöser. Für *DoubleD* zu spionieren fühlt sich an, als wäre ich im falschen Film. Julie Andrews, die berühmte Mary-Poppins-Darstellerin, schauspielert für Alfred Hitchcock. Alles in mir rebelliert dagegen. Meine Beinmuskeln verhärten sich, mein Herz rast panisch, und ich schwitze, als wäre ich nicht in New York, sondern in den Tropen. *Unangenehm.*

Die Werbeagentur mit fast sechzig Festangestellten hat sich zuletzt mit einem Auftrag für die *Parker Resorts* hervorgetan. Doch das ist nicht mein Hauptproblem ...

Du wirst gleich Jake treffen.

Nicht jetzt, bitte!, ermahne ich mich und versuche, den Gedanken an den Kerl aus meinem Kopf zu verbannen und mich auf das bevorstehende Bewerbungsgespräch zu konzentrieren. Ich könnte mir genauso gut vornehmen, meinen eigenen Namen zu vergessen. Völlig ausgeschlossen. Es sei denn, ich erkranke spontan an Alzheimer. Innerhalb der nächsten fünf Minuten eher unwahrscheinlich. Jake hat seine Schwester, meine beste Freundin Jane, und mich auf ein Taylor-Swift-Konzert begleitet, unsere stundenlangen SHAKE-IT-OFF-Coverversionen ertragen, uns mit an den See genommen mit seiner Clique, mir Fahrstunden gegeben. Jedes Mal tat er so, als wäre das eine heroische Tat von ihm, für die Jane und ich auf ewig dankbar sein müssten. Jedes Mal wusste ich, dass das nur die halbe Wahrheit war. Denn wir hatten Spaß zusammen, auch wenn er das nie zugegeben hätte. Er …

Stopp, Skylar! NICHT. JETZT! Denk an All-in*!*

Die Agentur ist auf dem Vormarsch, halte ich mir vor Augen. Mit einer Kampagne für *Office Palace* haben sie den Clio, einen der renommiertesten Preise der Werbebranche, gewonnen und …

Was, wenn er dich erkennt?

Danke, Gehirn. Worauf hatten wir uns gerade geeinigt?

Abrupt bleibe ich im Foyer des Bürogebäudes stehen. Der Empfang, wo ich mich melden muss, ist nur wenige Schritte entfernt, aber ich kann nicht weitergehen.

Er wird dich nicht erkennen. Und wenn doch, dann tu so, als würdest du dich nicht an ihn erinnern, rufe ich mir die Strategie ins Gedächtnis, die ich mir für den Fall der Fälle zurechtgelegt habe. *Bleib professionell – du bist hier für das Bewerbungsgespräch, nicht um in den warmen mokkafarbenen Augen des heißesten Kerls des Universums zu versinken. Du bist hier, um deiner Mom zu helfen.*

Ich gebe mir einen Ruck und steuere den Empfang an, um mich anzumelden. Ich trage wie immer Secondhandsachen, habe dabei aber einen besonders kurzen Rock und eine Bluse mit einem tiefen Ausschnitt gewählt. Nicht um das Gespräch für mich zu entscheiden, sondern um sicherzustellen, dass Jake auf mein Dekolleté schaut, nicht in mein Gesicht. Um dafür zu sorgen, dass er mich nicht erkennt. Um diesen Job nicht noch schwieriger zu machen, als er sowieso schon ist. Meine knappen Sachen sind meine

Tarnung, meine Berufskleidung, mein Agentinnen-Outfit. *Auf dass sie wirken.*

»Hallo, ich bin Skylar Jones und möchte zu *All-in*«, melde ich mich an der Rezeption.

Die Frau hinter dem Tresen mustert abschätzig meine unseriöse Kleidung, prüft kurz, ob ich angemeldet bin, und übergibt mir einen Besucherausweis. »*All-in* befindet sich in der 34. Etage«, informiert sie mich gespielt höflich. »Nehmen Sie einen der Fahrstühle. Sobald Sie ankommen, kümmert sich jemand um Sie.«

»Danke.«

Meine Finger zittern, als ich den vorläufigen Ausweis entgegennehme. Als die ganze Aktion immer realer wird. Der Betrug – und Jake wiederzusehen. Seit er Yellow Springs fürs Studium verlassen hat, habe ich ihn aus den Augen verloren. Ich hätte nie gedacht, dass sich unsere Wege jemals wieder kreuzen würden.

Noch kannst du umkehren, sage ich mir, steuere aber dennoch im gleichen Augenblick die Fahrstühle an. Weil das hier wichtig ist. Für meine Mom.

Jake ist nur ein alter Bekannter, wenn überhaupt, rede ich mir ein. *Natürlich hat er dich mit vierzehn beeindruckt. Deine Hormone haben verrückt gespielt, du fandest jeden Typen toll, der kein Totalausfall war. Das wird dir jetzt nicht passieren. Du wirst ihn treffen, und er wird einfach nur irgendein Typ sein. Nicht* dein *Typ. Jake Thomas wird dich kaltlassen.*

Meine eigenen Worte hallen in mir nach, als sich die Fahrstuhltüren öffnen, ich in die Kabine trete, Leute Platz machen und mein Blick auf *ihn* fällt.

Mist.

Obwohl Jahre vergangen sind, erkenne ich ihn sofort. Er schaut beiläufig von seinem Handy auf, unsere Blicke treffen sich, und ich weiß, ich bin erledigt. Mein Outfit hätte ich mir sparen können. Ich hätte sogar eine Perücke und wildes Make-up tragen können, und ich schwöre, er hätte mich erkannt. Wie eine Welle, die sich über all die Jahre seit unserer letzten Begegnung aufgebaut hat, reißt sein Blick meine mickrigen Abwehrmauern ein. Von Kaltlassen kann auch nicht die Rede sein. Mein Mund wird trocken, meine Haut heiß, und mein Blut rauscht gefühlt immer schneller durch meine Adern. Sosehr ich Jake schon früher mochte, das, was ich jetzt fühle, ist tausendmal stärker. Sobald ich ihn sehe, weiß ich einfach, warum es mit keinem anderen Typen geklappt hat. Weil keiner so war wie er. Punkt.

Instinktiv will ich zurücktreten und den Fahrstuhl verlassen, doch es ist zu spät. Die Türen schließen sich, und wir setzen uns in Bewegung. Gerade als Jake mich ansprechen will, ziehe ich meine Augenbrauen hoch, als würde ich mich wundern, warum er mich so anstarrt. Dann drehe ich mich um, um ihm den Rücken zuzuwenden. Das Manöver ist so erfolgreich, wie den Kopf in den Sand zu stecken.

Ich spüre, wie sein Blick über mich gleitet. Meine Kopfhaut prickelt, mein Nacken brennt. Die Erlösung steht direkt hinter mir. *So nah und doch so fern.*

Ich rücke etwas an den Rand, halte mich am Handlauf fest und versuche, meine Gedanken zu sortieren. *Vielleicht war das gar nicht Jake. Dein Gehirn hat dir einen Streich gespielt. Er ist bestimmt schon im Büro und bespricht sich mit seinem Team.*

Das Brennen in meinem Nacken spricht jedoch eine andere Sprache. Jake steht mittlerweile hinter mir. Vielleicht kann ich mein Gehirn davon überzeugen, dass er nicht hier ist, aber mein Körper weiß es besser.

Früher hatte ich einen kleinen Crush, eine typische Teenagerschwärmerei, doch mit dem, was ich gerade empfinde, komme ich überhaupt nicht hinterher. Er sieht viel zu gut aus, ist groß, hat breite Schultern, markante Gesichtszüge, Lachfalten und diesen Blick, der sagt: ›Ich kriege, was ich will, entweder mit Sturheit oder mit Humor. Eines davon wird wirken.‹

Aber nicht nur deshalb bin ich so durcheinander. Wenn Jake sich nicht völlig verändert hat, dann ist er alles, was eine Frau sich wünscht. Du kannst mit ihm eine Familie gründen, eine Bank ausrauben, zum Mond fliegen. Egal, was das Leben für dich bereithält, du willst jemanden wie ihn an deiner Seite haben. *Und du wirst ihn hintergehen. Dein Herz hintergehen. Alle hintergehen.*

Wieder steigen Leute ein, andere machen Platz, und plötzlich spüre ich Jake noch dichter hinter mir.

Oh, lieber Gott, bitte sorge dafür, dass die Kabine jetzt abstürzt. Wenn wir auf dem Boden auftreffen, sind wir tot. Es wäre ein kurzes Leben gewesen, aber das Ende kommt mir besser vor, als so zu tun, als würde dieser Mann nichts in mir auslösen. Es kommt mir besser vor, als ihn anzulügen. Es kommt mir besser vor, als diese furchtbare Person zu werden, die ich sein muss, um an die Informationen zu kommen.

Wir stürzen nicht ab.

Bleib professionell!

Sobald der Fahrstuhl hält, überwinde ich mich und steige

aus. Falls es einen Moment gab, um umzukehren, so ist er vorbei. *Augen zu und durch.*

»Hallo, ich bin Skylar Jones. Ich bin hier für ein Vorstellungsgespräch«, melde ich mich am Empfang der Agentur und beglückwünsche mich selbst, dass ich die Worte so ruhig rausbekommen habe.

»Bei wem?«, fragt die Empfangsdame, schaut über meine Schulter und lächelt jemanden hinter mir an. *Ihn.*

»Bei mir«, sagt Jake mit einer rauen Stimme, die einen Schauer durch mich jagt, der meinen gerade so halbwegs entspannten Körper erneut in Aufruhr versetzt. Er schließt zu mir auf und wirft mir einen Seitenblick zu, für den das Wort ›intensiv‹ noch zu lasch ist. Dieser Blick verdient zehn Chilischoten als Kennzeichnung und einen Warnhinweis, dass Lebensgefahr droht. »Hi, Sky.«

›Sky?!‹ Hilfe! Er benutzt wie selbstverständlich meinen Spitznamen. Wie schon im Fahrstuhl runzle ich die Stirn und tue verwirrt, als hätte ich keine Ahnung, wer er ist. *Auf dass meine Performance überzeugt!*

»Ihr kennt euch?«, fragt die Empfangsdame neugierig.

»Ja, von früher«, antwortet Jake, ohne mich auch nur einen Moment aus den Augen zu lassen.

»Echt?«, täusche ich weiter Unwissenheit vor.

»Echt«, sagt er selbstsicher. »Sie war die beste Freundin meiner Schwester.«

Ich blinzle ahnungslos, meine Mimik so ausdrucksstark wie eine nackte Betonwand.

»Jane«, fügt er erklärend hinzu.

Meine Maske verrutscht. Niemand vergisst seine beste Freundin. Wir haben uns zwar nach der Schule aus den Augen verloren – sie ist in Yellow Springs geblieben, ich habe mein Glück in New York versucht –, aber natürlich weiß ich, wer Jane ist. »Oh«, mache ich und lege den Kopf schief, als würde ich seinen Namen in meiner Erinnerung suchen. »Das gibt's ja nicht! Was für ein Zufall! Jake!«, rufe ich gespielt überrascht aus. »Wie schön, dich zu sehen!«

»Freut mich auch, dich zu sehen, Sky«, raunt er mir zu und umarmt mich. Ist mir nah. *Zu nah!*

Ein leises Keuchen entweicht mir, das mein Schauspiel von eben Lügen straft. Meine Nerven flattern. Mein Herz rast. Meine Knie werden weich. Von der Berührung unserer Körper, seiner Wärme, seinem Geruch. Außerdem ist da so ein Vibrieren in seiner Stimme. Was auch immer damals *nicht* zwischen uns passiert ist, dieses Mal will er, *dass* es passiert. Und ich will es auch. Natürlich tue ich das. Aber es geht nicht. Nicht, ohne ihm wehzutun. Und das würde früher oder später passieren.

»Komm«, sagt er, legt seine Hand auf meinen unteren Rücken und dirigiert mich an den Arbeitsplätzen vorbei. »Reden wir in meinem Büro weiter.«

Unter vier Augen? Das kann ja heiter werden.

Jake

Es heißt, ein Blitz schlägt niemals zweimal an der gleichen Stelle ein. Aber wer auch immer das behauptet hat, ist nie

Skylar Jones begegnet. Ich werde wieder und wieder von ihr getroffen. Damals wie heute.

Für den Bruchteil einer Sekunde hatte ich Zweifel, dass Skylar Jones *meine* Skylar Jones ist. *Wer bitte trägt solche knappen Klamotten zu einem Bewerbungsgespräch?* Der Rock reicht gerade so über ihren Hintern, und der Ausschnitt ihres Tops überlässt nicht viel der Fantasie. Bis ich ihre Stimme gehört habe. Sie ist voller geworden, erwachsener, aber hat immer noch diesen sexy Unterton. Dieses leichte Zittern, das es mir so angetan hat.

»Mein Büro ist vorne links«, sage ich, als wir durch die Agentur laufen und an den freien Arbeitsplätzen vorbeigehen. »Das Büro ganz rechts gehört Max«, erkläre ich und winke meinem Freund und Agenturleiter als Guten Morgen zu. »Das in der Mitte gehört Owen Alexander.« Es ist gerade leer. »Er hält sein Meeting mit seinem Team ab. Und meines ist links davon.«

»Super«, sagt sie lahm und läuft nach der Erklärung etwas schneller, um meiner Hand auf ihrem unteren Rücken zu entkommen. *Nichts da!*

»Ich muss mir noch einen Kaffee holen«, sage ich und lenke sie zur Küche.

»Ich kann gerne schon in deinem Büro warten.«

»Komm besser mit, nicht dass du dich verläufst«, sage ich und führe sie mit mir.

Sie schnaubt unzufrieden. So, wie ich sie kenne. Wie jemand, der überhaupt nicht gerne herumkommandiert wird. Haltet mich für verrückt, aber das macht sie noch attraktiver. Nicht weil sie schwer zu erobern ist, sondern weil sie ihren eigenen Kopf hat.

»Ich kann nicht glauben, dass wir uns hier treffen«, plaudere ich locker weiter, ohne meine Hand von ihrem unteren Rücken zu nehmen. Im Gegenteil, ich schiebe sie etwas tiefer, noch nicht auf ihren Hintern, aber ich spüre an einer kleinen Muskelbewegung unter meinen Fingerspitzen, dass wir beide wissen, dass ich es könnte.

»Ja, was für ein Zufall!«, wiederholt sie erstickt lachend.

»Deine Bewerbung hat mich tief beeindruckt«, sage ich, als wir die Küche betreten. *Klingt übertrieben, stimmt aber.*

»Danke«, erwidert sie nur knapp.

»Möchtest du auch Kaffee?«, frage ich und hasse, dass ich kurz die Hand von ihr nehmen muss, um mir welchen zu machen.

»Besser nicht.«

»Sag bloß, du bist nervös!«

»Vielleicht«, gibt sie zu.

Ich bediene die Maschine und beobachte sie dabei. »Warum? Die Skylar, die ich kannte, hatte vor nichts und niemandem Angst.« Und jetzt, da ich sie ansehe, wirkt sie tatsächlich etwas neben der Spur.

»Die Skylar, die du kanntest, war noch ein Kind.«

»Nicht mehr ganz, wenn ich mich richtig erinnere.« Unsere Blicke treffen sich, und leichte Röte überzieht ihre Wangen. Röte, die mich auf einer sehr primitiven Ebene zehnmal mehr anmacht als ihr knappes Outfit. *Weil ja auch die eine Billion Gründe, in sie verschossen zu sein, nicht ausreichen!*

»Der Job ist wichtig für mich«, sagt sie angespannt.

Ich denke an ihren Lebenslauf. Sie müsste bei den Agenturen, bei denen sie bisher gewesen ist, eigentlich anständig bezahlt worden sein. »Hast du keine Rücklagen?«

»Hör auf damit, Jake!«

»Womit?«

»Na, mit alldem hier. Als wären wir alte Freunde. Das sind wir nicht.«

»Stimmt«, sage ich nach einem tiefen Blick.

»Jake!«, knurrt sie aufgebracht. Aber statt weniger fühle ich glatt mehr für sie.

»Was willst du hören?«, frage ich mit einem charmanten Lächeln. »Ich hab dir doch zugestimmt. Wir sind keine Freunde.«

Sie schluckt schwer. Ein Moment der Stille verstreicht, dann noch einer. Meine und ihre Worte hängen zwischen uns. Wir sind keine Freunde. Doch wir sind nicht, wie sie es gerne hätte, weniger als das, sondern mehr.

»Dein Kaffee ist fertig«, sagt sie schließlich kühl, als könnte sie damit das Thema begraben.

»Du möchtest wirklich keinen?«

»Nein«, schnauft sie, als hätte ich ihr angeboten, Salzsäure zu trinken.

»Wie du willst. Gehen wir«, sage ich, nehme meine Tasse und führe Skylar aus der Küche – wieder mit meiner Hand erst an ihrer Taille, dann auf ihrem unteren Rücken. Wie zuvor kann ich ihre Anspannung unter meinen Fingern spüren. Wie zuvor muss ich mich dazu zwingen, die Hand nicht tiefer zu schieben. Alles hieran fühlt sich richtig an. Nur eine Sache wäre noch besser: wenn sich keine Lage Stoff zwischen ihrer und meiner Haut befinden würde.

»Da wären wir«, sage ich, als wir mein Büro erreichen. Ich löse meine Hand, um ihr die Tür aufzuhalten und sie reinzulassen. »Setz dich, wohin du magst.«

»Gut, der Chefsessel ist meiner.«

»Nur zu«, sage ich entspannt und stelle meine Tasse auf dem Besprechungstisch ab. »Fühl dich wie zu Hause.«

Sie zögert, als sie merkt, dass ihr Scherz nach hinten losgegangen ist, doch es gibt kein Zurück mehr. Ich setze mich auf den Besucherstuhl und verfolge, wie sie um meinen Schreibtisch herumgeht und sich in meinen Drehstuhl fallen lässt. Als wäre das ihr Platz. *Bei mir.*

»Gemütlich?«, frage ich, um zu überspielen, wie fucking heiß ich sie auf meinem Stuhl finde. Und um nicht daran zu denken, wie es wäre, sie auf meinem Schoß zu haben, in meiner Wohnung, auf meinem Sofa, meinem Bett ...

»Ist ein bisschen zu hoch für mich eingestellt«, sagt sie, schwingt leicht von links nach rechts und zurück und stellt ihn niedriger. »Jetzt ist es besser.« Ihr Blick gleitet über die Unterlagen auf meinem Schreibtisch, und ich bin verdammt froh, dass ich am Freitag aufgeräumt habe. Bis auf ein paar Broschüren liegt nichts rum, was Einblick in die Geschäfte der Agentur gibt. Sie nimmt sich den Prospekt von *Space Air*. »Wow, gehören die zu euren Kunden?«, fragt sie.

»Vielleicht bald«, antworte ich knapp, denn auch wenn ich vorhabe, sie einzustellen, noch ist sie keine *All-innerin*, ich kann ihr keine Details verraten, die der Konkurrenz zu Ohren kommen könnten. Ich glaube zwar nicht, dass Skylar mich so hintergehen würde, dafür ist sie nicht der Typ, aber sicher ist sicher.

Better safe than sorry.

»Das heißt, ihr bewerbt euch für den Etat?« Sie blättert durch die Seiten und sieht dann zu mir rüber. »Würde ich auch an dem Projekt arbeiten?«

»Sollte ich hier nicht die Fragen stellen?«, gebe ich amüsiert zurück und nehme einen Schluck Kaffee, ohne sie aus den Augen zu lassen.

»Sicher, was willst du wissen?«

Alles. Absolut alles.

Rast dein Herz wie meines?

Brennt dein Körper?

Bist du feucht für mich?

Ich lasse meinen Blick über sie wandern, sollte vorsichtiger sein, aber kann nicht. Nicht bei ihr. Ich will ihre Beine öffnen, sie an ihrem Hintern packen, an die Stuhlkante ziehen und sie lecken, bis sie kommt – und vielleicht noch ein bisschen länger. Ich will ihre Finger in meinen Haaren haben, ihre Gier spüren, ihr Verlangen nach mir. Mir fallen so idiotische Sätze ein wie: ›Heute Abend gibt es mehr.‹ Sätze, die hier nichts verloren haben. Sätze, die ich so noch nie bei ihr im Kopf hatte, weil sie sich damals verboten haben. Aber jetzt ist alles möglich.

Das ist ein Bewerbungsgespräch, erinnere ich mich.

Allerdings keines mit einer Unbekannten.

»Was hast du die vergangenen Jahre gemacht?«, frage ich anders als sonst bei solchen Terminen, um ein paar Lücken zu füllen. Solange meine Schwester und Skylar noch zusammen auf der Highschool waren, habe ich immer mal was von ihr mitbekommen, danach jedoch nicht mehr, weil sich beide aus den Augen verloren haben, wie das eben manchmal so ist, wenn Leute unterschiedliche Richtungen einschlagen. Jetzt brenne ich auf ein Update.

»Wie in meinem Lebenslauf steht –«

»Ich meine nicht deinen Lebenslauf, den kenne ich«,

schneide ich ihr das Wort ab. »Ich meine dich, Sky. Was ist bei dir passiert?«

»Dich interessiert mein Leben? Ich dachte, das ist ein Bewerbungsgespräch. Solltest du nicht nur professionelle Fragen stellen?«

»Fachlich hast du mich mit deinen Unterlagen schon überzeugt.« Innerhalb von fünf Minuten. »Jetzt bin ich neugierig, ob du auch ins Team passt.« Eine Lüge, denn sie passt zu mir und damit auch zum Team. »Also? Erzähl mir ein bisschen was von dir, Sky.«

»Da gibt es nichts.«

»Das glaube ich dir nicht.« Ich muss an die Skylar von damals denken. Zusammen mit meiner Schwester hat sie immer was ausgeheckt. Schwer vorstellbar, dass sie plötzlich ein anderer Mensch sein soll. »Sprichst du immer noch fremde Männer am See an, um dich einzucremen?«

»Jake!«

»Fährst du immer noch so vorsichtig Auto wie früher?«

»Seit wann bist du so hartnäckig?«

»Seit nicht nur ich, sondern auch du volljährig bist.« Ich lächle und spüre wieder diese Verbindung zwischen uns, nur dass sie nun so wie ich damals versucht, sie zu ignorieren. »Warst du auf weiteren Taylor-Swift-Konzerten?«, frage ich weiter.

»Das kann dir doch egal sein!«

»Ist es aber nicht. Wenn du den Job willst, muss da mehr von dir kommen.« Ja, unangemessen, aber es geht um Skylar. Da zählen die üblichen Regeln nicht.

»Fein, war ich nicht. Die Ticketpreise sind unverschämt! Ich mag außerdem Pferde, Zitroneneis und Sonnenaufgänge.

Nun, da wir das geklärt haben: Habe ich jetzt den Job?«

Sie grinst, und auch ich lächle, denn wir wissen beide, dass das eben nur ein Spiel war. »Das hat natürlich nicht gereicht«, sage ich. »Erzähl mir was, was ich noch nicht über dich weiß.«

Ich sehe sie einfach weiter an, und an, und an ... Je länger ich schweige, desto unruhiger wird sie auf ihrem Stuhl. Sie weiß genau, dass ich etwas über sie erfahren will, was ihr etwas bedeutet.

»Ich liebe Secondhandstores«, sagt sie schließlich. »Und ich bin gerne auf Flohmärkten unterwegs. Reicht das?«

Mein Blick gleitet über sie. Auch wenn ihr Styling gewagt ist, die Mischung passt zu ihr, zu ihrer Persönlichkeit. »Hast du einen Freund?«, frage ich weiter.

»Das ist eine völlig unangemessene Frage für ein Bewerbungsgespräch!«

»Wenn du den Job willst, wirst du wohl antworten müssen.«

Sie zögert, aber knurrt schließlich ein Nein. »Was noch?«

»*Hattest* du einen Freund?«

»Jake!«, ruft sie warnend, weil ich den Bogen überspanne.

»Skylar«, kontere ich im gleichen Tonfall, lehne mich entspannt zurück und sehe sie abwartend an. Okay, das Gespräch mag unkonventionell sein, aber es macht Spaß. *Bestes Meeting seit Langem.*

»Ich habe viele Freunde«, tut sie so, als hätte sie die Frage anders verstanden, als sie gemeint war. »Aus irgendeinem Grund gehören sie nur irgendwann der Vergangenheit an.«

Den Seitenhieb an mich stecke ich, ohne mit der Wimper zu zucken, ein. Wir waren nie Freunde, und ich bin definitiv nicht ihre Vergangenheit und werde es auch nie sein. »Wie sieht es mit einem festen Freund aus?«, bohre ich weiter.

Ihre Wangen färben sich rot. Vor Wut. »Ja, ich hatte 94«, zischt sie.

»Die Wahrheit, Sky.«

»Das ist die Wahrheit! Auch Frauen können viele Partner haben! Hast du ein Problem damit?«

Dass 94 Typen sie anbaggern könnten? Ja. Dass sie eventuell mit 94 Typen was hatte? Nein. Denn offensichtlich konnte ihr keiner das geben, was sie braucht. »Fein, dann zähl sie mir auf«, spiele ich den Ball zurück zu ihr.

»Wie du willst! Jerry Martin Brian Tom Rick Noah Leo Karl Drew Justin Matt …« Die Namen kommen ohne Punkt und Komma, bis sie abbricht und mich finster ansieht, weil sie das Spiel nicht bis zum Ende durchgehalten hat. »Ich hatte zwei feste Freunde. Zufrieden?«

»Was ist schiefgegangen?«

»Das geht dich gar nichts an!«

»Ich bin neugierig.«

»Wohl eher aufdringlich.«

Oder total verknallt, doch bevor mir das rausrutscht, nehme ich schnell einen Schluck Kaffee und überspiele die Situation. »Aufdringlich wäre es, wenn ich dich nach deinen Vorlieben im Bett fragen würde –« Sie holt schon Luft für einen Protest, da hebe ich die Hand, um sie zu bremsen. »Das tue ich aber nicht.« *Zumindest nicht heute.* »Mich interessiert wirklich, warum du nicht mehr mit den Männern zusammen bist. Ich hätte es dir gegönnt, jemanden an deiner Seite zu haben, der für dich durchs Feuer geht.« Auch wenn es mich tierisch nerven würde, dass nicht ich das bin.

Nachdenklich kaut sie auf ihrer Unterlippe herum, dann gibt sie sich einen Ruck. »Adam ist fremdgegangen. Und wenn du mir auch nur eine Frage zu ihm stellst, ich schwöre, dann … dann …« Sie schaut sich nach etwas um, was sie mir antun könnte. »Dann schneide ich deinem Bonsai dort auf der Tischecke sämtliche Ästchen ab.«

Wahrscheinlich ist das ein Bluff. Aber ich mag meinen Bonsai, er ist fünf Jahre alt, und ich werde nicht riskieren, dass ihm was passiert. Also halte ich die Klappe. *Keine Nachfragen zu Adam, verstanden.*

»Von Ben habe ich mich getrennt«, redet sie weiter.

»Warum?«, frage ich nach.

»Ich dachte, er liebt mich. Aber er hat seine Mom mehr geliebt.« Sie verzieht das Gesicht. »Seine Familie war sehr konservativ, und bei jedem Familientreffen hat sie Kleinigkeiten an mir kritisiert.«

»Und er dann auch?«, frage ich vorsichtig nach.

Sie lächelt zaghaft. »Das ist seltsam, mit dir darüber zu reden.«

»Betrachte mich als Jane-Ersatz.«

Jetzt lächelt sie richtig breit, das volle Skylar-Programm. Wenn ich noch kein Fan von ihr gewesen wäre, ich wäre es spätestens jetzt. »Er hat nichts gemacht«, ruft sie empört. »Kannst du dir das vorstellen? Wenn wir zu zweit waren, war er lieb und nett und zuvorkommend und lustig und perfekt. Aber sobald seine Mutter mich kritisiert hat, hat er so getan, als hätte er es nicht gehört. Und da waren richtig gemeine Sachen dabei! Dass ich ihren Jungen nicht gut genug bekoche, zum Beispiel. Dabei haben wir beide es geliebt, in New York essen zu gehen. Oder dass ich mal wieder rumlaufe wie eine Altkleidersammlung. Dabei hat er mir unter uns für meinen Style Komplimente gemacht. Und –« Sie bricht ab. »Warum erzähle ich dir das alles? Vergiss es! Es ist vorbei.«

Jedes Wort donnert durch mich und macht mich wütend. Es gibt diese Typen, die einfach nicht begreifen, dass sie ihr Leben mit ihrer Partnerin verbringen, nicht mit den Eltern und vor allem nicht mit der eigenen Mutter.

»Er hat dich verletzt«, sage ich mitfühlend, wie es Jane machen würde, wie es sich gehört.

»Mhm«, macht sie nur und ringt um Fassung.

Er hat sie richtig verletzt. *Fuck.* »Was für ein Arschloch«, knurre ich. Jetzt nicht mehr wie Jane, sondern wie der Mann, der jedem, der Skylar wehtut, ebenfalls wehtun will. Und zwar mindestens doppelt so heftig.

»Er war ansonsten wirklich toll.«

Verteidigt sie den Kerl auch noch? »Klar, bis auf die Tatsache, dass er dich im Stich gelassen hat, war er wundervoll«, säusle ich sarkastisch. »Du bist perfekt, Sky. Das hast du nicht verdient.«

»Kein Mensch ist perfekt«, sagt sie ruhiger und sichtlich blasser, sogar ein bisschen grün im Gesicht.

Herzlichen Glückwunsch, Jake! Von allen Themen auf der Welt sprichst du das eine an, was für Untergangsstimmung sorgt. Der Preis für das Fettnäpfchen des Jahres geht an den Trottel am Besuchertisch.

»Warum willst du bei *All-in* arbeiten?«, besinne ich mich wieder auf den Anlass des Gesprächs, um sie nicht weiter zu quälen.

Ein dankbares Lächeln trifft mich. »Die Agentur hat einen ausgezeichneten Ruf«, sagt sie.

»Du weißt, dass wir harte Zeiten durchgemacht haben. Wenn wieder ein Großkunde wegbricht, müssen wir Leute entlassen, dann hast du den Job nicht lange.«

»Das Risiko kenne ich.« Sie wirkt plötzlich angespannter. »Oder willst du mich nicht einstellen? Weil wir uns kennen? Ich erwarte keine Sonderbehandlung. Wenn ich was gut mache, sag mir das, wenn es nicht so ist, sag es auch.«

»Keine Sorge, ich will nur nicht, dass du ein falsches Bild von *All-in* hast und den Wechsel zu uns bereust. Wir tun hier alles für die Agentur, aber manchmal sind die Zeiten eben hart.«

»Das weiß ich.«

Sie ist wirklich perfekt für die Stelle. Ich könnte warten, aber wozu? Zehn Jahre waren genug. Ich will sie wieder in meinem Leben. Sofort. »Wir brauchen so schnell wie möglich Leute«, sage ich. »Könntest du direkt heute anfangen?«

»Heute!?« Sie klingt so, als ginge ihr das zu schnell.

»Ja, jetzt gleich. Du bist doch laut deinen Unterlagen ab sofort verfügbar.«

»I-i-in welchem Team?«, fragt sie, während ihr Blick durch die Büros schweift.

›Bei mir im Team‹, liegt mir auf der Zunge. Aber das würde nur für Gerede und einen schwereren Start sorgen. »Bei Zahra. Sie ist die mit dem vielen Schmuck.«

Skylar reckt sich auf meinem Stuhl, entdeckt ihre potenzielle neue Teamleiterin, wirkt jedoch unentschlossen. *Fuck*, ich hätte gedacht, dass sie sofort zusagt. Sie braucht den Job. Ich brauche sie.

»Du bekommst für heute auch dein volles Gehalt«, schiebe ich hinterher. *Unüblich, aber machbar.*

Tief durchatmend fährt sie sich über das Gesicht, als müsste sie sich darauf vorbereiten, mit Höhenangst einen Bungeesprung zu absolvieren. Dann sieht sie mich an und nickt. »Okay, fangen wir an. Wo muss ich unterschreiben?«

KAPITEL 3

Skylar

Zum Glück habe ich den Kaffee abgelehnt, den Jake mir angeboten hat. In meinem Magen rumort es wie in einem Vulkan kurz vor dem Ausbruch, und ich befürchte, dass das Porridge, das ich heute Morgen hatte, jeden Moment wieder auftaucht. Ich habe es getan. Ich habe den Job angenommen und werde den Mann, der selbst auf fünf Meter Entfernung mein Herz zum Flattern bringt, hintergehen. *Für eine gute Sache*, erinnere ich mich und zwinge mich zu einem Lächeln. Könnte aber auch ein Zähnefletschen sein.

Jake greift Papiere vom Konferenztisch und kommt zu mir an den Schreibtisch. »Hier, lies dir noch mal alles durch«, sagt er und schiebt mir den Vertrag zu – ist mir so nah, dass seine Körperwärme auf mich abstrahlt und sein Duft mir leicht zu Kopf steigt. Männlich und sauber, die beste Kombi.

Gespielt konzentriert lese ich den Vertrag, dabei verschwimmen die Buchstaben vor meinen Augen, weil sich jede Faser von mir mit Jake beschäftigt. *Jake, Jake, Jake …*

»Das klingt alles in Ordnung«, sage ich und blättere zur zweiten Seite.

»Das hier –« Seine Hand schnellt neben mir vor und tippt auf einen Abschnitt. »Die dreißig Minuten stehen nur pro forma drin. Wir machen etwa eine Stunde Mittagspause.«

»Okay«, sage ich, ohne zu verstehen, wovon er spricht, denn ich kann nur auf seine Hand schauen, nicht auf den Abschnitt, den er meint.

Hatte er schon immer so schöne Hände? Kräftig und gepflegt? Und mit feinen Härchen auf den Fingerknöcheln? Meine Finger zucken, als wollten sie ihn berühren. Gerade rechtzeitig blättere ich zur nächsten Seite.

Unterschreib, und dann geh auf Abstand, Skylar, sofort!

Ich greife nach dem Stift, ohne zu bemerken, dass Jake ihn noch festhält. Unsere Hände treffen sich. Ich zucke zusammen. Er aber auch. Wie in einem Liebesfilm. Hätte nicht gedacht, dass ich das mal in echt erlebe.

»Sky«, raunt er mir zu und öffnet seine Hand, damit ich meine Finger in seine schieben kann. Eine Einladung für mehr, die ich annehmen will.

Aber du stehst nicht auf seiner Seite, sondern auf der von DoubleD *und von dir selbst*, erinnere ich mich.

»Könntest du bitte Abstand halten?«, fauche ich, um meine innere Aufgewühltheit zu vertuschen.

»Würde das was ändern?«, kontert er, weicht jedoch zurück.

Nein, durchzuckt mich die Antwort. Das Knistern bleibt.

Tief durchatmend greife ich den Stift. Der Metallschaft ist noch warm von seinen Fingern. Es fühlt sich so an, als würde ich Jake berühren. Abwesend fahre ich mit dem Daumen drüber. Nehme, was ich kriegen kann.

Was tust du hier, Skylar?

Hastig setze ich meinen Namen aufs Papier und werfe einen letzten Blick auf Jakes Schreibtisch. Doch außer der Broschüre von *Space Air*, die ich bereits von *DoubleD* kenne, finde ich keine Hinweise auf das Unternehmen.

»Und jetzt?«, frage ich, stehe auf und sehe ihn an.

Jetzt setzt du dich auf meinen Schreibtisch, schiebst deinen Rock ein Stück höher und lässt mich zwischen deine Schenkel, und ich lasse dich erst kommen, wenn du mir alles erzählt hast, was in den letzten Jahren passiert ist ... Normalerweise kann ich keine Gedanken lesen, aber ich verstehe jeden einzelnen, der Jake durch den Kopf geht. Obwohl ich mir nichts sehnlicher wünsche, als mitzuspielen, bleibe ich gefasst.

»Jetzt ...« Er überfliegt meine Bewerbungsunterlagen, tippt auf seinem Handy eine Nummer ein, und plötzlich klingelt mein Handy. »Jetzt hast du meine Nummer für den Fall der Fälle.«

»Hätte ich dem nicht zustimmen müssen?!«

»Hier ist außerdem eine *All-in*-Zugangskarte zum Gebäude«, sagt er, ohne auf meinen Einwand einzugehen. »Und ich stelle dich Zahra und den anderen vor. Komm mit.«

»Aber nicht wieder –«, setze ich an, doch – *zack* – landet seine Hand erneut auf meinem unteren Rücken, bevor ich Einspruch erheben konnte. Wie ein Anker, der mich fest an Ort und Stelle hält. Wie eine Rettungsleine, die dafür sorgt, dass ich nicht untergehe. Wie eine Schlinge, die sich fester zieht, allerdings nicht um meinen Hals, sondern um mein Herz.

»Was wolltest du sagen?«, fragt er scheinheilig, während wir auf einen Konferenzraum zusteuern und er seinem Team signalisiert, uns zu folgen.

»Deine Hand«, flüstere ich ihm zu.

»Ja?« Er streicht mir sanft hinten über die Hüfte. Als ob ich eine Erinnerung bräuchte, wo seine Hand gerade liegt!

»Nimm sie weg!«

»Okay.«

Ich will schon aufatmen, da schiebt er sie höher in Richtung meiner Schulterblätter. Ja, weg von meinem unteren Rücken. Aber nicht weg von mir. Ich hätte es wissen müssen!

»Jake!«, zische ich verärgert.

»Was denn?«

»Deine Hand«, wiederhole ich.

»Was ist damit? Ich habe sie doch von deinem unteren Rücken weggenommen, so wie du es wolltest.«

»Ich meinte ganz weg.«

»Verstehe.«

Seine Hand bleibt, wo sie ist.

Ich hole schon Luft für den nächsten Protest, aber lasse sie ungenutzt entweichen. Wem mache ich was vor? Seine Hand fühlt sich angenehm an. Außerdem könnte mir das auf meiner Mission helfen. Wenn er in meiner Nähe ist, ist die Strategie für *Space Air* in meiner Nähe. Kein schöner Gedanke, aber wahr.

»Alles okay?«, fragt er, als er bemerkt, dass ich keinen Widerstand leiste.

»Ja, alles bestens«, antworte ich und trete in den Konferenzraum ein, um meine neuen Kollegen kennenzulernen. Die ich alle hintergehen werde. *Glückwunsch, Skylar.* Aus der sicheren Entfernung von *DoubleD* aus hatte ich mir meine Aufgabe deutlich leichter vorgestellt.

»Schön, dass du da bist!«, ruft der Erste. »Cooles Outfit«, der Nächste. »Endlich frischer Wind«, folgt. Dann: »Dich schickt der Himmel!« Und schließlich: »Jetzt geht es bergauf!«

Unbehagen macht sich in mir breit wie ein alles zerstörender Ölteppich, aber ich überspiele es. Warum sind alle bei *All-in* so nett? Es fühlt sich an, als wären wir eine große Familie und ich die lange verlorene Cousine, die plötzlich auftaucht und mit offenen Armen empfangen wird, egal, was sie angestellt hat. Wie soll ich diese Menschen betrügen?

Indem du daran denkst, was für dich und deine Mom auf dem Spiel steht, Skylar.

Ich straffe die Schultern und lächle die Runde an. Es fällt mir nicht schwer. Jake hat ein tolles Team.

Natürlich hat er das, Skylar. Er ist ja auch ein toller Mann.

Nicht hilfreich …

»Ich muss jetzt zu Max und Owen«, sagt Jake. »Zahra, Skylar ist ab sofort in deinem Team. Setz sie direkt an die aktuellen Social-Media-Posts. Die letzten habe ich mich nicht mal getraut, Owen zu zeigen.«

»Das hättest du mir ruhig am Freitag noch sagen können!«, wirft sie zurück.

»Und dir das Wochenende vermiesen?«

»Das wäre kein Problem gewesen«, sagt sie ernsthaft sauer, dass ihr Chef nett gewesen ist.

»Wir wissen beide, dass Opening Lines für TikTok-Videos nicht deine Stärke sind. Gib den Job Skylar, dann siehst du, was bei dir gefehlt hat.«

»Meinetwegen, mache ich.« Die Frau, die offensichtlich einen Kettenfimmel hat, legt den Arm um meine Schulter, als wären wir Komplizen. »Sie ist bei mir in den besten Händen, Chef.«

Jakes Blick schweift von ihr zu mir, und ich kann förmlich seine Gedanken lesen. *Nein, sie ist bei mir in den besten Händen, aber die zweitbesten tun es auch.*

»Komm, zeig mal, was du kannst«, beendet Zahra den Moment mit einem Lächeln und führt mich zu meinem neuen Arbeitsplatz. »Du wirst den Kunden lieben! Die machen super Sachen. Willst du gleich loslegen, oder möchtest du das ursprüngliche Briefing sehen? Wie arbeitest du? Ich kann dir auch die letzten Projekte von uns zeigen und natürlich deren Material.« Wir steuern einen freien Tisch an. »Das hier ist dein Platz.« Sie beugt sich vor und startet den Rechner. »Nimm ruhig für heute meinen Zugang, bis die IT dir deinen eingerichtet hat.« Sie gibt schon ihre Anmeldedaten ein, ich schaue ihr auf die Finger, kann das Passwort jedoch nicht erkennen, sie tippt zu schnell. Als hätte sie nicht zehn, sondern zwanzig Finger. »Hier steht, was der Kunde will.« Sie öffnet ein fünfseitiges Manual. »Im Grunde Clickbait-Text, der nicht nach Clickbait-Text aussieht.« Sie schaut mich von der Seite an. »Meinst du, du kriegst das hin?«

»Ähm … sicher«, sage ich.

»Ich lieb dich jetzt schon!«, jubelt sie, drückt mir die Schultern wie einem Champion im Boxring und zieht sich zurück. »Wenn du Fragen hast: Ich bin entweder an meinem Schreibtisch oder in einem Meeting. Egal, was ist, stör mich ruhig. Dafür bin ich da.«

»Für Notfälle?«

»Für alles!«

»Auch Tampons?«

»Sogar Gleitgel, falls nötig«, sagt sie lachend mit einem Augenzwinkern.

Klasse, ich mag sie jetzt schon mehr als die Leute bei *DoubleD*. Die Frau ist selbstbewusst, locker und –

»Wir warten auf euren Text«, unterbricht eine andere Mitarbeiterin meine gedankliche Lobeshymne.

»Lorem ipsum dolor sit amet.«

»Den richtigen Text, Zahra!«

»Dann Dolor ipsum lorem …«, setzt Zahra mit verdrehter Reihenfolge an, wird aber schnell ernst, denn Spaß ist Spaß, und Arbeit ist Arbeit. »Wir sind dran, Ava. Ihr habt ihn vor dem Mittag. Sag es Indy.«

Wow, Zahra ist nicht nur witzig, sondern kennt Lorem ipsum auswendig, einen Platzhaltertext, den man in der Grafik nutzt, bis der finale Text vorliegt.

Dir gefällt es hier, Skylar. Pass auf, dass du es dir nicht zu gemütlich machst.

Mein Blick wandert zu Jake, der jetzt mit zwei anderen Männern in einem Büro sitzt und auf einen Bildschirm starrt. Sie lachen, arbeiten, aber wirken dabei entspannt.

Du magst es hier sogar sehr. Das war so nicht geplant.

Mit einem Seufzen stürze ich mich in meine Aufgabe. Im allerersten Moment bin ich von der schieren Masse an Informationen überfordert. Aber ich verstehe, was der Kunde will. Werbung für eine Kosmetikmarke zu machen ist so viel leichter als für die langweiligen Versicherungskunden, mit denen ich sonst zu tun habe. Zuerst schreibe ich jede Idee runter, lasse einfach alles zu, Gutes und Schlechtes, Sinnvolles und Sinnloses. Danach gehe ich meine Liste durch und kopiere die vielversprechendsten Ansätze in eine neue Liste. Die überarbeite ich. Das Best-of kommt auf eine dritte Liste und fertig.

»Bist du irre?!«, reißt mich Zahras Stimme aus meiner Arbeit.

»Was habe ich getan?«, zucke ich erschrocken zusammen. Bitte, ich darf den Job nicht gleich am ersten Tag verlieren.

Sie lehnt sich über meinen Schreibtisch und liest meine Sachen. »Du kannst aufhören, das ist viel mehr, als wir brauchen.« Sie winkt einem Kerl mit lässigen Sachen und wuscheligen Haaren zu, der eben noch mit Jake zusammensaß. »Owen, dein Kunde hat die Texte in weniger als einer Minute vorliegen.« Gleich darauf formatiert sie mein Dokument nach einheitlichen Vorgaben und schickt es über ihren E-Mail-Account an Owen Alexander, den Leiter der Kundenberatung und laut Branchennews der Kundenflüsterer, der immer weiß, was alle wollen.

»Ich liebe dich, Zahra«, antwortet er nach einem Blick auf die Texte.

»Nein, du liebst sie hier!«, sagt sie und zeigt auf mich, statt das Lob für sich zu verbuchen.

»Gut gemacht«, ruft er mir zu.

Gut gemacht? Wow, ich fühle mich glatt fünf Zentimeter größer, was bei meinen sonst gerade mal 1,60 m Körpergröße beachtlich ist. Kann mich nicht erinnern, wann ich bei DoubleD *zuletzt Lob erhalten habe. Nie?* Ich muss breit grinsen und fange Jakes Blick auf. Er sieht so aus, als würde er gleich vor Stolz platzen.

»Teatime!«, tönt er plötzlich und hat sofort die Aufmerksamkeit der ganzen Agentur. »Alle mal herhören, unsere neue Texterin Skylar Jones hat es geschafft, Copys zu schreiben, die Owen ohne Korrekturwünsche akzeptiert hat. Ein Wunder ist geschehen!«

»Das ist doch albern!«, murmle ich, weil er tut, als hätte ich das Rad neu erfunden.

»Nein, das muss gefeiert werden«, jubelt Zahra nun auch, packt mich an den Schultern und schüttelt mich. »Du verdammtes Genie! Warum kommst du erst jetzt zu uns? Wir hätten dich schon viel früher gebraucht.«

Keine Sekunde später applaudieren mir alle in der Agentur. Für zehn Seiten mit TikTok-Ideen. So was hat bei *DoubleD* nie jemand gemacht.

Völlig unpassend wird mir schlecht. *Jetzt wirst du nicht nur Jake, sondern alle hintergehen. Herzlichen Glückwunsch, Skylar! Was für ein grandioser Start!*

Jake

Nicht zu ihr rennen und sie in die Arme nehmen.

Nicht sie küssen.

Nicht hart werden.

Nicht ... Na gut, breit grinsen darfst du.

Skylar ist noch nicht mal einen Tag hier und bringt nicht nur mein Leben, sondern auch die gesamte Agentur durcheinander. Auf positive Weise, nicht wie Blizzards im Winter, die ganz New York lahmlegen.

»Die Gerüchteküche erzählt sich, ihr kennt euch wohl von früher«, sagt Max von der Seite zu mir und verfolgt das übliche Spektakel in der Agentur, das wir als Chefs unterstützen. Eine halbe Stunde Spaß fördert den Teamgeist. Und fröhliche Mitarbeiter leisten bessere Arbeit. Ich glaube, es fließt sogar Alkohol. Obwohl es noch nicht mal Mittag ist. Indy bastelt Skylar eine Krone. Elijah zaubert Konfetti aus Fehldrucken, und als jemand die Musik aufdreht, tanzen alle, als wäre es Freitagabend und das Wochenende stünde vor der Tür, nicht Montag. In unserem früheren Leben waren wir bestimmt alle beim Zirkus, anders kann ich mir diese verrückte Truppe nicht erklären.

»Die Gerüchteküche ist Ruby vom Empfang, und das hat sie richtig weitergegeben«, sage ich zu Max, weil ich keine Geheimnisse vor meinen Freunden haben will. »Wir kennen uns.«

Obwohl ich es verhindern will, wird mein Lächeln breiter, und ich kann meine Augen nicht von Skylar abwenden. Sie wirkt ein wenig überfordert, und ich rechne damit, jeden Augenblick eingreifen zu müssen, um sie vor zu viel Aufmerksamkeit zu retten, aber sie schlägt sich tapfer.

»Keine Beziehungen mit Angestellten«, erinnert mich Owen von der Seite und klopft mir auf die Schulter, als Zeichen, dass er froh ist, dass ich Skylar eingestellt habe.

»Scheiß drauf«, sage ich, ohne meine gute Laune zu verlieren. Ich denke gar nicht lange darüber nach, aber in dem Moment, als ich es sage, weiß ich, dass es richtig ist. Skylar ist wieder da, und ich will alles mit ihr, ein Leben und eine Zukunft.

»Wie bitte?«, knurrt Max.

»Nicht dein Ernst!«, kommt von Owen.

»Scheiß drauf«, wiederhole ich unbeirrt und räuspere mich. »Ich meine natürlich: Ist mir egal, interessiert mich nicht, werde ich mich nicht daran halten, Nonsens, Blödsinn, Quark …« Ich komme ins Stocken, als ich nach weiteren Ausdrücken suche, um deutlich zu machen, dass mir die Regeln unserer Dachagentur *TFA* offiziell am Arsch vorbeigehen. Ich schlage gerne noch weitere nach, aber ich vermute, meine Message ist angekommen.

»Das können wir nicht zulassen, das weißt du«, sagt Max, als hätten wir dieses Gespräch nicht schon wegen ihm und auch Owen geführt. Wie das damals ausging, weiß ich. Mit jeder Menge Problemen für alle. Bis sich zum Glück Lösungen fanden. Ich lege keinen Wert auf so ein Chaos.

»Wie wollt ihr es verhindern?«, erwidere ich cool. »Meine neue Geheimwaffe aus Ohio feuern? Mich feuern?«

»Du weißt, was mit *TFA* auf dem Spiel steht«, wendet Owen ein. Er war derjenige, der den Deal damals eingefädelt hat, der bis zu einem gewissen Grad gut für uns war.

»Von mir wird *TFA* nichts erfahren«, sage ich.

»Aber von mir«, sagt Max.

»Von dir auch nicht, klar?«, knurre ich, weil ich mir Skylar nicht wegnehmen lassen werde, nachdem ich sie gerade erst wiedergefunden habe. Wenn er einen Kampf will, kriegt er einen. Einen harten. Keinen fairen.

Owen boxt mich spielerisch in die Seite. »Mann, hat es dich erwischt.«

»Ja, bin ein Totalschaden«, sage ich und lache leise, als ich sehe, wie Zahra und Elijah Verbrüderung mit Skylar trinken.

»Es bleibt dabei«, sagt Max. »Ich muss dir das verbiet–«

»Lass ihn doch«, stellt sich Owen plötzlich auf meine Seite und klopft mir auf den Rücken, als hätte er seine Meinung geändert. »Von mir erfährt *TFA* auch nichts. Skylar hat mir eben tolle Arbeit geliefert, und sie passt gut zu uns. Ich will nicht, dass sie geht. Und ich mag unseren happy Jacky«, witzelt er, als wäre er der kreative Texter von uns beiden. »Ist schon eine Weile her, seit wir alle drei glücklich waren.«

»Habt ihr beide den Verstand verloren?«, grummelt Max, mustert mich und seufzt verständnisvoll. »Wenn das schiefgeht ...«

»Wird es nicht«, sage ich, lasse beide stehen und gehe zu den anderen.

»Du Genie!«, ruft mir Zahra zu und umarmt mich, dankbar, dass ich Skylar ins Team geholt habe.

»Sie ist sooo witzig!«, kichert Indy. »Ich will sie für meine Kunden.«

»Nein, ich will sie«, sagt Javi und zupft an meinem Ärmel. »Bitte, teil sie mir zu.«

»Ich hatte sie zuerst«, sagt Zahra und hängt sich Skylar um den Hals, die lacht, aber gleichzeitig so aussieht, als bräuchte sie Hilfe. *Gerne!*

»Nein, ich hatte sie zuerst«, sage ich ruhig, dränge mich zwischen Zahra und sie und nutze die Gunst der Stunde, um Skylar an mich zu ziehen. Richtig an mich zu ziehen. *Brüderlich*, ist mein erster Gedanke. Aber mal ehrlich, daran ist nichts Brüderliches.

Ich höre das leise Luftholen von Skylar, als hätte sie plötzlich nicht genug Sauerstoff in den Lungen.

»Hab dich«, raune ich ihr zu.

»Wie immer«, antwortet sie laut, obwohl sie das bestimmt nicht wollte.

»Für immer«, gebe ich zurück.

Ich spüre ihren Puls schneller schlagen, nehme ihren Duft wahr, will sie küssen.

»Die Party ist vorbei«, tönt da Max' Stimme durch die Agentur.

»Nicht, wenn ich dich umstimmen kann, Boss«, säuselt Indy, tänzelt zu ihm, legt die Hände um den Hals ihres Mannes und windet sich an seinem Körper.

»Arbeit ist Arbeit«, blafft er standhaft. Keine Ahnung, wie er das schafft, wahrscheinlich, weil er sie spätestens heute Abend in die Finger kriegt.

»Spaßbremse«, mault Indy, aber löst sich. »Okay, ihr habt es gehört, Leute, die Sklaven müssen wieder an die Ruder und das marode Schiff durch die stürmische See bringen.«

Skylar kichert in meinen Armen. »Das ist die schlechteste Ansprache, die ich je gehört habe.«

»Geht noch schlechter. Mit Reden haben es beide nicht so«, gebe ich ihr lachend recht und lege ihr wieder die Hand auf den unteren Rücken. »Also los, Sklavin, wieder an deinen Platz.«

»Welchen Job soll ich übernehmen?«

Mir nicht von der Seite weichen, denke ich. »Frag Zahra!«, sage ich jedoch stattdessen, entgegen meinem Impuls, sie ganz für mich zu vereinnahmen. Das würde wirklich *TFA* auf den Plan rufen und Probleme bringen.

Schneller, als mir lieb ist, ergreift Skylar die Flucht und gesellt sich zu ihrem Team. Ich kann nicht verstehen, was sie sagen, aber wenn ich die Körpersprache der beiden Frauen richtig deute, dann lobt Zahra sie erneut und gibt ihr den nächsten Job. Dabei hätte ich so viele andere Aufgaben für sie …

»Und ich dachte immer, extravagante Frauen mit einem sechsstelligen Jahresgehalt wären dein Typ«, sagt Max, kommt zu mir und folgt meinem Blick. *Falsch gedacht.* »Warum habt ihr früher nichts miteinander angefangen?«, fragt er, als hätte er meine Entscheidung akzeptiert.

»Sie war die beste Freundin meiner Schwester. Sie war einfach zu jung.«

»Aber du fandest sie schon immer heiß?!«, mischt sich Owen ein.

»Was stimmt mit dir nicht? Nein! Oder doch, ja, aber nicht so, wie du denkst. Damals mochte ich ihre verrückten Ideen, ihr Lachen und dass sie immer für meine Schwester da war. Sie war die perfekte Freundin für Jane. Ihretwegen war ich sogar auf einem Taylor-Swift-Konzert und fand es tatsächlich gut.«

Max und Owen sehen mich an, als wäre mir ein zweiter Kopf gewachsen, aber ja, diese Worte haben wirklich meinen Mund verlassen.

»Als Frau attraktiv finde ich sie erst jetzt«, rede ich weiter. »Und ihr habt keine Ahnung, wie viel schlimmer das ist.« Denn normalerweise findet man jemanden erst heiß, und beim späteren Kennenlernen merkt man erst, ob man wirklich matcht oder nicht. Bei Skylar und mir ist es umgekehrt. Wir gehören zusammen, damals schon und jetzt erst recht. Ich sehe zu Max und Owen, meinen engsten Freunden, den Leuten, mit denen ich schon durch jede Menge Höhen und Tiefen gegangen bin, und versuche, ihnen zu erklären, wie wichtig mir diese Frau ist. »Ich habe sie nie vergessen. Aber das, was ich heute fühle, ist einfach nur …« Ich suche nach einem Wort, aber da ist keins. Sie ist die Eine. Gibt es für dieses Gefühl ein Wort? Außer Liebe vielleicht. Aber selbst Liebe ist zu schwach.

»Du bist mal um ein Wort verlegen?«, witzelt Owen. »Den Tag streiche ich mir rot im Kalender an.«

»Hast du nicht auch Arbeit zu erledigen?«, knurre ich.

»Haben wir alle«, meint Max. »Wenn ihr später noch ein paar Minuten habt, würde ich gerne mit euch den Stand für *Space Air* besprechen.«

»Halb zwei wäre gut«, sage ich.

»Passt mir«, sagt Owen.

»Sehr gut«, kommt von Max. »Dann bis nachher.«

Zurück in meinem Büro kann ich immer noch nicht glauben, dass Skylar hier ist. Immer wieder muss ich aufschauen und nach ihr sehen, aus Angst, sie könnte sich in Luft aufgelöst haben. Aber da ist sie. Zurück in meinem Leben. Und wenn es nach mir geht: für immer.

KAPITEL 4

Skylar

Social-Media-Post geschrieben. Headlines geliefert. Mailing Korrektur gelesen. Meine Aufgaben bei *All-in* gleichen denen bei *DoubleD*, und ich komme zügig voran. *Tipp, tipp, tipp.*

Ab 18 Uhr verwaist meine Abteilung, während die Grafiker noch emsig vor ihren Rechnern sitzen. Typisch für Agenturen. Bei *DoubleD* war es nicht anders. *Tipp, tipp, tipp. Stopp.* Unauffällig blicke ich mich um. Ich arbeite mit Zahras Computer-Account. Sie muss Zugang zu den *Space-Air*-Dateien haben. Selbst wenn es noch kein ausgearbeitetes Konzept gibt, es müssen erste Analysen existieren. Niemand schaut mir über die Schulter. *Now or never.*

Ich sammle meinen Mut, speichere meinen letzten Text und öffne die Dateiablage, um nach Informationen zum anstehenden Pitch zu suchen. *Klick, klick, klick.* Im Akkord navigiere ich durch das System, als würde ich ein Onlinespiel spielen, bei dem man feindliche Raumschiffe abschießen muss. Oder Enten, Fische, Monster ... was auch immer! Ein Ordner mit dem Namen *SPACE AIR* ist nicht zu finden, aber es gibt andere, die allgemeine Bezeichnungen tragen wie KONZEPTE, IDEEN, 3. QUARTAL. Die nehme ich mir vor, einen nach dem anderen.

Klick, klick, klick. Nicht nützlich, nicht nützlich, nicht nützlich. Das kann doch nicht wahr sein!

»Bis morgen, Skylar«, reißt mich die Stimme einer Kollegin aus meiner illegalen Arbeit. Schnell wechsle ich zurück zu meinem Schreibprogramm. *Das war knapp.*

»Bis morgen …«, sage ich zu der jungen Frau mit den schönsten natürlichen Locken, die ich je gesehen habe, und suche im Kopf nach ihrem Namen, aber auch wenn wir heute schon miteinander zu tun hatten, er ist mir entfallen.

»Samira«, kommt sie mir mit einem nachsichtigen Lächeln zu Hilfe.

»Bis morgen, Samira«, wiederhole ich.

»Mach nicht mehr so lange. Das sind die ruhigen Tage. Genieß das!«

»Weiß ich«, sage ich. »Deshalb nutze ich die Gelegenheit, um mich einzuarbeiten. Später ist dafür keine Zeit.«

»Willst du noch was wissen?« Hilfsbereit kommt sie zu mir und überfliegt mein Alibiprojekt. Duschgel-Überschriften.

»Ähm, ja«, stammle ich und versuche, Zeit zu schinden. »Kannst du mal prüfen, ob ich die Datei korrekt benannt und abgelegt habe?« Das Ablagesystem ist eigentlich nicht allzu komplex. Jede Datei trägt im Namen ein Kürzel für den Kunden, die aktuelle Version und den letzten Bearbeiter.

»Sieht gut aus«, sagt sie. »Nimm SKY als ID für dich, die wird noch nicht verwendet.« Sie fügt meinen Namen der Dateibezeichnung hinzu. »Weißt du, wie du deine Arbeitszeit trackst?«

»Zahra hat mir das Tool gezeigt.« Das System unterscheidet sich von *DoubleDs* simplen Excel-Tabellen. Hier gehen die Daten direkt an die Buchhaltung zur Rechnungserstellung für die Kunden.

»Wenn du möchtest, können wir das schnell gemeinsam erledigen. Die Abkürzungen für Kunden und Aufgaben können am Anfang verwirrend sein. Es wird ein paar Tage dauern, bis du sie im Kopf hast. War bei mir auch so.«

»Nicht nötig«, sage ich, weil ich mich schlecht fühle, ihre Hilfe anzunehmen.

»Sei nicht albern, das geht fix. Also, was hast du wie lange gemacht?«

Verdammt, sind hier alle nett! Läuft ein ›Mitarbeiter des Monats‹-Wettbewerb? Meine Stimme hätte sie. Ich gebe Samira nach und nach die Aufträge und Zeiten durch und versuche, mir die von ihr verwendeten Kürzel einzuprägen. Sie hat recht: Die zu lernen wird dauern. Einige ergeben Sinn, wie HL für HEADLINE. Andere weniger, wie IMG für IMAGEWERBUNG, was mich eher an Bilder denken lässt.

»Wie lange war deine Mittagspause?«, fragt sie, als meine Jobs erfasst sind, klemmt sich eine Locke hinters Ohr und lässt mich immer noch nicht alleine.

»Hab nur schnell was am Platz gegessen«, sage ich, damit sie endlich geht. Tut sie nicht. Sie sieht mich fragend an, weil sie eine Zeit hören will. »Vielleicht zehn Minuten«, sage ich.

»Oh, oh! Lass das bloß nicht die Chefs hören. Pausen sind hier heilig.«

»Ich hatte keinen großen Hunger.« Aus gutem Grund. Meine Undercover-Mission schlägt mir massiv auf den Magen. Ich hab mir nur einen Apfel aus der Kaffeeküche genommen. Quasi nichts.

»Es geht nicht nur um die Pause, sondern um das Zusammensein«, sagt sie und tippt andere Zahlen ein. Zwei Stunden auf den Posten INTERNE ZEIT. Sieht aus, als hätte ich öfter Pause gemacht, als zu arbeiten.

»So lange habe ich nicht nichts getan!«, protestiere ich.

»Die zwei Stunden sind Standard. Das beinhaltet deine Mittagspause, die kleine Feier vorhin und Übergangszeiten, wie die hier gerade. Wir unterhalten uns, aber es ist nicht direkt Kundenarbeit, also geht das zu Lasten der Agentur.«

»Oh, das schlüsselt ihr extra auf?«, frage ich entspannter nach.

»Natürlich! Alles andere wäre dem Kunden gegenüber ja unfair. Wir können ihnen doch nicht Stunden in Rechnung stellen, in denen wir nichts für sie getan haben.«

DoubleD hat da keine Hemmungen, so wie bei ihnen vieles offensichtlich sehr viel anders abläuft als hier. Meine Chefs dort würden mir niemals so wie Zahra vorhin helfen. Meine Kollegen würden mir niemals Arbeit abnehmen. Und mit mir gefeiert hat auch noch nie jemand, weil mein Teamleiter meinen Erfolg in der Regel als seinen Geniestreich ausgibt. Bisher fand ich *DoubleD* gar nicht so übel, aber wenn nicht dieses Wahnsinnsgehalt winken würde, könnte ich mir vorstellen, bei *All-in* zu bleiben.

»Falls du irgendwelche Zeiten vergessen hast, kannst du sie auch später nachtragen. Du hast dafür eine Woche«, erklärt Samira weiter. »Aber ich würde es gleich erledigen, wenn ich du wäre.«

»Bevor es in Vergessenheit gerät«, sage ich nickend. »Das kenne ich nur allzu gut.« Wenn man genau weiß, dass man zehn Stunden im Büro verbracht hat, und die Zeiten nicht nachvollziehen kann. »Danke dir«, sage ich, als wir alle meine Daten eingetragen haben.

»Kein Problem«, erwidert Samira. »Also dann: bis morgen.«

»Bis morgen.«

Ich starre auf den Bildschirm, als würde ich mich weiter

einarbeiten wollen. Tatsächlich warte ich nur darauf, dass Samira und ihr Lockenkopf endlich verschwinden und ich die letzte Person in der Abteilung bin. Die letzte, außer Jake.

Verstohlen schaue ich zu ihm. Er sitzt in seinem Büro und schreibt konzentriert etwas auf. Vielleicht das Konzept für die Airline. Vielleicht auch zehn Arten, wie er mich durcheinanderbringen kann.

Bevor er mich beim Starren erwischt, senke ich rasch den Blick und wende mich wieder meinem Computer zu.

Mir wird heiß und kalt, als mir erneut klar wird, was ich hier tue. Alle betrügen. Nicht nur die Agentur, sondern auch Jake. Mehrmals muss ich tief durchatmen, weil mein Magen grummelt und mir ist, als würde ich bei stürmischer See faule Eier essen müssen. *Bleib ruhig, Skylar. Du hast schon verrücktere Aktionen überstanden. Den Gartenzwerg von Mrs. Smith zu Mrs. Hollander geschmuggelt. Den Schulpool mit Schaumbad sabotiert ... Das hier ist zwar anders, aber du kannst das.*

Ich muss mir das noch mehrmals sagen. Dann widme ich mich Zahras Postfach. Mit viel Glück finde ich das Dokument, das ich suche. Dann bin ich morgen wieder bei *DoubleD*, und alles war nur wie ein schlechter Traum.

Jake

Als ich mit meinen Aufgaben für heute fertig bin, ist es kurz nach sieben. Und Skylar ist immer noch da, die Letzte aus meinem Team. Gefällt mir. Nicht dass sie Überstunden macht, sondern dass sie hier ist.

Nach dem Meeting mit Max und Owen zum anstehenden Pitch haben wir auch noch mal über sie und mich gesprochen. Max ist endgültig eingeknickt. Keiner von uns weiß, wie wir damit umgehen, falls sich *TFA* meldet, aber sie stehen hinter mir. Wie meine persönlichen Bodyguards. Wir haben eine Liste mit dreißig Gründen erstellt, warum es kein Problem ist, dass Skylar und ich zusammen sind. Ich gebe zu: Nicht jeder hat Substanz, und Argumente wie ›In anderen Firmen ist das auch erlaubt‹ werden nicht ziehen, haben sie auch in der Vergangenheit nicht. Aber wir sind vorbereitet. Damals lief nichts mit Skylar, weil sie zu jung war. Wir hatten nur Blicke und flüchtige Begegnungen. Zu wenig. Jetzt hat das Schicksal mir eine zweite Chance gegeben, die werde ich nutzen.

Fasziniert starre ich sie an. Ihre Lippen bewegen sich lautlos. Ich will, dass diese Lippen mir ihre geheimsten Fantasien ins Ohr flüstern, an mir knabbern, mich verrückt machen … Sie ist die Frau, auf die ich mein Leben lang gewartet habe. Und sie ist hier. *Worauf wartest du noch, Jake? Dass nach Brooklyn nun auch Queens als Gegend hip, woke und angesagt wird?*

Entschlossen schalte ich meinen Computer aus, packe mir Arbeit in meinen Laptop-Rucksack, hänge ihn mir über die Schulter, besprühe meinen Bonsai und verlasse mein Büro. Obwohl Skylar nicht zu mir aufschaut, kann ich sehen, dass sie mich bemerkt. Sie zuckt zusammen und strafft die Schultern, als würde sie sich für eine Konfrontation rüsten.

»Was auch immer Zahra dir für Jobs gegeben hat, das kann bis morgen warten«, sage ich, als ich bei ihrem Platz ankomme. »Mach Feierabend!«

»Ähm, ich wollte mich noch in die weiteren Kunden einarbeiten. Ihr habt echt viele.« Sie öffnet den Ordner zu *Flower Power*. »Periodenunterwäsche. Wow.«

»Von denen wird kein Auftrag reinkommen.«

»Das weiß man doch nie«, sagt sie und durchstöbert Anzeigen und Plakate, für die wir sogar Preise gewonnen haben, auch wenn das Motto BLOODY MARY nicht alle gut fanden. Dabei ist Humor der beste Weg, um sich schambesetzten Themen zu widmen.

»Sie sind ein Start-up«, sage ich. »Die letzte Kampagne war sehr erfolgreich, und wir haben ordentlich Buzz erzeugt. Sie arbeiten bis auf Weiteres mit den Claims und Motiven, die wir erstellt haben.« Ich setze mich auf die Tischkante, um *sie* ansehen zu können, nicht die Plakate, die ich in- und auswendig kenne. Obwohl es ein langer Tag war, wirkt sie fit. Ihr Teint ist nach wie vor etwas grünlich, wie ein Matcha Latte, aber ich schiebe das mal auf flatternde Nerven am ersten Tag, nicht auf meine Anwesenheit. »Mach Schluss für heute, Sky.«

»Ich … also … ähm …«, druckst sie herum.

»Es sei denn, du willst Pluspunkte bei mir sammeln«, flirte ich.

»Gut, Feierabend!«, gibt sie sich geschlagen und fährt den Computer runter.

Geduldig warte ich an der Tischkante auf sie.

»Was wird das? Ich gehe doch«, sagt sie.

Ich will dich küssen, das wird das, denke ich. *Ich will dir durch die Haare fahren, dich an mich ziehen und dir einen kleinen Klaps auf den Hintern geben für deinen frechen Tonfall deinem Boss gegenüber.* »Ich warte auf dich«, sage ich stattdessen.

Mitten in der Bewegung hält sie inne. »Wozu?« Sie lacht nervös. »Hast du Angst, dass ich mich in der Agentur verlaufe?«

»Natürlich nicht«, sage ich, weil ich ihr durchaus zutraue, den Fahrstuhl zu finden. »Ich mache mit dir Feierabend.«

Sie zuckt zusammen. »Du meinst, *gleichzeitig* mit mir, richtig?«

Was doch ein Wort für einen Unterschied machen kann! »Nein, *mit* dir.«

»Vergiss das ganz schnell wieder. Das geht nicht.«

»Befehl vom Chef«, sage ich mit einem charmanten Lächeln.

»Na, dann entlass mich doch«, faucht sie, steht auf, schnappt sich ihre Handtasche und macht sich auf den Weg zum Fahrstuhl. *Fuck, wie konnte das so eskalieren?*

»Moment! Warte mal!«, rufe ich ihr nach.

Skylar wartet nicht. Mit schnellen, energischen Schritten erreicht sie den Fahrstuhl. Um ihr nicht wie ein Stalker hinterherzulaufen, entscheide ich mich, sie gehen zu lassen. Morgen ist auch noch ein Tag. Sie denkt, ich gebe auf und ignoriere das zwischen uns? Da kennt sie mich falsch.

»Autsch«, macht Owen, der das Spektakel gesehen hat.

»Sie hat mich nicht verletzt.«

»Nicht in echt. Aber verbal. Brauchst du Hilfe bei ihr?«

»Keine Sorge, ich krieg das schon geregelt.«

»Sah für mich nicht so aus.«

»Dann kauf dir eine Brille«, zische ich.

»Hey, ich bin hier nicht der Feind.« Ich will gehen, aber er hält mich auf und sieht mir fest in die Augen. »Du hast uns gesagt, was Sache ist und dass du dich nicht zurückhältst. Also haben wir alle ein Interesse daran, dass du keinen Mist baust. Ich frage dich deshalb noch mal: Brauchst du Hilfe?

Und bevor du so tust, als wärst du Superman und könntest selbst alle Berge versetzen, denke bitte kurz darüber nach.«

Fuck, er hat recht, natürlich hat er das. Ich atme tief durch und blicke zum Fahrstuhl, als wäre Skylar immer noch dort. Sie heute nach so langer Zeit wiederzusehen hat mir tatsächlich ein bisschen den Boden unter den Füßen weggerissen. Und zu spüren, dass da was zwischen uns ist, was ganz sicher nicht einseitig ist, ist mir vielleicht etwas zu Kopf gestiegen.

»Ja, ich brauche Hilfe«, sage ich. »Aber nicht von dir.«

»Hey, ich habe einiges aus der Anfangszeit mit Eden gelernt.«

Ja, weil er derjenige war, der Eden, unsere damalige Praktikantin, seine jetzige Freundin, auf Abstand gehalten hat, genau wie Skylar es jetzt mit mir macht. Doch ich bin mir ziemlich sicher, dass das nicht an den ihr unbekannten Firmenrichtlinien liegt. Aber irgendeinen Grund wird sie haben.

»Danke für das Angebot«, sage ich. »Aber ich brauche keine Tipps von einem Frauen-, sondern von einem Skylar-Experten. Ich frag meine Schwester.«

»Verstehe, guter Punkt«, sagt er mit einem Lächeln, weil er sich daran erinnert, dass sie und Skylar mal befreundet waren. »Viel Glück.«

»Kann ich gebrauchen.«

***

»Hi, Jane«, melde ich mich per Videocall bei meiner Schwester in Yellow Springs, sobald ich zu Hause bin.

»Ist was passiert?«, fragt sie sofort, als wäre mein Anruf ungewöhnlich, dabei reden wir regelmäßig.

»Was soll bitte passiert sein?« Ich posiere vor der Kamera. »Siehst du! Alle Knochen unversehrt.« Ich schwenke die

Kamera nach draußen. »Und auch New York steht noch.« Mir wird ganz anders. »Ist bei dir was passiert? Wenn was ist, fahre ich sofort los. Für dich mache ich das. Ich müsste nur noch mal tanken und bräuchte Kaffee, viel Kaffee, und …« Janes Räuspern lässt mich meine Aufbruchsplanung abbrechen.

»Beruhig dich, Jake«, sagt sie lachend. »Das erste graue Haar soll nicht auf mich gehen.«

»Dafür ist es schon zu spät«, murmle ich. »Also, was ist los?«

»Bei mir nichts, aber du klingst so merkwürdig.«

»Ich habe doch nur Hallo gesagt!«

»Du könntest auch einfach nur brummen, und ich würde wissen, dass etwas im Busch ist. Da New York steht und du auch, bleibt nicht mehr viel übrig.« Sie schluckt. »Ist wieder was mit der Agentur?«

Sie hat das ganze Drama hautnah miterlebt, kennt sowohl die Erfolge als auch die Rückschläge. Vor allem die Entlassungen waren hart. Max und Owen waren toll, wir halten zusammen, doch ohne meine Schwester hätte ich diese Phase nicht überstanden.

»Nein, *All-in* geht es …« Ich will ›prächtig‹ sagen, aber so weit sind wir noch nicht. »Auf jeden Fall besser«, sage ich hastig, um sie nicht zu beunruhigen. »Wir sind in der engeren Auswahl für den Etat eines neuen Kunden, und wenn wir den kriegen …« Ich breche ab. Je weniger Leute Bescheid wissen, desto besser für uns. Auch wenn ich meiner Schwester blind vertraue, manchmal gibt es Zufälle, die alles auf den Kopf stellen. »Darum geht es irgendwie auch nicht …«, sage ich.

Ich nehme mir ein Bier, schnappe mir das Tablet, über das wir telefonieren, und gehe auf meine Dachterrasse, um ein bisschen was vom milden Frühlingswetter zu haben. Wie so oft genieße ich den Blick von Williamsburg nach Manhattan. Keine Ahnung, wie ich die wichtigste Neuigkeit meines Lebens ansprechen soll. Gleichzeitig bin ich kurz davor zu platzen, wenn ich es nicht mache. Wie auch immer CIA-Agenten mit ihren Geheimnissen leben, ich würde keinen Tag durchhalten.

»Was ist mit der Ärztin?«, fragt Jane. »Hattet ihr das Date?«

»Ich erzähle dir zu viel von meinem Liebesleben!«, murmle ich.

»Oder zu wenig. Was ist jetzt mit ihr?«

Das alles kommt mir vor, als läge es Jahre zurück. »Mit der Ärztin wurde es nichts«, sage ich, denke an den Abend, kann aber die Details kaum zusammentragen. »Es war nett«, sage ich einfallslos und gebe mir nicht mal Mühe, mir ein kreativeres Fazit auszudenken. »Am Ende musste sie frühzeitig gehen, ein Notfall im Krankenhaus.« *Oder eine Ausrede, um den Abend zu beenden.*

»Nett ist doch gut, da musst du dranbleiben«, sagt meine Schwester. »Nett gibt es in New York viel zu selten, und auch wenn nett erst mal langweilig klingt, nett ist das, was du willst. Vertrau mir.«

»Tja …«, mache ich nur, weil sie weiß, wovon sie redet. Sie ist schließlich glücklich verheiratet und plant, eine ganze Fußballmannschaft mit ihrem Göttergatten in die Welt zu setzen. Für mich ist das nichts. Ich suche nach Worten. Ich! Der Mann, der sonst immer welche hat. Aber das hier ist eine Ausnahmesituation. Sie kennt meine Blutgruppe und weiß, dass ich mir mal vor Lachen in die Hose gepinkelt habe und dass ich den Truthahn unserer Mom ungenießbar finde. Sie weiß alles von mir. Doch über meine Gefühle für ihre beste Freundin habe ich nie ein Wort verloren.

»Oh mein Gott! Du hast diesen Blick«, ruft sie plötzlich sehr aufgeregt.

»Welchen Blick bitte?«, entrüste ich mich. »Schiele ich?« *Bitte nicht.*

»Komm mir nicht so, Bruderherz«, sagt sie noch eine Spur aufgedrehter.

»Besser?«, frage ich, nachdem ich mit dem Hemdzipfel über die Kamera gewischt habe, als hätte ich nicht *den* Blick, sondern die Kamera was auf der Linse.

»Lenk nicht ab, Jake! Du hast Sky getroffen, richtig?«

»Wow!«, mache ich nur, könnte aber genauso gut Ja sagen. Ich starre meine Schwester an, als hätte sie hellseherische Fähigkeiten. Seit wann habe ich einen Sky-Blick? Und warum hat sie mir nie davon erzählt? Und wie ist der? Gut, schlecht, aufdringlich? Wahrscheinlich aufdringlich, wenn ich danach gehe, wie Skylar heute auf mich reagiert hat.

»Jake, atme!«, kichert Jane, sehr zufrieden mit sich. »Hast du wirklich gedacht, ich hab nicht bemerkt, dass du auf sie stehst?«

»Ja! Ich war schließlich diskret.«

»So diskret wie Rambo. Sobald sie kam, klebte dein Blick an ihr. Wenn ich sie mal aus den Augen verloren hatte, musste ich nur zu dir schauen, und ich wusste, wo sie war.«

»Okay, das klingt nicht diskret«, gebe ich ihr recht.

»Du bist ihr aber wirklich begegnet?«, fragt Jane nach. »Wie geht es ihr? Was macht sie?«

»Sie arbeitet jetzt für *All-in*«, platzt es aus mir heraus. »Sie hat sich beworben und stand plötzlich vor der Tür.«

»Und da hast du sie natürlich eingestellt!«

»Weil sie gut ist.«

Ich erzähle ihr von den letzten gerade mal vierundzwanzig Stunden und bin froh, dass ich mich vor meiner Schwester nicht zusammenreißen muss. Ich kann schwärmen, und ich kann mich aufregen. Und ich tue beides ausgiebig.

»Ich schwöre. Sie hat auch Gefühle für mich, Jane«, sage ich, als ich fertig bin. »Aber immer wenn ich einen Schritt auf sie zugehe, macht sie einen Rückzieher. Was soll ich tun? Ich weiß, ihr habt euch nach der Schule aus den Augen verloren, aber du kennst sie besser als ich. Hilf mir!«

»Du selbst sein. Und dranbleiben.«

»Das ist alles?« Ich hatte irgendwie was Verrückteres erwartet.

»Für sie ist das viel«, erklärt meine Schwester. »Ihre Familie war nicht wie unsere. Ihr Vater hat ihre Mutter und sie verlassen, als sie noch sehr klein war, und ihre Mom war kaum zu Hause. Skylar ist es gewohnt, ihre Kämpfe alleine auszutragen, und weiß nicht, wie es ist, wenn jemand für sie da ist. Ein Teil von ihr rechnet immer damit, wieder verlassen zu werden. Aber wenn du das nicht tust …«

»Okay, dranbleiben, verstehe.« Manchmal sind die einfachsten Ratschläge die besten. So wie einfache Slogans die besten sind. Skylar arbeitet schon in meiner Abteilung. Wir sehen uns jeden Tag, und das kann ich für mich nutzen.

Jane lächelt breit und klatscht in die Hände. »Mein großer Bruder schnappt sich endlich sein Mädchen.«

»Wird er. Und zwar direkt morgen.« Ich habe zehn Jahre verloren, ich verschwende keinen weiteren Tag.

KAPITEL 5

Skylar

Gestern ging es mir schon mies. Heute ist es noch schlimmer, als ich das Bürogebäude in der Madison Avenue betrete und die imposante Eingangshalle durchquere. Dass ich morgens drei Löffel Porridge runtergekriegt habe, wundert mich jetzt. Allein die Vorstellung, was essen zu müssen, lässt meinen Magen kühne Saltos vollbringen, die es mit den Nummern von Artisten des *Cirque du Soleil* aufnehmen könnten.

Es ist nur ein Job, Skylar. Bleib professionell. Und geh Jake Thomas aus dem Weg. Das sollte ja wohl zu schaffen sein. Und du, verfluchtes Herz, machst gefälligst keine Stunts in seiner Nähe. Wir sind hier in einem Büro, nicht im Zirkus.

Erneut in Secondhandkleidung – heute ein dunkelblauer Rock, der vorne bis zu den Knien reicht und hinten wie eine Schleppe herabhängt, und ein schlichtes weißes, langärmliges Oberteil – steuere ich die Fahrstühle an. *Auf zur zweiten Runde!*

In Gedanken gehe ich durch, was ich bisher gefunden habe. Nur einen Ordner auf dem Laufwerk mit der Unternehmensbroschüre. Ganz schön mager. Nichts, womit mein Chef bei *DoubleD* zufrieden wäre. Nichts, um aus dieser Nummer herauszukommen. Entweder hat *All-in* noch nicht mit dem Konzept begonnen, die Dateien liegen auf den

Desktops der Leute, die am Projekt arbeiten, oder sie existieren nur auf Notizzetteln von einem Brainstorming. *Mist.* Ich muss heute unbedingt mehr von meinen neuen Kollegen herausbekommen.

Motiviert betrete ich den Fahrstuhl und zucke zusammen, als mein Blick auf Jake trifft. *Danke, Schicksal, warum mir meine Aufgabe auch leichter machen, wenn es schwerer geht?!* Sofort setzt wieder dieses typische Jake-Flattern in meinem Magen ein, was mich schon gestern in seiner Nähe so durcheinandergebracht hat.

»Bist du den ganzen Morgen mit dem Fahrstuhl auf und ab gefahren in der Hoffnung, mich zu treffen?«, blaffe ich, um das Lächeln in meinen Mundwinkeln zu unterdrücken, das verrät, wie sehr ich mich freue, ihn zu sehen.

»Guten Morgen, Sky«, sagt er und wirft mir diesen Blick zu, der mich kurzzeitig meinen eigenen Namen vergessen lässt. Als hätte ich ihn nicht wie der größte Morgenmuffel der Welt, sondern mit einem ›Darling, endlich sehe ich dich‹ begrüßt.

Das hier ist nicht gut. Ich habe mich nur schwer dazu durchringen können, ihn zu hintergehen, weil ich ihn mag. Dass meine Gefühle jetzt wie eine verdammte Rakete in den Himmel schießen, war nicht vorgesehen. Dass seine mitziehen, noch weniger. Das hier wird nicht in einem fulminanten Feuerwerk, sondern einer epischen Explosion enden, wenn ich dem keinen Riegel vorschiebe.

»Morgen, Boss«, antworte ich so frostig, dass die Temperatur in der Kabine spürbar sinkt.

»Bist du gestern gut nach Hause gekommen?«, fragt er weiter, kein bisschen von meiner miesen Laune abgeschreckt.

»Offensichtlich«, sage ich. »Sonst wäre ich ja nicht wieder hier. In einem Stück.«

Mist! Klares Eigentor von mir. Sein Blick wandert plötzlich prüfend über mich. Jake lässt sich Zeit, und seine Musterung ist wie eine Berührung. Mein sorgsam ausgewähltes Outfit scheint ihn dabei allerdings wenig zu interessieren. Ich spüre seinen Blick direkt auf meiner Haut. Er gleitet von meinen Händen hoch über den Arm zu meiner Schulter. Er brennt auf dem Saum meines Kragens, als würde er ihn zur Seite ziehen, damit er mich in den Nacken beißen kann. Von dort arbeitet er sich über meinen Hals hoch zu meinem Ohr. Als ich ihn an meinem Ohrläppchen spüre, durchläuft es mich prickelnd heiß, und ich presse die Lippen zusammen, damit ich jetzt nicht stöhne. *Bleib professionell. Das ist nur deine Fantasie, Skylar! Nicht seine!*

»Bist du denn gestern gut nach Hause gekommen?«, äffe ich ihn nach.

»Nein«, erwidert er gelassen.

Nein?! »Warum nicht?«, frage ich viel zu interessiert nach, bevor ich mich stoppen kann. »Ist es wegen der Arbeit? Ich dachte, du warst fertig.«

»Nein, lag nicht daran«, gibt er mir nur kryptisch zu verstehen und lässt mich zappeln.

»Standest du im Stau?«

»Nein.«

»Ach, komm schon, Jake«, zische ich und hasse den bettelnden Unterton in meiner Stimme.

»Kann ich hier nicht sagen«, sagt er nur und wirft einen kurzen Blick auf die anderen Leute im Fahrstuhl, als wäre die Antwort nicht für fremde Ohren bestimmt.

Was bitte ist der Grund? Mist, er weiß genau, wie sehr ich Geheimnisse hasse. Ich muss immer alles wissen. Ich bin die personifizierte Neugierde. Und ich bin verdammt schlecht darin zu warten.

Bleibt, wo ihr seid, befehle ich meinen Beinen, aber im selben Moment schließe ich zu Jake auf und rücke so nah an ihn heran, dass sich unsere Körper berühren. »Sag schon«, raune ich ihm leise zu, damit es keiner mitbekommt.

Langsam beugt er sich an mein Ohr, lässt sich verflucht viel Zeit. Alle Alarmglocken in mir läuten, aber ich wäre nicht Skylar Jones, wenn ich sie nicht ignorieren würde. »Du bist mir nicht mehr aus dem Kopf gegangen«, sagt er.

Hitze explodiert in mir, und plötzlich bin ich mir seiner Nähe viel zu bewusst.

Ich sollte was sagen, doch es kommt nichts über meine Lippen. Ich müsste mich lösen, aber auch das schaffe ich nicht. Vielleicht sollte ich darum bitten, die Zeit noch mal rückwärts zu drehen! Aber ich tue es nicht. Weil mir gefällt, was ich spüre.

»Immer wenn ich eine Fantasie mit dir verdrängt habe, ist eine neue aufgetaucht«, raunt er mir zu und streift mich jetzt nicht nur mit seinem Atem, sondern auch mit seinen Lippen. »Ich habe mich nicht so zurückgehalten wie im Büro.« Er beißt mich sanft in meine Unterlippe. »Ich hab dich benutzt.« Jetzt ein Kuss. »Ich hab dich zum Schreien gebracht.« Er atmet schwerer. »Und ich bin gekommen, sehr, sehr oft.« Ich spüre, wie sich seine Lippen zu einem Lächeln verziehen. »Du aber nicht, Sky. Nicht ein einziges Mal, obwohl du es so sehr wolltest.«

»D-d-das ist nicht fair«, presse ich heraus.

»Nein, ganz und gar nicht«, sagt er. »Aber du hast es ja so unbedingt wissen wollen.«

Stimmt, das habe ich. Hitze brennt nun in jeder Faser von mir.

»Alles okay?«, fragt er leise und drückt mich diskret an sich.

»Mmh«, mache ich angespannt.

»Dein Atem geht hektisch.«

»Platzangst«, murmle ich, weil ich auf keinen Fall laut sagen werde, was er mich hat fühlen lassen. Dann ist meine Mission vorbei.

»Seit wann?«, fragt er. »Das war doch früher nicht so.«

»Seit jetzt«, sage ich kühl, und ich spüre daraufhin, wie er neben mir lacht. So als wäre das ein Kompliment. Mist, vielleicht ist es das ja auch. »Nicht lustig, Jake.«

»Gleich vorbei«, raunt er mir zu.

Was? Seine Nähe? Dieses verfluchte Gefühlschaos? Das Brennen zwischen meinen Beinen?

»Endlich«, stöhne ich und laufe los, als die Kabine auf der Etage von *All-in* hält, und – *zack* – landet Jakes Hand wieder auf meinem Rücken. Seine Worte jagen durch meinen Kopf. ›Ich habe dich benutzt, dich zum Schreien gebracht, bin gekommen. Du aber nicht.‹ »Kannst du diesen Nierenwärmer bitte wegnehmen?«, knurre ich.

»Nein«, antwortet er unbeeindruckt davon, dass ich seine Hand zum Nierenwärmer degradiert habe.

»Warum frage ich das auch?!«, murmle ich für mich – und ignoriere die Hitze, die seine Berührung auslöst und die meine Mission sabotiert. »Ich kann gar nicht verstehen, warum ich dich früher toll fand. Du bist unmöglich!«

»Du findest mich also toll?«, neckt er mich, als würde ich eine andere Sprache sprechen als er und wir hätten gravierende Verständigungsprobleme. *Ich nicht interessiert. Du mein Boss. Wir nix anfangen.*

Falls jemals jemanden ein zu niedriger Blutdruck quälen sollte, sollte er ein paar Minuten mit diesem Mann verbringen. Meiner schießt sofort in die Höhe. »Falsch, ich fand dich toll. Jetzt finde ich dich einfach nur nervig.«

Jake lächelt, als würde er sich seinen Teil denken. Wie jeder Texter kennt er die Macht von Pausen, von Stille, von nichts. Erst durch Pausen bekommt der Inhalt Gewicht. Immer. Auch jetzt.

»*Fand*, Jake. Vergangenheit«, betone ich. »Und nur zur Info: Bis auf deine Schwester standen sämtliche Mädchen auf der Junior High auf dich. Das wird wohl kaum an dir vorbeigegangen sein. Und jetzt muss ich arbeiten.«

»Ich bin mir sicher, Zahra hat nichts dagegen, wenn du fünf Minuten trödelst.« Er wirft mir wieder diesen speziellen Blick zu, der selbst bei sintflutartigen Regenfällen ein Feuer entfachen könnte. »Sie würden reichen, Sky.«

Wofür?, liegt mir auf der Zunge. Zum Glück kann ich mich bremsen. Was leider nicht bedeutet, dass meine Fantasie das Gleiche macht. Ich erschauere bei dem Gedanken, ihn in mir zu spüren. Und ich wette, er weiß das. Danke, Jake, als ob mein Tag nicht schon durch deine Anwesenheit als der mieseste Tag meines Lebens in die Annalen eingehen würde.

Du hast eine Aufgabe, Skylar. Konzentrier dich darauf, nicht auf ihn.

»Guten Morgen«, sage ich zu Zahra und begrüße auch

die anderen im Team, deutlich entspannter, als ich das bei Jake eben getan habe.

»Wenn du noch fünf Minuten mit Jake willst, oder wenn Jake noch fünf mit dir will, ist das kein Problem«, sagt sie schmunzelnd.

Haben denn alle mitbekommen, dass irgendwas zwischen uns läuft? »Ich bin nicht interessiert«, sage ich zerknirscht.

»Du sagst das viel zu vehement, als dass man dir das abkaufen würde. Und er ...« Sie rollt in ihrem Stuhl zur Seite, um an mir vorbei zu unserem Chef zu schauen. »Oh Mann, er ist interessiert für zwei.«

»Ja, merke ich. Seine Blicke fühlen sich an wie Laser, die sich in meinen Nacken einbrennen. Wenn er so weitermacht, trennt er mir noch den Kopf ab, und ihr habt einen Texter weniger«, zische ich und verrate mit jedem schlagfertigen Satz immer mehr von meinen Gefühlen. Denn Leute, die dir nichts bedeuten, treiben deinen Puls nicht in die Höhe.

Bemüht ruhig setze ich mich an meinen Computer und entdecke einen Umschlag von der IT mit meinen Zugangsdaten. Ich zwinge mich dazu, nicht zu Jake hinüberzublicken. Wenn er mir keine Infos zu *Space Air* verrät, dann hat er nichts in meinen Gedanken verloren. Dann sollte er mich nicht interessieren. Dann ist er so wichtig wie ein einzelnes Sandkorn in der Sahara.

»Er starrt dich immer noch an«, sagt Zahra ein bisschen wehmütig.

»Wink ihm doch zu. Ich habe nichts dagegen, wenn er dir mehr Aufmerksamkeit schenkt als mir«, witzle ich.

Prompt spielt sie mit, jedoch mit einem Augenzwinkern. Dennoch bin ich kurz eifersüchtig. *Na toll, Skylar, genau das hat dir noch gefehlt. Es ist doch egal, ob der Mann verheiratet ist und zehn Kinder hat oder jeden Tag eine andere Frau abschleppt. Schließlich ist er nicht* dein *Mann.*

»Es funktioniert nicht«, sagt sie. »Er schaut immer noch zu dir.«

Ich gebe es nur ungern zu, aber das gefällt mir. Ich muss mich doch umdrehen, und sobald sich unsere Blicke treffen, flirrt die Luft zwischen seinem Büro und meinem Arbeitsplatz. Er reibt sich mit dem Daumen über die Lippen, als wollte er mich an seine Fantasien erinnern. Und selbst wenn das nicht seine Absicht war, der Effekt ist der gleiche. Mein Körper erinnert sich.

Du hast eine Aufgabe, flüstert mir eine innere Stimme zu.

Nur noch einen Moment, erwidere ich.

Hattest du schon. An die Arbeit, Skylar.

Ich drehe mich sehr, sehr widerwillig um und sehe Zahra an, die mir als meine Chefin keinen Stress macht, sondern grinst. Als wären Jake und ich irgend so ein süßes Pärchen, das ständig süße Dinge macht, die man einfach süß finden muss. Wie ein Zuckerschock wegen einer doppelten Portion Eiscreme plus Karamellsoße.

»Was ist denn da bitte so lustig?«, fahre ich sie an. »Haben wir nicht zu arbeiten?«

»Klar, Chefin«, witzelt sie als meine Chefin und reißt sich zusammen. »Ich habe deine Texte von gestern durchgesehen, richtig klasse, Skylar. Versteh mich nicht falsch, aber ich liebe dich. So jemand wie du hat uns echt gefehlt.« *Wenn du wüsstest!*

Bei ihrem Lob wird mir ganz anders, doch ich verziehe keine Miene. Wie die Frauen in New York, die ein zu intensives Botox-Treatment hatten.

»Eigentlich wollten wir ein Plakat schon an den Kunden geben, und Indy wird mir den Kopf abreißen, wenn sie die Dateien noch mal anfassen muss, aber schau mal drüber. Die Ideen sind gut, aber vielleicht fällt dir spontan noch was Knalligeres ein, was nicht nur gut, sondern wow ist.«

»Wie lautet das Briefing dazu?«

»Mach einfach! Ich vertraue dir, dass dir was Tolles einfällt.«

Ich lächle tapfer, dabei fühle ich mich, als hätte mir jemand kräftig in den Magen geboxt. Ein kleiner Vorgeschmack darauf, was Verräterinnen blüht.

»Für den neuen Kunden ist noch nichts zu tun?«, frage ich beiläufig. »Vielleicht bin ich dort nützlicher.«

»Eins nach dem anderen«, sagt sie.

»Dann habt ihr noch gar nicht angefangen?!«

»Die Jungs diskutieren gerade die Richtung. Keine Sorge, die melden sich noch früh genug. Warum bist du so heiß darauf?«

»Ich habe jede Menge ›hoch hinaus‹-Wortspiele für den Kunden im Kopf«, rette ich mich, bevor sie misstrauisch wird.

Zahra lacht amüsiert. »Verdammt, das ist gut. Vielleicht zu humorvoll, aber schreib dir das auf!«

»Okay, mache ich«, sage ich und atme auf, weil sie keinen Verdacht geschöpft hat. Dann widme ich mich den Anzeigen und notiere weitere Headlines, die tatsächlich von Jake freigegeben werden und in der Nachbarabteilung für Ärger sorgen, als die Grafiker ab zehn Uhr eintrudeln und plötzlich losarbeiten müssen, als würde die Welt untergehen, weil der Kunde die Arbeiten bis zwölf Uhr versprochen bekommen hat.

»Tut mir leid«, rufe ich den Leuten nebenan zu. Hätte ich meine Ideen nur für mich behalten! Die Headlines davor waren schließlich ganz okay.

Mit einem schlechten Gewissen schleiche ich in die Kaffeeküche und fange an, die Maschinen zu bedienen. Ja, ich muss meine Kollegen hintergehen, aber deshalb kann ich mich trotzdem anständig benehmen. Ich bin immer noch ich. Und was für die einen Schokolade ist, ist im Agenturalltag Kaffee.

Jake

Janes Worte beschäftigen mich. Skylar kann Nein zu allem sagen, was nach der Arbeit passiert, aber im Büro sieht es anders aus. Ich soll dranbleiben und sie so durcheinanderbringen, wie ich es damals geschafft habe. Kriege ich hin! Ich bin wie eine Fliege auf der Windschutzscheibe, wenn nötig. Stopp, das ist kein guter Vergleich! Dann bin ich Matsch. Wie ein Löwe, der eine Gazelle jagt. Nein, auch schlecht, zu aggressiv. Ich bin ihre zweite Hälfte, von der sie bisher nicht wusste, dass sie ihr fehlt. Ja, das bin ich.

»Gebt mir noch fünf Minuten«, sage ich zu Owen und Max, mit denen ich eigentlich die ersten Schritte für den Pitch besprechen wollte, als ich Skylar in der Kaffeeküche entdecke.

»Läuft das jetzt immer so?«, brummt Max verärgert darüber, dass unser Termin etwas später losgehen muss.

»Lass ihn«, meint Owen. »Eher ist er doch eh nicht bei der Sache.«

»Kannst du uns wenigstens schon deine Notizen überlassen?«, fragt Max.

Wenn ihn das gnädig stimmt, sicher! Kommentarlos lege ich meine Mappe mit den Ideen ab und steuere die Kaffeeküche an.

»Was wird das?«, frage ich Skylar, als ich sie mit zwei Kaffeetassen hantieren sehe – und bereits fünf volle herumstehen. Wie bei einer Verkostung.

»Wenn du auch Kaffee willst, musst du warten«, sagt sie nur und klappert weiter an den verschiedenen Maschinen herum.

»Ich mag es gar nicht, wenn meine Angestellten mir nicht sagen, was los ist.« Ich muss mir ein Lächeln verkneifen, weil ich überhaupt kein Kontrollfreak bin, aber es liebe, Skylar aus der Fassung zu bringen. »Weisungsbefugnisse und so«, spiele ich mich auf. »Ich gebe hier die Jobs vor.«

»Ich hab dir doch gesagt, was los ist. Ich koche Kaffee und – Mist.« Sie kämpft mit dem Siebträger, der klemmt.

»Lass mich dir helfen«, sage ich.

»Ich komme schon klar.«

»Sehe ich. Du demolierst die Maschine.« Ich greife ein. »Du musst das Teil leicht nach oben ziehen und dann drehen, dann klemmt es nicht mehr. Siehst du?«

Es funktioniert, und sie funkelt mich böse an. »Super, danke, und jetzt lass mich weitermachen.«

»Warum kochst du Kaffee? Und noch dazu so viel?«, frage ich weiter und gehe natürlich nicht.

»Ich bin ein Kaffeejunkie«, sagt sie, lässt sich nicht von

mir unterbrechen, zählt zwischendurch die Tassen und wechselt schon wieder die Filter, um eine weitere durchlaufen zu lassen. Als würde sie einen eigenen Coffeeshop betreiben.

»Reicht mir nicht als Erklärung.«

»Pech.« Sie sieht sich um und braucht noch Tassen, und ich weiß genau, wo sich noch welche befinden: im Schrank, vor dem ich stehe.

»Kannst du mal zur Seite rücken, Jake?«

»Nein.«

»Kannst du *bitte* zur Seite rücken?«

Ich mache das Gegenteil und schlage Wurzeln. Nicht nur, weil ich sie aus der Reserve locken will, sondern auch, weil mich interessiert, was die Aktion zu bedeuten hat. Ich bin mir ziemlich sicher, dass das kein Auftrag von Zahra ist. Und wie eine Einstandsparty wirkt das auch nicht.

»Jake!«, ruft Skylar frustriert.

»Ja?«

»Du bist noch genauso kindisch wie damals!« Sie packt mich an meinen verschränkten Armen und versucht, mich zu bewegen. Aber ich war mal im Footballteam, da braucht es mehr als ein bisschen Ziehen, bis ich meine Position aufgebe. »Hast du nicht zu arbeiten?«

»Das hier ist Arbeit.«

»Und welche genau? Angestellte nerven?«

»Nein.« Ich drehe mich um, sodass sie nun am Schrank steht und ich ihr den Weg versperre. »Rauskriegen, was meine Angestellten treiben.«

»Fühlt sich eher an wie Belästigung.«

Biest! »Wenn das Belästigung ist, was ist dann das?«, frage ich und führe meine Hand zwischen ihre Beine. Gewagt, übergriffig … und genau richtig, denn sie atmet schwerer, statt Einspruch zu erheben.

»Ich warte, Skylar. Oder muss ich deutlicher werden?«

»Ja, musst du …«, seufzt sie. »Ähm, das heißt, nein, musst du nicht«, korrigiert sie sich.

»Schade«, murmle ich, finde es aber nicht schade, denn gesagt ist gesagt. Meine Schwester hatte recht, aufdringlich zu sein hilft. Langsam – sehr, sehr, sehr langsam – ziehe ich meine Hand zurück. »Und jetzt sag mir, wofür der Kaffee ist.«

»D-d-der Kaffee?«, stammelt sie, als hätte sie den Faden verloren. »Oh, klar, der Kaffee«, ruft sie wieder ganz im Hier und Jetzt. »Der ist für die Grafikabteilung, die meinetwegen direkt zu Arbeitsbeginn Vollgas geben muss. Also steh mir nicht länger im Weg.«

Himmel, ist sie toll! Ich hatte glatt vergessen, dass sie bei all ihren verrückten Aktionen immer auch an andere denkt. Sie macht nichts, was anderen schadet, das liegt nicht in ihrer Natur. Und dass sie sich für meine Leute einsetzt, als wären es ihre Leute, das ist so ziemlich das Heißeste, was eine Frau seit Langem für mich gemacht hat.

»Wie viele Tassen fehlen noch?«, frage ich.

»Sieben«, antwortet sie, nachdem sie die bisherigen durchgezählt hat.

»Okay, mach du die letzten drei, ich übernehme vier«, bestimme ich und weiche von ihr.

»Das musst du nicht tun. Ich schaffe das alleine.«

»Fuck, doch, Sky. Entweder das, oder ich laufe mit einem Ständer durch die Agentur.«

KAPITEL 6

Skylar

»Frischer Kaffee«, rufe ich, während ich die ersten Tassen aus der Kaffeeküche heranschleppe und großzügig verteile. Espresso, Cappuccino, Latte Macchiato, schwarzer Kaffee – ich bin mit allem bewaffnet, was das Koffeinherz begehrt.

»Ich liebe dich«, jubelt Indy, atmet tief das Kaffeearoma ein, das ich verbreite, schielt bereits nach ihrer bevorzugten Tasse, überlässt ihrem Team aber die erste Wahl. Supernett von ihr. Bei *DoubleD* sichern sich die Chefs sonst immer zuerst das Beste vom Besten.

»Und mich?«, fragt Jake und verteilt ebenfalls Kaffee. »Liebst du mich auch?«

»Nööö«, erwidert sie frech. Meine neue Verbündete.

»Hey!«, beschwert er sich. »Wo bleibt denn da bitte die Gleichberechtigung? Ich tue schließlich dasselbe wie Skylar.«

»Max hat seine Augen und Ohren überall«, gibt Indy zurück. »Ich will nicht, dass du Ärger kriegst.«

Ich runzle verwirrt die Stirn.

»Max ist ihr Mann«, erklärt Jake.

Ich bin noch verwirrter. »Der Max?«, frage ich und zeige zum Büro des Agenturchefs.

»Genau der«, seufzt Indy und schaut ihn so an, wie Jake mich anschaut. Als Max ihren Blick bemerkt, kann ich förmlich die Funken zwischen den beiden fliegen sehen.

»Nehmt euch ein Zimmer«, murrt Jake und verteilt weiter Tassen.

»Oh, werden wir. Was ist mit euch beiden Hübschen?«

»U-u-uns?«, stammle ich überrumpelt.

»Wir machen das auch«, sagt Jake und verabschiedet sich, weil er endlich zu Owen und Max ins Meeting muss.

›Wir auch‹, hallen seine Worte in mir nach. Hab ich da nicht noch ein Wörtchen mitzureden?! Ich sollte den restlichen Kaffee verteilen und wieder an die Arbeit gehen, schaue ihm jedoch nach und versuche, diese verfluchten Gefühle zu sortieren, die er in mir auslöst. »Er ist unmöglich«, entfährt es mir.

»Und dir gefällt es«, wirft Indy ein, während sie weiter an einer Grafik herumbastelt.

»Was? Natürlich nicht!«

»Aha«, sagt sie nur. »Wenn du das meinst.«

»Ja, meine ich«, bekräftige ich und will mich gerade abwenden, doch da dämmert mir, dass das meine Gelegenheit ist, mich bei den Grafikern nach Hinweisen für die neue Kampagne umzuhören.

Lass es, Skylar, flüstert mir eine Stimme zu. *Du hast den Kaffee gebracht, weil du nett sein wolltest, nicht um die Leute auszuquetschen.* Doch meine blöden Beine weigern sich standhaft, sich von Indys Arbeitsplatz zu entfernen, und ich ergebe mich meinem Schicksal.

»Ist noch was?«, fragt sie. »Keine Sorge, ich baue keine Tippfehler in deine Texte ein. Ich bin die englische Geheimwaffe. Ich mache nie Fehler.«

Eine Frau am Nebentisch kann sich ein Lachen nicht verkneifen und hustet in ihre Faust, als würde sie widersprechen wollen.

»Fast nie«, korrigiert sich Indy.

»Ich vertraue dir, dass du das richtig machst«, sage ich. »Ich bin nur neugierig, wie am Ende die fertigen Anzeigen aussehen werden.«

»So!«, ruft sie zufrieden, nachdem sie die letzte Headline aktualisiert hat und die Datei zum Kunden kann.

»Nice«, sage ich anerkennend.

»Ja, ist ganz hübsch geworden.«

»Hast du auch schon …?« Ich zögere.

»Mit KI gearbeitet?«, fragt sie so vertrauensselig, dass mir wieder übel wird.

»Ja, genau«, drücke ich mich vor meiner eigentlichen Aufgabe.

Indy verdreht die Augen, und ich werfe einen fragenden Blick zu ihrer Kollegin.

»Alle halten es für künstliche Intelligenz. Aber wie intelligent ist eine Maschine, der du jedes Detail vorkauen musst?«, erklärt sie. »Manche Dinge funktionieren, aber generier eine Gruppe von Leuten, und ich verspreche dir, auf dem Bild gibt es am Ende mindestens ein paar Arme oder Beine zu viel.«

Klingt nach lustiger Fantasy. »Ich habe gehört, dass das auch Grafikern früher schon mit Photoshop passiert ist«, sage ich.

»Nur Stümpern«, sagt Indy. »Nicht der englischen Geheimwaffe.«

Ich runzle erneut die Stirn, weil ich nicht verstehe, was sie meint.

»Sie ist Engländerin und ein bisschen seltsam«, erklärt ihre Kollegin und zeigt Indy einen Vogel.

»Selber seltsam«, kontert sie und winkt mich näher zu ihrem Bildschirm. »Komm her! Ich zeige dir, was Ava meint.«

Mit wenigen Klicks öffnet Indy ein Grafikprogramm, das mittels KI einen Teil der Bildbearbeitung übernehmen kann, und lässt ein Foto von einem Kampagnenshooting mit Models von der KI bearbeiten. Keine drei Sekunden später folgt das Ergebnis. »Da, die dritte Hand!«, ruft sie aus. »Und wie kann die angeblich so clevere künstliche Intelligenz bitte Gesichter erkennen, aber wenn es um Augenpaare geht, lässt sie die schielen. Das ist doch echt basic. In keiner einzigen Trainingsdatei wird es ein Bild gegeben haben, auf dem Leute schielen. Trotzdem spuckt die Software so was aus. Absurd.«

Ich muss schmunzeln, weil sie sich so reinsteigert. Und weil ich solche temperamentvollen Menschen mag. Die Welt braucht mehr Leute mit einem Knall. Mehr Verrückte, mehr Träumer, mehr Leidenschaft.

»Ihr arbeitet also kaum damit?«, frage ich, weil ich weiß, dass mein Chef bei *DoubleD* davon besessen ist. Er denkt, Maschinen würden alles besser machen als Menschen. *Na ja, bis sie beschließen, uns alle zu ersetzen und die Kaffeemaschine das Sagen hat*, schießt es mir amüsiert durch den Kopf.

»Es gibt Arbeitsschritte, bei denen die neuen Tools helfen«, sagt Indy. »Aber ich bin froh, dass die Kunden noch Models aus Fleisch und Blut bevorzugen. Die bieten mehr Posen an als eine Maschine.«

Jetzt, Skylar? Ich zögere, aber entschieden ist entschieden. »Ich hab gehört, ihr bekommt vielleicht *Space Air* als Kunden«, schneide ich das Thema an, was mich am meisten interessiert. »Nehmen die echte Models? Astronautinnen?«

»Das versuchen Max und Owen gerade herauszukriegen«, antwortet Indy vertrauensselig.

»Oh, dann hat der Kunde noch gar keine Vorgaben geschickt?«, hake ich nach, als würde ich die Antwort nicht längst kennen. *DoubleD* hat genau wie alle Agenturen, die in der engeren Auswahl sind, ein zehnseitiges Briefing erhalten.

»Doch, die allgemeinen Informationen haben wir«, sagt Indy wie zu erwarten. »Aber vor allem Owen hat ein Talent, aus Kunden herauszukitzeln, was sie wollen. Wir nennen ihn auch gerne den Kundenflüsterer. Er versucht, an noch mehr Infos zu kommen, und soweit ich gehört habe, ist bei der Gestaltung alles erlaubt, nur auf keinen Fall Flugzeuge.«

»Wie seltsam!«, entfährt mir.

»Ja, nicht wahr! Finde ich auch. Stell dir mal vor, ein Autohersteller wirbt ohne Autos! Oder ein Pizzahersteller ohne Pizza. Aber genau deshalb ist Jake bei dem Pitch federführend. Bei der Kampagne soll der Text im Mittelpunkt stehen. Das macht bestimmt kein anderer der Mitbewerber.«

»Arbeitet denn da schon jemand dran?«, frage ich. Dann hätte ich meine Infos.

»Schön wär's!«, sagt Indy halb stöhnend, halb lachend. »Ihr trödelt rum, und wir müssen nachher wieder Überstunden machen.«

»Vielleicht kann ich es ja beschleunigen.«

»Ja, bitte«, ruft sie begeistert. »Ich wette, wenn du Jake sagst, dass er mit dir schlafen kann, wenn er die passende Idee hat, ist er noch heute Abend mit dem Konzept fertig.«

»Wie bitte?«, keuche ich. So hatte ich das nicht gemeint! Dabei gefällt einem Teil von mir der Gedanke, mit Jake zu schlafen. Logisch, ich habe es mir ja nur an die eine Milliarde Mal ausgemalt, seit ich vierzehn war.

»Ich meine –«, beginnt Indy.

»Sie hat dich schon verstanden«, kommt Ava mir zu Hilfe. »Du überfährst sie. An ihrem zweiten Arbeitstag!«

»Stimmt! Da ist die englische Geheimwaffe wohl etwas über das Ziel hinausgeschossen.« Indy lächelt entschuldigend. »Aber im Ernst, Skylar: Setze deinen Körper gewinnbringend ein! Bitte, bitte, bitte. Wir haben so viele Grafiken zu erstellen, dass das sehr lange Nachtschichten werden, wenn nicht bald Input aus eurer Abteilung kommt.«

Ihre Idee ist scherzhaft gemeint, mein Körper reagiert jedoch sofort. Muss das sein? Das ist das Letzte, was ich gebrauchen kann. Mich auf Jake einzulassen wäre, wie Sprengstoff in eine bereits ablaufende Explosion zu geben. Ein Super-GAU.

»Keine Chance«, blocke ich ihre Idee ab. »Ich geh dann mal.«

»Ja, mach das besser«, sagt die Kollegin, Ava. »Indy ist der Kaffee zu Kopf gestiegen. Muss eine Überdosis Koffein sein. Das passiert Engländerinnen, die mit Tee aufgewachsen sind. Ich kümmere mich darum.«

Verrückt, die beiden. Und liebenswert! Ich verdrücke mich zurück in meine Abteilung und lasse mir von Zahra das nächste Briefing geben, aber in meinem Kopf herrscht Chaos.

Der Kunde will als Airline kein Flugzeug-Visual?

All-in *konzentriert sich auf eine Textkampagne?*

Bevor ich die Infos weitergebe, muss ich unbedingt rauskriegen, ob sie stimmen …

***

»Mittagspause!«, ruft Zahra kurz nach eins und reißt mich aus meiner Arbeit, die mich für einen Moment hat vergessen lassen, warum ich eigentlich hier bin. »Wir gehen alle raus«, sagt sie. »Das Frühlingswetter genießen. Kommst du mit, Skylar?«

Ich sehe, wie die Abteilung geschlossen Jacken und Blazer anzieht und Taschen mit Handys und Geldbörsen holt, und zögere. Wenn alle weg sind, könnte ich mich ungestört umsehen. Das ist meine Chance.

»Gruppenzwang!«, neckt sie mich lachend.

Verdammt, mir gefällt, dass sie mich so herzlich aufnehmen. Außerdem besteht die Gefahr, dass ich sonst wieder Jake in die Arme laufe, und zwar nur Jake. Ohne jemanden als Puffer. »Überredet«, sage ich, schnappe mir meine Tasche und folge ihnen nach draußen.

Die halbe Belegschaft bewegt sich schnatternd im Fahrstuhl nach unten.

»Es gibt hier um die Ecke einen Asiaten, Burger und einen Shop mit Sandwiches«, erklärt Zahra, als wir das Gebäude verlassen, und zeigt jeweils zu den Lunch-Möglichkeiten. »Hol dir, was du willst. Wir treffen uns um die Ecke im Madison Park.«

»Okay, dann komme ich gleich dazu.«

Die frische Luft tut gut, und ein bisschen Hunger habe ich auch. Neugierig stöbere ich im Angebot des Shops herum und entscheide mich am Ende für ein kleines Käsesandwich und einen Frozen Himbeershake.

Als ich zu den anderen stoße, schnappe ich gerade auf, wie Samira von einem Konzert in Tribeca erzählt und Carrie von einem Date mit einem Musiker berichtet. Niemand spricht über die Arbeit, und mein Appetit kehrt zurück. Ich bin in New York und lebe meinen Traum, nicht meinen

Albtraum. So habe ich mir mein Leben immer vorgestellt. Einer von vielen Farbpunkten, die die Stadt bunter machen.

Sobald wir über Serien reden, bin ich vollends in meinem Element. Ich bin ein richtiger Nerd und kenne nicht nur die Regisseure, sondern vor allem die Drehbuchschreiber, meiner Meinung nach die wahren Helden einer erfolgreichen Produktion.

Was das Essen angeht, habe ich meinen Hunger jedoch überschätzt. Ich schaffe mein Sandwich, doch nur gut die Hälfte von meinem Shake, dann bin ich satt. Aber genau das habe ich gebraucht. Einen Moment, um mich wie ich selbst zu fühlen. Nicht wie eine Verräterin.

***

Sobald wir das Bürogebäude betreten, rumort mein Magen leider wieder. Beruhigend lege ich mir eine Hand auf den Bauch. Ohne Erfolg.

»Alles in Ordnung bei dir?«, fragt Zahra, als wir die Aufzüge verlassen und zu unseren Plätzen gehen.

»Sicher«, erwidere ich knapp. *Was soll ich sonst sagen? Mir geht's miserabel, weil ich euch alle ausspioniere?*

Als mein Blick den von Jake trifft, gesellt sich zu dem einen Stein in meinem Magen ein weiterer. Mir gefällt, dass er kurz seine Arbeit unterbricht. Mir gefällt, dass er mir seine Aufmerksamkeit schenkt. Mir gefällt –

»Uff«, stöhne ich, setze mich, stelle meinen halb leeren Himbeershake ab und muss kurz die Augen schließen. Schon verstanden, liebes Universum, ich bin eine Verräterin und mir hat nichts an meiner Aufgabe zu gefallen, aber so schlecht sollte es mir nicht gehen, oder? »Wo waren wir stehen geblieben?«, murmle ich und mache mich an die Arbeit. In der Mittagspause hatte ich für einen Moment vergessen, in welcher Situation ich stecke. Das will ich wieder. Doch mein Magen hat eigene Pläne und rumort mächtig weiter. *Was ist das nur?*

»Skylar, kannst du –?«, beginnt Zahra, bricht jedoch mitten im Satz ab. »Bist du dir sicher, dass alles okay ist? Du siehst überhaupt nicht gut aus.«

»Mmh«, mache ich nur. »Vielleicht hilft was Kaltes«, sage ich laut und greife zu meinem Shakerest, obwohl mir eigentlich nicht der Sinn danach steht, noch mehr in meinen Magen zu füllen. »Mach dir keine Sorgen. Geht wirklich«, versichere ich ihr und ringe mir ein Lächeln ab. Doch als ich einen Schluck nehme, weiß ich sofort, dass das ein Fehler war. Ein riesiger. »Sorry«, murmle ich, springe auf und eile zu den Toiletten, wo ich mich übergebe.

»Was ist los?«, höre ich jemanden fragen.

»Sie hat wohl was Falsches gegessen«, erkenne ich Zahras Stimme.

»Fuck!« Das ist Jake. Ein sehr besorgter Jake. Der für mich sofort alles stehen und liegen lässt.

Mist, Mist, Mist.

»Sky, alles okay?«, höre ich ihn keine drei Sekunden später hinter mir in der Toilettenkabine. Von allen Menschen auf der Welt will ich ihn jetzt am wenigsten in meiner Nähe haben. Wir werden nie was miteinander anfangen, aber er soll mich trotzdem nicht so sehen.

»Alles bestens«, murmle ich, während sich die Übelkeit erneut meldet. »Geh einfach.« *Und lass mich bitte elendig verrecken …*

Er geht natürlich nicht.

Prompt übergebe ich mich wieder.

Jake

Glaubt Skylar, dass ich sie im Stich lasse? Noch dazu, wenn es ihr offensichtlich dreckig geht? Wer macht denn so was? Egal, ob wir nun zusammen sind oder nicht, das kann sie vergessen.

»Was brauchst du?«, frage ich und fahre ihr vorsichtig über den Rücken.

»Dass du deine Hand wegnimmst.«

Sofort ziehe ich sie zurück.

»Wie? Jetzt hörst du auf mich?«, keucht sie erschöpft und drückt die Spültaste. Mittlerweile zum vierten Mal.

»Es macht nur Spaß, wenn es dir Spaß macht.« Ich dachte, das wäre klar.

»Mir hat das nicht gefallen!«, behauptet sie.

»Willst du das wirklich jetzt mit mir diskutieren?«

»Angst, dass du verlierst?«, knurrt sie.

»Kein bisschen. Ich mess mich nur nicht mit Schwächeren.«

»Bin ich nicht!«

»Nein, natürlich nicht«, sage ich, fahre ihr durch die Haare und kassiere dafür einen finsteren Seitenblick. Doch diesmal ziehe ich meine Hand nicht zurück. Weil ich irgendwas tun muss, damit es ihr besser geht, und auch ein bisschen was, damit es mir besser geht und der Schreck abklingt. Sie ist nicht schwer verletzt. Sie hat sich nur den Magen verdorben. Das überlebt sie. »Geht es jetzt wieder?«, frage ich.

»Ja«, sagt sie. *Zu schnell, zu unglaubwürdig.*

»Wirklich? Sei ehrlich!«

»Ich bin kein Arzt, aber soweit ich die menschliche Anatomie kenne, besitze ich nur einen Magen, und der dürfte mittlerweile leer sein.«

Auch wenn ich ihre schlagfertige Antwort für ein gutes Zeichen halte, mustere ich sie skeptisch. Sie ist schlohweiß, selbst ihre Sommersprossen sind blass, und Schweiß glänzt auf ihrer Stirn. Sie ist immer noch schön. Aber eben krank schön.

»Geh, Jake!« Sie wedelt mit der Hand herum, als wollte sie eine Fliege verscheuchen. »Du musst nicht neben mir auf dem Boden sitzen und dir deine Sachen schmutzig machen.«

»Für dich mach ich mich gerne schmutzig.« *Fuck*, für sie wühle ich mich auch durch einen Misthaufen, wenn es nötig sein sollte. Ohne Hilfsmittel, Schutzkleidung und Gasmaske.

Sie stöhnt, jetzt eher wieder genervt, weil sie mich loswerden will. Aber das wird nicht passieren. Zumindest nicht, bis ich weiß, dass sie alleine klarkommt, und davon ist sie im Augenblick meilenweit entfernt.

»Es geht wirklich wieder«, sagt sie, hebt beide Daumen und verzerrt ihre Lippen zu etwas, das ein Lächeln sein soll, mich jedoch eher an Leute erinnert, die in eine Zitrone gebissen haben. *Sture Frau!*

»Wenn du fit bist, dann steh auf und geh zurück an die Arbeit«, sage ich gespielt streng.

»Wie du willst, Boss.« Sie stemmt sich hoch, macht ein »Oh, oh« und lässt sich wieder zu Boden plumpsen. Mit der Eleganz eines Dickhäuters.

»Ja, ich sehe, dir geht's blendend«, sage ich ironisch. »Ich kann dich direkt heute an einem Firmenlauf teilnehmen lassen? Oder dir eine Nachtschicht verpassen? Oder dir die

Arbeit der gesamten Abteilung auf den Tisch legen? Alles ein Kinderspiel. Richtig?«

»Richtig«, krächzt sie, viel zu stolz, um Schwäche zu zeigen. Darin war sie nie gut.

»Brauchst du Hilfe?«, höre ich Max hinter mir, und instinktiv schiebe ich mich vor Skylar, um sie vor fremden Blicken zu schützen. Wie Leute, die Gaffer von Unfallstellen fernhalten. Sie sieht nicht schlimm aus, das kann sie in meinen Augen gar nicht, aber niemand soll sie so verletzlich sehen.

»Kannst du mir nasse Papiertücher reichen?«, frage ich Max.

»Sicher. Einen Moment.«

Er zieht einen Packen aus dem Spender, macht ihn nass und reicht ihn mir. Zwei der Tücher lege ich Skylar auf die Handgelenke, weil ich mir einbilde, dass das dem Kreislauf hilft. Mit den restlichen fahre ich ihr über das Gesicht, was prompt dafür sorgt, dass sie ihre Brauen vor Ärger fast zu einer Monobraue zusammenzieht. »Wäre dir meine Spucke lieber?«, ziehe ich sie auf und tupfe sie weiter ab. »Kannst du gerne haben.«

»Lass mich das machen«, antwortet sie nur und greift nach den Tüchern. So wie meine Schwester es gesagt hat: Sie ist jemand, der es gewohnt ist, sich selbst um alles zu kümmern. Sie hat Probleme, Hilfe anzunehmen. Als wäre das eine Bankrotterklärung. Störrisch halte ich die Tücher fest. »Jake!«, zischt sie da. »Ich will mich nicht streiten.«

»Ich mich auch nicht. Lass mich dir einfach helfen.«

»Ich kann das alleine.«

»Das weiß ich. So schwer ist die Aufgabe nicht. Lass mich das trotzdem übernehmen.«

Statt was zu erwidern, sieht sie mich nur finster an und

hält still. Es passt ihr nicht, aber sie hat keine weiteren Argumente. Das will was heißen, schließlich ist sie wahnsinnig kreativ. Das hatte sie schon in ihrer Bewerbung bewiesen.

»Noch was?«, fragt Max mich.

»Ja, mach den Call gleich ohne mich«, sage ich. »Ich bringe sie nach Hause.«

»Wirst du nicht«, krächzt Skylar.

»Oh, also willst du alleine fahren?«

»Nein, ich brauche nur einen Moment, und dann arbeite ich weiter«, beharrt sie stur wie immer.

»Alles klar, du bringst sie nach Hause«, bestätigt Max lachend, der Skylars Lage zum Glück genauso einschätzt wie ich. Schließlich bin nicht *ich* übergriffig, *sie* benimmt sich gerade unverantwortlich.

»Wird er nicht«, protestiert sie.

»Kommst du dann noch mal rein?«, fragt mich Owen, der Max über die Schulter schaut und für den auch feststeht, dass Skylar heute nichts mehr macht, außer nach Hause zu fahren.

»Ja, wird er«, antwortet Skylar für mich.

»Nein«, sage ich, was sich Owen wahrscheinlich schon gedacht hat.

»Du bist unmöglich«, ruft sie schwach und verzieht verärgert das Gesicht, weil sie mir das ganz sicher mit mehr Power entgegenschleudern wollte.

»Das hast du schon mal gesagt«, stelle ich amüsiert fest.

»Und ich werde das noch öfter tun, bis du es begreifst.« Sie will mehr sagen, aber offensichtlich war sie noch nicht über den Berg. Sie muss wieder würgen, stößt mich zur Seite und stützt sich an der Schüssel ab, und ich kann nur hilflos danebensitzen.

»Sicher, dass du nur einen Magen hast und nicht drei?«, witzle ich.

Ein schwacher Faustschlag trifft mich. Ja, das war frech von mir. Aber Lachen hilft immer.

»Kannst du aufstehen?«, frage ich und spüle, als sie wieder fertig ist.

»Ich habe zwei Beine«, tönt sie erschöpft und legt in ihren Blick, was ihre Stimme gerade nicht hergibt. Wut, Empörung, Stolz … »Natürlich kann ich aufstehen.«

»Dann hoch mit dir!«

»Wie? Jetzt?!«

»Ja, jetzt«, sage ich. Das ist der Moment, um sie ohne Zwischenfall von den Toiletten zu meinem Wagen zu bekommen. Den will ich nutzen.

»Ich bleib lieber noch kurz hier, bis es mir besser geht.«

»Also bis morgen früh? Nichts da!« Ich schiebe meinen Arm unter ihre Arme und ziehe sie langsam, aber bestimmt mit mir hoch, wobei sie stöhnt, als würde ich sie auf einer Streckbank foltern. »Geht's?«

»Ja«, knurrt sie, obwohl sie mit sich zu kämpfen hat.

»Dann los«, sage ich und führe sie mit mir aus den Toiletten, gebe Zahra ein Zeichen, dass sie Skylars Sachen und meinen Laptop-Rucksack holen soll, und steuere die Fahrstühle an.

»Warum kann ich nicht einfach eine Stunde hier warten?«, jammert sie.

»Weil du nach Hause gehörst.«

Zahra reicht mir unsere Sachen, und Owen kommt mit einem Papierkorb an. »Was soll ich damit?«, frage ich irritiert, aber nehme ihn.

»Ist für sie.«

»Oh, verstehe.« Mit Skylar in einem Arm und dem Papierkorb im anderen nehme ich den nächsten Fahrstuhl, wobei die paar Leute, die drin sind, direkt Platz machen. Bisher habe ich mir Witze dazu verkniffen, aber Skylar riecht übel. Der saure Geruch, den sie verströmt, kann ganze Armeen zu Fall bringen.

»Du musst mich nicht nach Hause bringen«, sagt sie wieder. »Ich nehme mir ein Taxi. Du hast bestimmt Wichtigeres zu tun.«

»Nein«, sage ich, obwohl tatsächlich Termine anstehen, bei denen ich dabei sein müsste. Aber Skylar ist meine Priorität. Sie ist meine Number One. Schon immer, für immer.

Skylar schnaubt ungläubig über meine Antwort.

»Habe ich wirklich nicht.«

»Sicher, weil du als Chef ja auch so entbehrlich bist.«

»Wenn du dich mit mir streitest, fange ich an, Beerenobst aufzuzählen.« Das scheint ihr schließlich den Magen verdorben zu haben.

Sie stöhnt wie getroffen. »Das ist gemein.«

»Du hast angefangen«, sage ich.

»Nein, du, du drängst dich auf.«

»Himbeeren, Brombeeren, Johannisbeeren ...«, beginne ich tatsächlich, denn ich hatte sie gewarnt, und ich weiß nicht, was ich noch tun soll, um ihr zu beweisen, dass ich es ernst meine. Es mir tätowieren lassen? SKYLAR JONES IST DER WICHTIGSTE MENSCH IN MEINEM LEBEN. *Etwas übertrieben. Aber ganz ehrlich? Why not?! Direkt auf die Stirn. Für alle Welt sichtbar.*

Ich komme nicht weit mit meiner Aufzählung. Skylar greift nach dem Papierkorb und würgt erneut. Das bisschen, das noch in ihrem Magen war, hat gereicht, damit ihr der Gedanke an Obst den Rest gibt. Die anderen Leute im Aufzug drücken sich an die Seiten der Kabine in dem Versuch, der Situation auszuweichen.

»Ich hasse dich«, krächzt sie, als sie wieder Luft zum Atmen und Sprechen hat.

»Wir wissen beide, dass das nicht stimmt.«

»Kannst du aufhören, so nett zu sein?«

»Nein«, sage ich und atme auf, als wir das Parkgeschoss erreichen.

»Ich werde dein Auto vollmüffeln.«

»Ist das dein letzter Versuch, mich davon abzubringen, dich nach Hause zu fahren? Wir sind auf dem Land aufgewachsen, da gab es schlimmere Gerüche. Und wenn du nicht gleich aufhörst, fange ich an, auch die aufzuzählen.« *Kein Witz.*

Ein Ächzen ertönt, weiter nichts. Dachte ich mir, dass sie das nicht hören will. Schweineställe, der faulige Gestank von feuchtem Gras und je nach Wind der Mief der örtlichen Brauerei sind Angriffe auf die Nase. Selbst mir wird von der Erinnerung etwas flau im Magen.

»Du magst mich wirklich gern, wie?«, fragt sie und lässt sich von mir in meinen Wagen helfen.

»Tue ich«, sage ich nur, schließe die Beifahrertür, umrunde das Auto und steige ein. Dabei ist das gelogen, denn gernhaben trifft es nicht mal ansatzweise. Sie ist in meinem Kopf wie ein Ohrwurm, eine Textzeile, ein Slogan, den man nicht mehr loswird. Jedes Mal, wenn sie auftaucht, macht mich das glücklich. »Bereit?«, frage ich.

»Nein«, krächzt sie mit dem Papierkorb zwischen ihren Beinen.

Typisch Skylar. Sie nennt mir trotzdem ihre Adresse in

Queens. Ich gebe sie ins Navi ein, lasse die Route berechnen und fahre so sanft wie möglich los. Als würde ich Sprengstoff transportieren, der beim kleinsten Ruckeln in die Luft fliegt. Bringt leider nichts. Schon im Parkhaus würgt Skylar erneut, weil die Ausfahrt sich eine Etage nach oben schlängelt. Der New Yorker Verkehr macht es nicht besser. Ich versuche, mit ihr zusammen dahinzugleiten, doch immer wieder staut es sich. Erst als wir Manhattan verlassen, wird es erträglicher. Was man von dem Geruch in meinem Wagen nicht sagen kann. Selbst als ich die Fenster etwas öffne, ändert sich das kaum. Keine Ahnung, ob Duftbäumchen das später wieder wegbekommen oder ob ich mir gleich ein neues Auto kaufen sollte.

»Geht's?«, frage ich mitfühlend zur Seite und hasse, dass ich auf die Straße starren muss und ihr nur einen Bruchteil meiner Aufmerksamkeit schenken kann.

»Lebe noch«, versucht sie neben mir einen Witz, stöhnt jedoch gleich darauf wieder. »Aber nicht mehr lange, und ich erbreche meinen Magen, die Gallenblase und die Bauchspeicheldrüse und was sonst noch Kontakt mit diesem Himbeershake aus der Hölle hatte.«

Ich muss lachen.

»Das ist mein voller Ernst.«

»Okay«, sage ich. »Bin gespannt, wie die müffeln. Kann nur besser werden.«

»Kannst du aufhören, so nett zu sein?«

»Kann die Erde aufhören, sich um die Sonne zu drehen?«

»Ein einfaches Nein hätte genügt.«

»Dann nein, Sky, niemals.«

KAPITEL 7

Skylar

Abstand. Ich brauche dringend Abstand von diesem Mann. Würde mich jemand anderes nach Hause begleiten, sagen wir mal Zahra, wäre es auch schon schwierig. Aber muss es ausgerechnet Jake sein? Wie konnte ich nur zulassen, dass er mich heimbringt? Das ist einfach nur falsch, falsch, falsch. Das erkenne ich selbst mit dieser Lebensmittelvergiftung, die mich gerade völlig ausknockt.

***

»Danke, dass du mich gefahren hast«, sage ich, als wir endlich meinen Apartmentkomplex erreichen. »Den Rest schaffe ich allein.« Irgendwie. Notfalls auf allen vieren.

»Hast du zu tief in deinen Spucknapf geschaut? Wird nicht passieren, Sky.«

Abwarten!, denke ich. Mein Apartment ist in Reichweite. Ich muss nur noch durch eine Grünanlage, dann bin ich am Eingang und zu Hause. Tapfer schnalle ich mich ab, hieve mich aus dem Auto und laufe los. *Du hast es geschafft, aus Yellow Springs wegzukommen. Was sind da bitte die paar Schritte? Ein Klacks!*

»Langsam«, reißt mich Jakes Stimme aus meinen Gedanken – genau wie sein Arm, der sich um meine Taille legt und mich stützt.

»Was soll das? Ich habe gesagt, ich komme klar«, motze ich, während wir weitergehen.

»Da du ja nicht hören willst, dass ich dir helfe: Ich passe auf mein Firmeneigentum auf.«

In meinen Ohren klingelt es. Das ist das mit Abstand Sexistischste, was ich je gehört habe. »Ich bin doch nicht dein Eigentum!«

Er lacht. »Ich hab nicht von dir geredet, sondern vom Spuckeimer.« Er zieht mich enger an sich, und für einen Moment ist die Übelkeit vergessen. Oder durch einen deutlich angenehmeren Schwindel ersetzt. »Du, Sky, bist für mich kein Eigentum, sondern die Erfüllung all meiner Träume.«

»Du träumst von Frauen mit Lebensmittelvergiftung?«, schieße ich zurück, um nicht dieses Kribbeln zu fühlen, das seine Worte in mir auslösen. *Husch, weg!* Es gibt doch Pillen gegen alles Mögliche. Ich hätte gerne eine dagegen.

»Du weißt, wie ich es meine, Sky.«

»Ich hoffe, es waren Albträume!«

»Oh ja, Albträume von dir habe ich auch, quasi«, sagt er ominös, nimmt mir den Schlüssel ab, schließt auf und hält mir die schwere Tür auf. »Immer kurz vor dem Höhepunkt bin ich aufgewacht«, flüstert er mir zu, als ich an ihm vorbeigehe. »Statt mit dir zu kommen, habe ich meine Laken vollgespritzt. Schrecklich!«

Das träumt er?! Das ist nicht gut. Mir ist immer noch schlecht, und falls jemand schon mal in so einer Situation war, dann sollte klar sein, dass man dabei nicht an Sex denkt. Aber Jake schafft es.

»Ich wohne im neunten Stock«, sage ich, weil ich keine Ahnung habe, wie ich sonst reagieren soll, und steuere den

Fahrstuhl an.

»Darf ich also diesmal mitkommen?«

»Jetzt fragst du?«, zische ich. »Was, wenn ich Nein sage?«

»Na, was wohl?«

Dann kommt er trotzdem mit. »Das ist übergriffig, Jake.«

»Nein, das ist das Richtige.«

Dagegen müsste ich protestieren, aber er hat recht. Wäre die Situation umgekehrt und wäre Jake zum Beispiel Jane, wäre ich ihr nie im Leben von der Seite gewichen. Sie hätte mich von vorne bis hinten beleidigen können, es hätte keine Rolle gespielt. Nicht mal ein Sondereinsatzkommando der Polizei hätte mich von ihr wegbekommen. »Bete, dass wir nicht im Fahrstuhl stecken bleiben«, ist das Einzige, was mir einfällt.

»Ich könnte mir Schlimmeres vorstellen, als stundenlang mit dir auf engstem Raum eingesperrt zu sein«, sagt er daraufhin. Mal wieder das Richtige. Mal wieder Worte, die sich in meinem verfluchten Herzen einnisten und die ich da nicht mehr herausbekomme. Worte, die wundervoll sind und die gleichzeitig dafür sorgen, dass sich mir erneut der Magen umdreht. Auf andere Art und Weise.

Ich denke noch, ich schaffe es einigermaßen würdevoll durch mein Haus zu kommen, aber sobald der Fahrstuhl sich mit einem kleinen Wippen in Bewegung setzt, krampft mein Magen erneut.

»Fuck, Sky«, murmelt Jake so zärtlich, als würde ich ihm das Herz gerade zerreißen, dabei bin ich mir sicher, dass ich dazu momentan weder geruchstechnisch noch optisch in der Lage bin. Es sei denn, sein Herz ist nicht besonders anspruchsvoll.

Als wir halten, fühle ich mich wie ein von einem Sattelschlepper angefahrenes Murmeltier, das in seinem Bau verschwinden will. Aber wenn ich Pech habe, komme ich nicht schnell genug von der Straße und mich erwischen noch rücksichtslosere SUV-Fahrer und vielleicht am Ende auch Kinder, die mit Stöcken in meinen Bauch pieken, um zu schauen, ob ich noch lebe. Ja, gerade so, ihr Rotzlöffel.

»Welche Wohnung ist deine?«, fragt Jake.

»Die hier!«, sage ich und zeige zu einer Tür den Gang entlang nach links. »Nummer 914.«

»Wirklich?«, hakt er nach. »Oder wohnt dort dein brutaler Nachbar, der mich für einen Einbrecher hält und mich abknallt, sobald ich an seinem Schloss herumhantiere?«

»Wenn du Schiss hast, geh doch!«, versuche ich erneut, ihn abzuschütteln.

»Hab ja dich als Schutzschild und den Eimerinhalt als Waffe«, sagt er mit einem spitzbübischen Grinsen, immun gegen meine Abwehrversuche.

Er schließt auf, hält mir die Tür auf und folgt mir dann in meine Wohnung. *Hilfe!* Darauf bin ich nicht vorbereitet. Der Mann meiner Träume – und zwar definitiv keiner Albträume – steht in meiner Wohnung. Ein Mann, der seit Sekunde eins unseres Wiedersehens alles richtig macht. *Während du alles falsch machst, Skylar.*

Prompt vollführt mein Magen eine erneute Drehung. Geschieht mir recht, so, so recht.

Ich stoße Jake beiseite und nehme die erste Tür im Flur, die ins Bad führt. Gerade so erreiche ich das Waschbecken, stütze mich ab und huste und spucke aus, was noch in mir war. Den letzten Rest Würde, vermute ich.

»Was kann ich tun?«, fragt Jake.

»Gehen!«, krächze ich und weiß auch ohne Spiegel, dass ich mich mit meiner Gesichtsfarbe für eine Rolle in der Adams Family bewerben könnte.

»Wird. Nicht. Passieren«, knurrt er zum ersten Mal heute echt sauer. »Warum willst du das nicht verstehen?« Er legt den Arm um mich, stützt mich und dreht mit der freien Hand den Wasserhahn auf. »Spül dir den Mund aus!«

»Jake ...«, starte ich erschöpft einen weiteren Protest.

»Spül. Dir. Den. Mund. Aus, *Skylar*.«

Jetzt bin ich sogar ›Skylar‹, nicht mehr ›Sky‹. Sein ungeduldiger Tonfall sollte mich ärgern, sorgt jedoch nur für weitere Wärme. Weil ich aus jeder wütenden Silbe von ihm heraushöre, wie fertig ihn mein Zustand macht. Er geht nicht eher, bis er weiß, dass ich klarkomme. Wie der letzte Gentleman in New York. Falls ihn jemand sucht: Er ist bei mir und darf gerne abgeholt werden. Weil er perfekt ist und damit alles so viel komplizierter macht, als es sein sollte.

»Zufrieden, Boss?«, blaffe ich zurück und wasche mir den Mund.

»Spül noch mal«, sagt er nur, immun gegen meine schlechte Laune.

»Ich kann ja zu Chlorreiniger greifen. Laut Etikett tötet der neunundneunzig Prozent aller Bakterien und Viren.«

»Sehr witzig, Sky.« Er lacht kein bisschen, sondern sieht mich finster an.

Mit einem theatralischen Augenrollen spüle ich mir noch mal den Mund aus und strecke ihm dann die Zunge raus. »Ahhh!«, mache ich kindisch. »Glücklich? Alles sauber! Gehst du jetzt?«

Nein, tut er nicht. Er greift an mir vorbei zu einem der kleinen Handtücher, die ich zum Händeabtrocknen benutze, und macht eines mit kaltem Wasser nass. Dann tupft er mir damit das Gesicht ab.

»Tut das gut?«, fragt er.

»Ja«, hauche ich.

»Kein Protest?«, hakt er nach. »Oder wolltest du eigentlich Nein sagen?«

»Kein Protest«, bestätige ich. Hat sich ausprotestiert für heute.

Mit einem Seufzen legt er das Handtuch ab, und dann macht er noch eine Sache, die mich vollständig durcheinanderbringt. Er nimmt mich in die Arme, drückt mich an sich, lässt mich seine Kraft und Wärme spüren und haucht mir einen Kuss auf die Schläfe. »Leg dich hin, Sky«, sagt er, ehe ich die Situation vollständig verarbeiten kann. »Ich kümmere mich um den Rest.«

Auch damit komme ich nicht ganz hinterher. *Welchen Rest meint er bitte? Das ist doch schon das volle Programm. Es sei denn, er will sich um meinen Berg Bügelwäsche kümmern, die Fenster putzen und meinen Kühlschrank reinigen …*

Lange muss ich nicht auf eine Antwort warten. Jake führt mich zu meinem Sofa und legt die Kissen so hin, dass ich es gemütlich habe. Gleich darauf höre ich, wie er den Papierkorb ausspült. Das war also der Rest, den er meinte, denke ich und rechne damit, dass er nun geht. Aber das tut er immer noch nicht. Er stellt mir den Eimer wieder hin und bleibt.

»Etwas übertrieben«, murmle ich, weil eine Schüssel mittlerweile reichen würde.

»So bin ich eben, Sky, all-in. In der Agentur und auch bei dir.«

Ich stöhne, weil mir das gefällt und es mich gleichzeitig unglaublich abschreckt. Ein Mann war noch nie all-in bei mir und ich auch nicht bei ihm.

»Probleme damit?«, fragt Jake nur provokant. »Pech. Gewöhn dich dran, denn ich kann nicht anders.«

»Habe ich da nicht ein Wörtchen mitzureden?«

»Nein«, sagt er einfach nur.

Nein?! Ginge es mir besser, würde ich jetzt einen Streit vom Zaun brechen. Er kann doch nicht einfach für mich mitentscheiden! Aber mir geht es unverändert schlecht, und einen Streit, der damit endet, dass man sich übergibt, erspare ich uns. Für einen Tag bin ich tief genug gesunken.

»Hast du eine Decke?«, fragt er als Nächstes und sieht sich suchend in meinem kleinen Apartment um, das genauso chaotisch ist wie ich. Bücher liegen zwischen Klamotten, ein Basecap der Chicago Bears neben einer Duftkerze und ein Kaktus – das Einzige, was bei mir überlebt – neben Schuhen, die ich weiterverkaufen wollte. Offensichtlich war das immer noch nicht alles. Nein, jetzt sucht er eine Decke!

»Ich –«, beginne ich und will mich aufrichten.

»Bleib liegen, ich finde schon eine.«

Er findet schon eine?! Mein Kopf braucht eine Sekunde, um Jakes Sätze zu verarbeiten. »Nicht die aus dem –«, rufe ich alarmiert, als er mit meiner Bettdecke aus dem Schlafzimmer zurückkommt.

»Besser?«, fragt er und breitet sie über mir aus.

»Du hast die Decke aus meinem Schlafzimmer geholt«, stelle ich sehr intelligent das Offensichtliche fest, wickle mich ein und sehe Jake zu, wie er als Nächstes die Fenster öffnet und frische Luft hereinlässt.

»Ja, habe ich.«

»Dann hast du mein –« Zur Abwechslung bekomme ich Farbe und laufe rot an. Ich sehe es nicht, spüre jedoch die verräterische Wärme im Gesicht.

Jake dreht sich zu mir um. Ich liege neben einem Spuckeimer auf dem Sofa. Hundertprozentig kein Anblick für die Götter, aber er sieht mich so an, als würde ihn das nicht interessieren. Da ist nur Hitze in seinem Blick. Und ein amüsiertes Lächeln auf seinen Lippen. »Ja, ich habe dein Sextoy entdeckt«, sagt er ruhig, als würden wir uns über das Wetter unterhalten. »Ist es gut?«

Mir wird schwummrig. Es könnte von dem miesen Shake sein. Doch machen wir uns nichts vor: Es kommt davon, dass ich mit dem Mann meiner Träume über mein Intimleben rede. Ein Intimleben, das rein zufällig ihn in der Hauptrolle hat. Darauf bin ich nicht vorbereitet. Nicht *ohne* Lebensmittelvergiftung und schon gar nicht *mit*.

»Das geht dich nichts an«, sage ich.

»Oh doch«, antwortet er immer noch ruhig mit dieser samtweichen Stimme, die für Gänsehaut sorgt. Nicht nur auf meiner Haut, sondern in mir. »Weil ich vorhabe, das Toy zu ersetzen.«

Wie bitte? Was? »Habe ich da kein Mitspracherecht?«

»Hast du, Sky. Du wirst Ja sagen.«

Bäm. Sein Blick donnert durch mich. Und die Hitze, die er auslöst, brennt auch das allerletzte Ekelbakterium in mir weg. Mein Magen zieht sich zur Abwechslung wohlig zusammen, so wie mein ganzer Unterleib sich vor Lust zusammenzieht. Während all das passiert, sehen wir uns einfach nur in die Augen, und ich bin verloren. Denn er hat recht. Ich werde Ja sagen. Früher oder später. Es ist völlig utopisch, dass ich zu Jake Thomas Nein sagen werde. Wenn ich das hier nicht beende. Sofort.

»Ich finde, du solltest jetzt gehen, Jake. Mir geht's gut genug.«

»Ich finde, ich bleibe besser noch, falls was ist.«

»Das reicht doch jetzt an Fürsorge.«

»Nicht mal ansatzweise.«

Mist, Mist, Mist.

Jake

Fuck, wie mich das nervt, dass Skylar mich immer wieder wegstößt! Wenn ich mich wie das letzte Arschloch benehmen würde, könnte ich es verstehen. Aber so? Mehr Gentleman geht ja wohl nicht!

»Was fehlt denn noch, damit du dich genug um mich gekümmert hast?«, fragt sie. Allerdings nicht neugierig, sondern so, als würde sie einen weiteren Versuch starten, mich abzuwimmeln. »Eine Fußmassage? Hier?« Sie befreit ihren Fuß von der Decke und wackelt mit den Zehen. »Oder dass du mir Creme holst? Ich habe ganz raue Hände.«

Sie will mich nur aufziehen. Aber ja, genau solche Sachen zählen dazu. »Wo hast du deine Creme?«, frage ich ernst.

»Das war ein Scherz, Jake.«

»Also hast du keine trockenen Hände?«

»Doch, schon, aber –« Ich setze meinen strengsten Boss-Blick auf, und sie verdreht ihre hübschen blauen Augen. »In meiner Handtasche«, sagt sie schließlich nachgiebig. *Geht doch!*

»Hand«, sage ich, sobald ich die Creme geholt habe, drücke Lotion in meine Handfläche und warte.

»Hätte es nicht gereicht, mir die Creme zu geben?«, beschwert sie sich.

»Bei dir? Nein«, sage ich. Sie könnte sich stur stellen, aber mit einem weiteren Augenrollen, was bei ihrem sensiblen Magen ganz sicher nicht gut ist, reicht sie mir ihre Hand und legt sie in meine. *Good girl.*

Behutsam verteile ich die Creme, reibe sie in die Fingerkuppen und die Fingerzwischenräume und streiche mit den Daumen über ihren Handrücken.

»Du musst nicht so gründlich sein«, sagt sie.

»Ich habe Zeit, Sky.« Sanft massiere ich ihre Handfläche, bis sie sie locker lässt. »Ist das angenehm?«

»Es kitzelt«, beschwert sie sich.

»Lügnerin!«, kontere ich, fahre aber absichtlich so hauchzart über ihre Haut, dass sie kichernd ihre Hand zurückzieht. »Jetzt die andere Hand.«

»Ich kann das wirklich alleine machen«, sagt sie. Schon wieder. Wie ein Song auf Repeat.

»Davon gehe ich aus, dass du in der Lage bist, dir die Hände einzucremen«, antworte ich nur. »Du bist schließlich erwachsen.«

»Blödmann«, entfährt ihr lachend.

»Genieß es einfach.«

»Ich will es aber nicht genießen.«

»Warum nicht, Sky?«

Sie lässt sich mit der Antwort Zeit. Auch die zweite Hand massiere ich sanft. Immer wenn ich an ihr Handgelenk komme, spüre ich, wie ihr Puls wild schlägt. Es ist nur ihre Hand in meiner, doch es fehlt nicht viel und ich werde hart. Unsere Blicke verbinden sich. Das ist der absolut falsche Moment, aber ich will sie küssen und dass sie ihre cremigen Finger in meine Haare gräbt und mich zu sich zieht. Scheiß drauf, ob ich mich vielleicht mit ihrem Keim anstecke. Das wäre es mir wert.

»Du bist mein Boss«, sagt sie schließlich. »Wir sollten nichts miteinander anfangen.«

»Mir ist das egal, und wenn es dem Boss egal ist …«

»Zählt meine Meinung also nicht?«

»Nicht, wenn du mich so anschaust wie gerade eben.«

Prompt schließt sie ertappt die Augen, doch das ändert nichts an der Verbindung zwischen uns. Ich massiere weiter ihre Hände, bin sanft, verwöhne sie, streiche über ihre Haut, ziehe Kreise. So wie ich es bei ihrer Klit machen würde, damit sie kommt. Ohne Eile, ohne Druck. Wenn sie was nicht will, kann sie es mir sagen oder zeigen. Aber das tut sie nicht. Im Gegenteil, ihre Hand und mit ihr ihr Körper entspannen sich immer weiter. Und dann stöhnt sie. Sinnlich. *Fuck, wie heiß!*

»Wieder der Magen?«, gebe ich ihr eine Ausrede, um keine erneute Diskussion zu starten.

»Ja«, sagt sie nur.

»Kein Problem, ich mache dir Tee«, sage ich, lasse ihre Hand langsam aus meiner gleiten und stehe auf.

»Du kannst auch einfach gehen.«

»Habe ich nicht vergessen. Aber ich hab hier noch einen Job zu erledigen.«

»Mich zu nerven, bis ich tot bin?«

»Dafür zu sorgen, dass es dir besser geht.«

»Das ist nicht deine Aufgabe.«

»Doch! Als dein Boss will ich, dass es meiner Angestellten an nichts fehlt«, ziehe ich meine Chefkarte. Wenn nur die wirkt, bitte, nehme ich nur die.

»Mmpf«, ist ihre Antwort, was ich als momentanen Sieg verbuche.

In der Küche suche ich nach Tee, finde aber nur schwarzen, den sie in ihrem Zustand nicht vertragen wird. »Hast du keinen Kräutertee?«

»Sehe ich so aus?«

Nein, ihre Küche sieht so aus, als würde sie sich von Kaffee, Smoothies, Porridge und Couscous-Salat ernähren. »Okay, ich besorge welchen«, sage ich.

»Du gehst?!« *Autsch, klingt sie plötzlich happy.*

»Nur kurz«, dämpfe ich ihre Euphorie. »Also keine Party veranstalten, während ich weg bin.«

»Ein weiteres Mal lasse ich dich nicht rein.«

»Ich nehme deine Schlüssel mit.« Hätte ich so oder so gemacht, um sie nicht vom Sofa hochzuschrecken.

»Boah!«, stöhnt sie kindisch, als hätte ich ihr den Nachtisch verboten. »Dieses Sich-um-mich-Kümmern nervt.«

»Aber es wirkt. Bis gleich.«

Ich google nach einem Supermarkt, werde fündig und beeile mich, Tee und auch noch ein paar Sachen zum Essen zu besorgen, die den Magen schonen.

***

»Bin wieder da«, rufe ich wenig später und bemerke sofort den unangenehmen Geruch in der Luft, der trotz der offenen Fenster sehr penetrant ist.

»Welch Freude«, ertönt es sarkastisch vom Sofa.

»Brauchst du was?«, frage ich, gehe zu ihr, entdecke das halb leere Wasserglas und den dafür wieder volleren Eimer und mustere sie besorgt von Kopf bis Fuß.

»Ich komme klar«, piepst sie.

Herrgott, begreift sie es noch nicht? Ich bin für sie da. Sie muss für mich nicht die Heldin spielen, sie soll ehrlich zu mir sein!

Ich mache Tee, der ihr hoffentlich besser bekommt als das Wasser, tupfe ihr mit einem feuchten Lappen das Gesicht ab und fühle ihre Stirn. Warm.

»Du solltest wirklich gehen, Jake«, sagt sie, nun nicht sauer, sondern geschafft.

Kann sie vergessen. Jetzt erst recht. »Musst du mal ins Bad?«, frage ich, als hätte ich sie nicht gehört.

Sie stöhnt gequält. »Hab ich versucht. Dabei ist mir schlecht geworden. Also hab ich mich wieder hingelegt. Ich halte noch etwas durch.«

Das erklärt, wie ich sie vorgefunden habe. »Komm, ich helf dir zur Toilette.«

»Bitte nicht.«

»Ich besorg dir auch eine Pinkelunterlage für das Sofa, wenn dir das lieber ist. Dann kannst du es einfach laufen lassen.« Sie boxt mir gegen die Schulter, so kräftig wie ein Windhauch. »Hey! Wofür war das?«

»Das weißt du ganz genau, Jake.«

Vermutlich, weil ich etwas zu frech war. Ohne weitere Diskussion ziehe ich sie vorsichtig von der Couch und helfe ihr ins Bad. Ich schätze, dass ihr Kreislauf vom Liegen und dem Flüssigkeitsverlust schlappgemacht hat und ihr nicht mehr wegen ihres Magens schlecht geworden ist. Aber ich bin kein Experte.

Im Bad angekommen klappe ich den Toilettendeckel hoch und setze sie ab. »Den Rest schaffst du?«

Sie nickt. Natürlich nickt sie. *Auf dass es diesmal stimmt.*

»Ich warte draußen«, sage ich. »Ruf mich, wenn du mich brauchst.«

Ich rechne nicht damit, dass sie mich ruft. Wenn sie könnte, würde sie alles alleine machen, und ich wäre längst zurück in der Agentur. Trotzdem warte ich und sehe mir die Schuhe an, die sich im Flur stapeln. Sie hat gar nicht viele. Ein paar High Heels, Sneaker, Laufschuhe, auch wenn sie nicht wie eine Läuferin wirkt, und Gummistiefel, keine Ahnung, warum. Sie sind weder modisch noch etwas, was man in New York benötigt.

Die Spülung rauscht. »Jake!«, kommt wenig später.

Wunder geschehen also doch noch. »Komme!«, rufe ich.

Als ich das Bad betrete, stützt sich Skylar gerade am Waschbecken ab und wäscht sich die Hände und das Gesicht. Das immer noch blass ist. Sofort greife ich ihr unter die Arme, um sie zu stützen.

»Ab zurück aufs Sofa«, sage ich.

Dieses Mal lässt sie sich ergeben führen, und ich kann daran, wie sie ihr Gewicht gegen mich lehnt, spüren, dass es ihr nicht gut geht. Das macht sie nicht mit Absicht, sie will mich ja loswerden, nicht mit mir kuscheln. Trotzdem genieße ich es, dass sie meine Hilfe annimmt.

»Ich glaub, jetzt kannst du gehen«, sagt sie wieder. *Bla, bla, bla.* Weil man ja auch hilfsbedürftige Menschen einfach sich selbst überlässt!

Ich gehe nicht, sondern setze sie auf dem Sofa ab und nehme hinter ihr Platz, sodass sie sich an mich anlehnen kann. Für ihren Kreislauf sollte sie eine Weile sitzen, nicht liegen. Sofort versteift sich ihr Rücken. Als wäre ich ein mit Gift bestrichenes Nagelbrett und der Kontakt mit mir tödlich.

»Entspann dich!«, sage ich.

Sie bleibt stocksteif.

»Das ist nicht Kuscheln, das ist Kümmern, also entspann dich endlich, Sky.« Ich schlinge die Arme um sie, als könnte ich sie dazu zwingen, und tatsächlich gibt sie nach. *Geht doch!* »Warum stört dich das so, wenn sich jemand um dich kümmert?«, frage ich. »Ich verstehe natürlich, dass du eine unabhängige, starke Frau bist. Aber du überreagierst etwas.« Ich grinse. »Wenn unser Junior-Grafiker Isaac an meiner Stelle wäre, würde ich es ja verstehen. Er hat ein Talent für Pixel, keines für Menschen. Aber ich?«

»Ich kenne es einfach nicht«, sagt sie entschuldigend und so schnell, dass ich das nicht für ausgedacht, sondern für die Wahrheit halte. *Keine schöne.*

Verwundert sehe ich sie von der Seite an. Ich mache das so, wie ich es von meinen Eltern kenne, so wie es doch wohl jeder kennt, oder nicht?

»Hat denn …?«, beginnt sie, aber bricht ab.

Nicht mit mir. Wir reden. Endlich. Und wenn es einen Grund für ihr seltsames Verhalten gibt, dann will ich den erfahren. »Hat wer was?«, hake ich nach.

»Jane«, sagt sie, stockt und fährt gedankenverloren über

meine Unterarme. »Hat Jane nie was erzählt? Von meiner Familie?«

Doch, gestern hat sie das. Aber davor? Sie hat gerne von den Abenteuern mit Skylar erzählt, aber nie über ihre Familie geredet. Ich weiß nur, was ich von unseren wenigen Begegnungen und den Fahrstunden mitbekommen hatte, und das ist nicht viel. »Was ist mit deiner Familie?«, frage ich.

»Also bei mir …« Skylar holt tief Luft und verschränkt jetzt ihre Finger mit meinen, als bräuchte sie Kraft. »Bei mir ging es anders zu als bei euch.«

»Keine Handmassagen?«

»Ähm … nein!«, sagt sie lachend und macht etwas, was verflucht sexy ist und mich ein bisschen die Konzentration verlieren lässt. Sie massiert nun meine Hand, und das sehr, sehr gut. Ihre Daumen drücken meinen Handballen, sie erspürt eine Verhärtung, und ich merke, wie ein Druck nachlässt. Danach ist es ein Streicheln, über meine Handfläche und über die feinen Härchen auf meinem Handrücken und den Fingerknöcheln. »Mein Dad hat meine Mom verlassen …«, sagt sie schließlich. »Mich verlassen, da war ich drei Jahre alt.«

Irgendwie ahne ich, in welche Richtung die Geschichte geht, und sie gefällt mir nicht. »Hast du Erinnerungen an ihn?«, frage ich.

»Nein, ich kenne ihn nur von Fotos.«

»Das tut mir leid.« Viel zu schwache Worte, um auszudrücken, wie sehr mich das mitnimmt. Es fällt mir schwer, mir vorzustellen, wie es gewesen wäre, mit nur einem Elternteil aufzuwachsen. Was das für eine Lücke in unserem Familienleben gewesen wäre.

Sie zuckt dagegen mit den Schultern, als wäre es keine große Sache. »Es ist, wie es ist.«

»Das tut mir wirklich leid«, wiederhole ich.

»Wenn du mir jetzt aufzählst, was ich verpasst habe, hau ich dich«, warnt sie halb ernst, halb scherzhaft. »Ich weiß, dass es bei euch anders war.«

»Hatte deine Mom noch mal jemanden kennengelernt?«

»Nein. Sie hat versucht, uns über Wasser zu halten, hatte meist zwei, manchmal auch drei Jobs und hat teilweise abends noch Hilfsarbeiten für ein paar Dollar übernommen.« Sie holt tief Luft. »›Männer machen dir nur Arbeit. Du bist besser dran, wenn du dein eigener Herr bist‹, hat sie gesagt.«

»Eigener Herr? Witzig«, murmle ich und kassiere einen mickrigen Bauchstoß. »Entschuldige mal, aber eigene Frau wäre doch wohl treffender!«

»Damals hat man das nicht so unterschieden«, sagt sie.

Ich verstehe langsam, warum Skylar so selbstständig ist. Sie musste viel früher als ich erwachsen werden. »Wer hat sich um dich gekümmert, wenn du mal hingefallen bist?«, frage ich.

»Ich.«

Fuck. »Wenn du krank warst?«

»War ich nie. Ich hatte nur Erkältungen.«

Kein Kind der Welt hat nur harmlose Erkältungen. Spätestens mit Fieber kann sich so ein Zwerg doch nicht um sich selbst kümmern! »Wer, Sky?«, knurre ich.

»Ich. Es ist wohl nicht zu viel verlangt, sich selbst die Nase zu putzen.«

Wenn es nur das wäre! Ich drücke ihr einen Kuss ins Haar. Als könnte ich damit all die Male, die sie die Erwachsene sein musste, obwohl sie noch ein Kind war, irgendwie wiedergutmachen.

»Hey!«, protestiert sie.

»Lass es einfach zu«, murmle ich und wiederhole es. »Gehört dazu, wenn sich jemand um dich kümmert.«

»Das behauptest du, aber das ist nicht Kümmern, sondern Kuscheln!«

Vielleicht hat sie recht, aber fuck, nur ein bisschen.

»Jane kann dir das bestätigen«, sage ich. »Jetzt, wenn du möchtest. Ich kann sie anrufen.«

»Du bluffst!«

»Wetten nicht?« Das Handy liegt auf dem Küchentisch, und ich löse mich von ihr und hole es. Skylar nutzt die Chance, dass ich sie losgelassen habe, lehnt sich an die Sofalehne und winkelt die Beine an. Alles klar, wir kuscheln nicht weiter. Ein kleiner Preis dafür, die Diskussion zu gewinnen. Ich würde Skylar nie anlügen, das muss sie langsam begreifen.

Ich setze mich auf die Sofakante, rufe meine Schwester an, und nach dreimal Klingeln geht sie ran. »Wieder Ärger mit Skylar?«, meldet sie sich.

»Gewissermaßen«, sage ich, während sich Skylars und mein Blick treffen. Ich kann ihr die Überraschung ansehen, dass ich mit Jane über sie gesprochen habe. »Hast du einen Moment?«, frage ich. »Ich sitze hier gerade mit ihr, und wir haben ein kleines Problem.«

»Sie ist da?«, fragt Jane plötzlich aufgeregt, und ich muss grinsen, weil ich sofort an ihrer höheren Stimmlage die Freude heraushöre.

»Ja, bin ich«, krächzt Skylar und räuspert sich. »Hi, Jane.«

»Sky! Gott, ist das lange her! Wie geht es dir? Was machst

du? Wobei nervt dich mein großer Bruder? Keine Sorge, ich stehe immer auf deiner Seite.«

»Hey!«, mache ich. *Sollte sie nicht* mich *unterstützen?*

»Ich stehe auch auf deiner Seite, Jake«, sagt sie. »Du bist nett, aber eben auch nervig. Sky, was hat er angestellt?«

»Er kuschelt mit mir!«, empört sie sich, wieder mit mehr Power, weil sie Support hat.

»Igitt!«, nimmt Jane ihren Tonfall auf.

»Ja, igitt, finde ich auch«, sagt Skylar.

»Jake, warum kuschelst du mit ihr?«, fragt Jane streng.

Weil ich an ihr dranbleiben sollte, das war doch dein Tipp, denke ich verärgert. Aber ich bleibe bei den Fakten. »Weil sich Madame den Magen verdorben hat. Ich kümmere mich um sie, aber sie will mich die ganze Zeit vor die Tür setzen, obwohl es ihr noch nicht gut geht.« *Nicht mal annähernd.*

»Du hast mir einen Kuss ins Haar gedrückt!«, ruft Skylar empört und wischt sich über ihren Scheitel, als hätte ich sie angespuckt.

»Weil man das so macht bei Menschen, die man gerne hat«, verteidige ich mich. »Mom hat das auch bei uns gemacht, richtig, Jane?«

»Das stimmt«, sagt sie zum Glück und lässt mich hier nicht auflaufen.

»Ich hab ihn aber nicht gerne«, faucht Skylar. »Das muss doch auch was zählen! Ich will nichts von ihm.«

»Oh, du weißt, dass das nicht stimmt«, erwidert meine Schwester.

»Scht, Jane«, zischt Skylar, plötzlich krebsrot im Gesicht, greift nach dem Handy und stellt den Lautsprecher aus. »Du hattest versprochen, das für dich zu behalten.«

Angestrengt spitze ich die Ohren, um zu hören, was meine Schwester antwortet, aber ich verstehe es nicht. *Was hat sie versprochen? Und warum hat Jane nie was gesagt?* Ich bin ihr lieber, toller älterer Bruder. Ihre Geheimnisse sind ja wohl auch meine Geheimnisse.

»Kannst du nach nebenan gehen?«, fragt Skylar mich.

»Nein«, sage ich nur und bleibe, wo ich bin.

»Er ist unmöglich!«, ruft Skylar und erklärt, dass ich bleibe. Kurze Pause. »Jane findet auch, dass du gehen solltest.«

»Nein«, wiederhole ich.

Skylar gibt das weiter und funkelt mich sauer an. »Sie sagt, du kriegst Ärger mit ihr.«

Ich zucke nur mit den Schultern, weil mir jeder Ärger der Welt wert ist, dieses Gespräch zu belauschen.

»Ich sage doch, er ist unmöglich!«, ruft Skylar wieder.

In den nächsten Minuten zählt sie aufgeregt all meine vermeintlichen Verfehlungen auf, doch das kümmert mich nicht. Meine Schwester kennt die Geschichte schon, und sie kennt mich. Natürlich mache ich wie jeder Mensch auch Fehler, aber bei Skylar bin ich mir sicher, das Richtige zu tun.

Während beide sprechen und mich immer wieder finstere Blicke von Skylar treffen, setze ich neuen Tee auf. Wenig verwunderlich kommentiert sie das: »Jetzt macht er noch mal Tee. Als wollte er die halbe Nacht bleiben.«

»Will ich, wenn du mich lässt«, sage ich. »Werde ich, wenn ich muss.«

»Unmöglich«, murmelt sie wieder und tauscht sich weiter mit meiner Schwester aus.

Falls sie später was essen will, stelle ich ihr einen Teller zusammen mit den Sachen, die ich gekauft habe. Danach ziehe ich meinen Laptop aus meinem Rucksack und checke meine Mails. Zumindest tue ich so, denn in Wahrheit belausche ich das Gespräch, in dem es sehr oft um mich, aber auch darum geht, was die letzten Jahre passiert ist. Wirklich was mitbekommen tue ich nicht. Nur, dass sie schon seit einer halben Ewigkeit in New York lebt. Wir hätten uns viel früher treffen können!

»Bis später«, verabschiedet sie sich schließlich von Jane, nachdem beide noch die Nummern getauscht haben, legt auf und fängt meinen fragenden Blick auf. »Sie meint, du hast für heute genug getan.«

»Geht es dir denn besser?«

»Ja.« So typisch, dass sie das sagt. *Bloß keine Schwäche zeigen.*

»Steh mal auf!«, fordere ich sie auf.

Mit einem Augenrollen erhebt sie sich und streckt die Arme aus wie eine Artistin, die eine Zirkusnummer gemeistert hat. »Tadaaa. Geht!«, sagt sie. »Jetzt raus mit dir.«

Sie sieht fitter aus, aber ich traue dem Frieden nicht. »Wenn du alleine duschen kannst, dusch doch noch. Ich warte solange, und wenn du mich dann nicht mehr hier haben willst, bin ich weg.«

»Versprochen?«

Sie könnte ruhig weniger euphorisch klingen. »Versprochen«, sage ich jedoch. Für heute habe ich Skylar genug belagert. Manchmal ist Rückzug die bessere Strategie.

KAPITEL 8

Skylar

Noch fünf Minuten, und ich bin Jake los. Selten hat mich was so motiviert, schnell zu duschen und dabei Wasser zu sparen.

Ich will ihn eigentlich gar nicht loswerden, aber mit jeder Minute, die er in meiner Wohnung, in meiner Nähe, bei mir bleibt, verändert sich was zwischen uns. Und das ist das Letzte, was ich brauche.

Wieder wird mir übel. Aber anders als von meinem Mittagessen.

Hallo, schlechtes Gewissen, lange nicht gesehen!

Bevor mein Magen rebelliert und ich Jake nicht davon überzeugen kann, dass das nicht von dem verdorbenen Himbeershake kommt, stelle ich mich unter die Dusche und erlaube mir kurz, die Situation zu genießen. Mir geht es besser, und wenn ich ehrlich bin, dann bin ich unglaublich dankbar dafür, dass Jake so beharrlich bei mir geblieben ist. Er ist nicht unmöglich. Er ist aufmerksam und nett – auf die richtige, nicht auf die langweilige Art. Und er ist heiß. Mit diesen durchdringenden Blicken, diesem gut gebauten Körper und diesem mittlerweile zerknitterten Anzug, um den er sich aber keinen Kopf macht, weil er sich nur um mich einen Kopf macht.

Ich schäume mich ein und stelle mir vor, es wären seine Hände. Mein Körper reagiert und brennt plötzlich vor Sehnsucht. Ich stöhne laut.

»Alles okay, Sky?«, kommt von draußen.

Mist, ich muss ja sehr laut gewesen sein, wenn Jake mich gehört hat. Oder er hat sein Ohr an der Tür. Zuzutrauen wäre es ihm. »Ja, alles gut«, rufe ich.

»Wirklich?« So typisch für ihn, dass er mir nicht glaubt.

»Ja-a-a!« Außer dass ich dich für Dinge brauche, die nicht sein dürfen.

»Du hast noch eine Minute«, informiert er mich.

»Und dann gehst du?«

»Dann komme ich nachschauen, ob es stimmt.«

Das würde er wirklich tun, und es gefällt mir. Ich bin keine Frau, die erobert werden muss, schon gar nicht von Jake, denn ein Teil von mir hat schon immer ihm gehört. Aber mir gefällt seine Beharrlichkeit und wie wichtig ich ihm bin.

Ich beeile mich, dusche zu Ende, wickle erst mich, dann meine Haare in ein Handtuch und verlasse das Bad. »Siehst du, es geht mir gut!«, sage ich und posiere wie ein Model auf der Fashion Week, stemme die Hände in die Seiten und mache ein überernstes Gesicht. Gibt ja auch nichts mehr zu lachen auf der Welt.

Sein Blick trifft mich, und meine Pose fällt in sich zusammen. Jake mustert mich, und jetzt ist kein Hauch von Besorgtheit in seinem Blick, sondern Hunger. Er will mich. Und was noch viel schlimmer ist: Ich will ihn auch. So sehr, dass mir leicht schwindlig wird und ich die Augen schließen muss. *Schon wieder. Tolles Timing!*

»Vorsichtig«, ruft er, packt mich sofort an den Armen

– und schickt Hitze durch meinen Körper. Ich will seine Hände woanders spüren, will ihn woanders spüren. Will so viel und kann sehen, dass er es auch will. Aber dazu wird es nie kommen. *Nie, nie, nie.*

»Mir geht es wirklich gut«, sage ich. Zumindest, wenn wir von meinem Magen reden. »Du kannst gehen.« *Na los, worauf wartest du denn?!*

»Lass mich das nachprüfen.«

Auf keinen Fall! Geh auf Abstand, Sky! Schmeiß ihn endlich aus deiner Wohnung. Doch sein Blick ist mit meinem verhakt, und sobald er mit seinen Fingerspitzen die Konturen meines Gesichts abfährt, halte ich still, während mein Herz immer schneller rast.

»Fühlt sich das gut an?«, fragt er.

So angenehm wie Stacheldraht. So sanft wie Säure. So prickelnd wie Folter, liegt mir auf der Zunge. Nicht meine besten Vergleiche als Texterin, aber sorry, ich bin heute nicht auf der Höhe. »Ja«, höre ich mich jedoch sagen. *Ja?! Hallo, Verstand, bist du noch da oder habe ich dich unter der Dusche verloren?*

»Und das?«, fragt er, als würde er meinen inneren Tumult nicht bemerken, rückt näher und nimmt mich zwischen sich und der Wand gefangen. Stück für Stück. Sodass ich mich ihm entziehen könnte, spielend leicht, jeder kann das. Aber ich entziehe mich nicht. Ich nehme genau wahr, wie sein Körper gegen meinen drückt. Und ich spüre Schauer nach Schauer, weil das jede meiner Fantasien überbietet, mehr ist, als ich je dachte zu bekommen, und gleichzeitig zu wenig.

»Ja, ist gut«, höre ich mich erneut sagen, statt das hier abzubrechen.

»Fuck, Sky«, flucht er, und seine Hand zittert, als er sie langsam tiefer über meinen Hals zu meinen Schultern führt und dabei eine Spur aus Feuer hinterlässt. Eine Spur, die sich in meinen Körper einbrennt, die ich noch spüre, obwohl seine Hand längst weitergleitet. »Wie ist das?«

»Gut«, sage ich. *Schon wieder! Was stimmt nicht mit mir?*

»Immer noch gut?«, fragt er und fährt meine Seite entlang, tiefer und tiefer. Er erreicht meine Taille, meine Hüfte und den Rand des Handtuchs – und stoppt, was mehr Hitze durch mich jagt statt weniger.

Brich es ab, Skylar. Jetzt sofort! Das hier fühlt sich intensiver an, als mit jedem anderen Mann. Und der nächste Schritt wird alles verändern. *Die Hand auf dem Rücken? Ja, ein Annäherungsversuch, aber einer der alten Schule. Die kurze Situation in der Kaffeeküche? Heiß, aufregend und trotzdem harmlos, weil wir nicht alleine in der Agentur waren. Doch wenn er jetzt weitermacht, ändert das alles. So wie Revolutionen die Weltordnung auf den Kopf stellen. Das hier hört auf der Stelle auf. Los, sag es ihm. Er wird es respektieren.*

»Ja, alles gut bei mir, und bei dir?«, sage ich jedoch frech und vielleicht sogar ein bisschen flirty zurück. Als hätte der Himbeershake nicht nur meinen Magen, sondern auch meinen Verstand in Mitleidenschaft gezogen. »Wenn dir schlecht wird, bring ich dir keinen Spuckeimer.«

»Glaub ich dir nicht.« Sein Blick bleibt intensiv, aber er lächelt. Dann schiebt er seine Fingerspitzen unter den Saum meines Handtuchs, und mein Oberschenkel brennt. »Wie fühlt sich das an?«

Falsch.

Falsch, falsch, falsch.

Und gleichzeitig richtig.

Jetzt bin ich es, die schwerer atmet. Sein fragender Blick liegt auf mir, und ich kann ihm nichts vormachen. Vielleicht konnte ich das als Jugendliche, aber als Erwachsene gelingt mir das nicht. Ich nicke. Statt den Kopf zu schütteln. Eine ganz einfache Bewegung.

»Sag es!«, fordert er mich auf und streichelt mit dem Daumen meinen Oberschenkel. »Gut?«

Sag es nicht!, rufe ich mir innerlich zu. »Ja, gut«, krächze ich jedoch und verstehe mich selbst nicht mehr.

»Du klingst nicht so«, sagt er, schiebt seine Hand aber trotzdem unter dem Handtuch zu meinem Hintern. Immer so verflucht langsam, als rechnete er mit meinem Widerstand.

»Ist aber so, fühlt sich gut an«, stöhne ich, als er seine Hand auf meinen Hintern legt. Denn falls er das nicht checkt: Ich zerfließe gerade. Leute mit weichen Knien sind keine gefährlichen Widerstandskämpfer. Ich muss die Augen schließen, als in mir ein wahres Feuerwerk explodiert, nur von den sanften Knetbewegungen.

»Schau mich an!«, raunt er mir zu.

Ich will ihn nicht anschauen, denn dann passiert das hier wirklich und ich bin verloren. Also beuge ich mich vor und lege meinen Kopf an seine Schulter. So kann ich mir immer noch einbilden, ich würde das Ganze träumen.

»Nein, Sky, schau mich an. Ich will nicht nur hören, dass du das willst. Dass du *mich* willst.« Er drückt mich fester. »Ich will es sehen.«

Lass deine Augen geschlossen, Skylar. Bitte, bitte, bitte. Dann hört er auf.

Höre ich auf mich? Natürlich nicht!

Ich lehne meinen Kopf wieder zurück an die Wand und sehe Jake an, und gleich darauf spüre ich, wie er seine Hand nach vorn und zwischen meine Schenkel schiebt.

Holy shit!

Ein Schauer durchdringt mich, erfasst jede Faser von mir. Sollte ich als Spionin nicht einen Panzer besitzen, der keine Empfindungen durchlässt? Was habe ich stattdessen? Nichts. Keine Barriere, keinen Schutz, keine Verteidigung. Nur Worte.

»Bist du noch nicht überzeugt, dass es mir gut geht?«, keuche ich.

Seine Finger fahren über meine verräterisch feuchte Mitte, und ich kann spüren, wie sein Penis an meinem Bauch zuckt. »Nein, bin ich nicht. Ich glaube, es gibt eine Sache, um die ich mich noch kümmern sollte. Wie siehst du das?« Er fährt hauchzart über meine Vulva, und wenn er nicht gerade abgestorbene Fingerkuppen hat, dann muss er spüren, wie ich mit Hitze und Feuchtigkeit darauf reagiere. »Weiter, Sky?«

Nein, zehn Schritte zurück, sofort.

»Ja, weiter!«, sage ich jedoch und ziehe die Luft ein, als ich nicht nur einen, sondern gleich zwei Finger in mir spüre. Instinktiv rücke ich zu ihm, öffne mich ihm, damit er leichteren Zugang hat. Dann krümmt er seine Finger in mir. *Das ist* – mir fehlen die Worte. *Was tut er da nur mit mir? Stopp es, Skylar.*

Ich stoppe es nicht. Mein Körper will das. Mein Herz will das. Ich will ihn küssen und kann sehen, dass er es auch will, aber wartet. Doch ich mache keinen weiteren Schritt auf ihn zu. Weil ich nicht darf, nicht kann, weil es nicht geht. Zu viel steht auf dem Spiel. Das hier muss reichen, das ist schon mehr als genug.

Für einen Moment höre ich uns nur atmen. Ich kann Jake nichts vormachen. Jedem, aber nicht ihm. Da ist plötzlich seine Hand weg, und er drückt mir einen Kuss auf die Stirn. »Stimmt, dir geht es gut. Bis morgen, Sky.«

»W-w-wie bitte?«, frage ich verdattert.

Statt sich zu erklären, nimmt er seine Sachen und geht zur Tür.

»Das ändert gar nichts«, rufe ich ihm nach.

Jake dreht sich noch mal um und schickt mir diesen Blick zu, der mich verführt, ohne dass er einen Finger rühren muss. »Das ändert alles, Sky.«

Jake

»Geht es Skylar wieder gut?«, fragt mich Max am nächsten Tag im Büro, wo ich gerade die Mails bearbeite, die ich gestern nicht mehr beantworten konnte.

Bilder vom letzten Abend schießen mir durch den Kopf. Ich denke daran, wie sich Skylars Körper an meine Hand gepresst hat, weil sie mehr wollte. ›Gut‹ würde man diesen Zustand nicht bezeichnen. Aber davon redet Max nicht, sondern von der Lebensmittelvergiftung.

»Ich hoffe es«, sage ich und schaue zu den Fahrstühlen, als könnte ich Skylar mit bloßer Willenskraft dazu bringen aufzutauchen. »Als ich gestern Abend ging, hatte sich ihr Magen beruhigt.« Ganz anders als ihr Puls, der wie wild unter meinen Fingerspitzen gepocht hat.

Fuck, denk jetzt nicht daran! Erst die Arbeit, dann das Vergnügen ... Ich fahre mir mit beiden Händen über das Gesicht und hefte meinen Blick danach auf den Computerbildschirm, um zu sehen, womit ich gerade beschäftigt war. *Ja, richtig, die Katalogtexte freigeben und ans Korrektorat schicken.*

»Kann ich mit dir die neuesten Sachen für *Office Palace* besprechen?«, fragt Max.

»In einer Sekunde«, sage ich, schicke mit einem demonstrativen Anschlag der Enter-Taste die Mail ab – und schaue wieder zu den Fahrstühlen, die – *Simsalabim!* – immer noch keine Skylar bringen. Ich bin definitiv ein besserer Texter als ein Zauberer.

»Meine Güte, hat es dich erwischt«, sagt Max lachend.

»Weiß nicht, was du meinst.«

Von wegen! Jetzt ist es 9:12 Uhr, Skylar ist noch nicht da, und langsam werde ich nervös. Bisher war sie immer pünktlich, und ich hoffe, die Verspätung hat nichts mit gestern Abend zu tun.

Ich folge Max in sein Büro, wo Owen schon auf uns wartet, um wie üblich die Aufträge des Tages zu priorisieren. Ich setze mich und habe einen Platz mit dem Rücken zur Glaswand. *Ungünstig.* Ungelenk drehe ich mich, um die verfluchten Fahrstühle im Blick zu haben.

»Geht es Skylar gut?«, fragt mich auch Owen.

»Keine Ahnung«, zische ich angespannt.

»Und dir?«, fragt er amüsiert.

»Ihn hat es erwischt«, teilt Max – aka die Plaudertasche vom Dienst – ihm mit. »Tausch mal deinen Platz mit ihm, damit er zu den Fahrstühlen schauen kann, bevor er sich noch den Nacken verrenkt. Ich habe keine Lust, nach gestern schon wieder ein Formular wegen eines Arbeitsvorfalls auszufüllen. Der Papierkram hat mich eine volle Stunde gekostet.«

»Danke dafür«, sage ich. Das wäre als Abteilungsleiter eigentlich mein Job gewesen.

»Gerne«, sagt er. »Aber nur, wenn du dir jetzt nichts antust.« Er steht auf, weil Owen es nicht tut. »Los, nimm meinen Platz.«

Ich sollte abwinken und mich zusammenreißen. Stattdessen tausche ich den Platz mit ihm. Schnell wie ein Gepard und ungeschickt wie ein Elefant im Porzellanladen, denn ich werfe dabei fast meinen Drehstuhl um. Aber *fuck*, ich will unbedingt, dass Skylar jetzt endlich durch diese Tür kommt. Und dann will ich diesen ersten Blick von ihr, dieses Funkeln in den Augen, das mir sagt, dass sie zu mir gehört, so wie ich zu ihr.

»Ich könnte dir noch ein Fernglas organisieren«, witzelt Owen, da ich nun ungeniert zu den Aufzügen starre.

»Besorg mir eher Skylar«, sage ich und bekomme verwunderte Blicke zugeworfen, als hätte ich nicht von Anfang an klargemacht, wie ernst es mir mit ihr ist. »Keine Skylar?«, schiebe ich hinterher, als würden wir das nicht alle selbst sehen. »Dann lasst uns die heutigen To-dos besprechen.«

Ich würde gerne behaupten, dass Skylar für einen Augenblick aus meinen Gedanken verschwindet, aber so wie die anderen aus meinem Team teile ich sie verschiedenen Kundenaufträgen zu. Und jedes Mal, wenn das passiert, muss ich lächeln. So als hätte ich ein Date für uns ausgemacht.

Sehr erwachsen.

»Du hast sie zu vielen Aufgaben zugeteilt«, sagt Owen schließlich amüsiert, als wir fast durch sind.

»Wen meinst du?«, frage ich.

»Superwoman. Du hast ihr mehr Aufträge gegeben, als sie bearbeiten kann. Ich kann ja verstehen, dass du sie immer in der Nähe haben willst, aber solange sie sich nicht vierteilen kann, musst du ein paar ihrer Aufgaben anderweitig vergeben.«

»Kann doch gar nicht sein«, sage ich und überprüfe die Pläne. Ich mache das seit Jahren und habe meine Leute bisher nie falsch eingesetzt. »Oh!«

Ich will das gerade korrigieren, da entdecke ich sie im Augenwinkel. *Skylar.* Sie trägt ein weites gemustertes Kleid, das mich an eine Gardine aus den Siebzigerjahren erinnert, und flache Sandalen. Nicht sehr sexy und kein bisschen figurbetont, und trotzdem ist sie für mich die attraktivste Frau weit und breit ...

Ihr Blick schweift suchend durch die Agentur. Sie sieht zu den Arbeitsplätzen der Texter, die bisher erst zur Hälfte besetzt sind, dann zu meinem Büro, das leer ist, und dann zu mir. Statt sich wie sonst abzuwenden, hält sie den Kontakt und hält ihn und hält ihn ...

Ich muss daran denken, wie wir gestern Abend auseinandergegangen sind, und ich kann es kaum erwarten, dort weiterzumachen, wo wir aufgehört haben. Oder meinetwegen auch woanders weiterzumachen. Egal! Hauptsache, mit ihr weiterzumachen. Und ich weiß, sie weiß es.

Ohne den Blick von mir zu lösen, läuft sie in Richtung ihres Platzes und rammt einen Tisch. *Autsch.* Kurz bricht die Verbindung zwischen uns ab. Als sie erneut zu mir schaut, wirkt sie verärgert, als wäre das alles meine Schuld. Und vielleicht stimmt das ja auch. *Keine Sorge, Sky, ich mache das wieder gut.*

Als könnte sie Gedanken lesen, holt sie tief Luft, schluckt und schickt mir dann einen noch finstereren Blick zu, bei dem ich zu Staub zerfallen müsste. *Aber fuck, Sky, du wolltest mich gestern, du willst mich heute. Keine Ahnung, warum du dich zurückhältst, aber ich gebe nicht auf.*

Je näher sie ihrem Platz kommt, desto mehr entfernt sie sich aus meinem Blickfeld. Schamlos rolle ich mit meinem Stuhl zur Glaswand, um sie länger beobachten zu können. Dass mich andere dabei sehen, stört mich nicht. Ich habe klargemacht, wie ich zu Skylar stehe und dass mir die *TFA*-Regeln egal sind, die Beziehungen am Arbeitsplatz zwischen Mitarbeitern und Vorgesetzten verbieten. Sie ist wichtig. Nur sie.

Ein Papierball trifft mich am Kopf.

Max und Owen lachen sich kaputt. Ha, ha, bin ich eben der verliebte Trottel.

»Wie lange sollen wir noch warten?«, höre ich Max' Stimme zu mir durchdringen.

»Gib ihm noch fünf Minuten. Er hat sie ja zwölf Stunden lang nicht gesehen.«

Die Witzelei der beiden bringt mich zurück in die Realität. »Macht euch nur lustig über mich. Ihr hattet letzte

Nacht eure Frauen an eurer Seite. Erinnert euch mal, wie sehr ihr sie am Anfang vermisst habt.«

»Ich habe nicht gesabbert«, stellt Max klar.

»Zumindest nicht vor uns, sondern heimlich, still und leise auf den Toiletten«, kontere ich und sammle mich. »Lasst uns die Planung beenden.«

Ich teile Skylar neu ein, und wir besprechen die Timings für die Teams. Wir haben derzeit acht Kundenprojekte laufen. Heute stehen zwei Kataloge, drei Anzeigenanpassungen, ein Mailing und diverse Social-Media-Posts auf dem Plan, hauptsächlich Arbeit für mein Team. Es wird ein voller Tag, aber lieber so, als wenn unsere Tastaturen Staub ansetzen und Max', Owens und mein Job vor allem darin besteht, Leute zu entlassen. Gott sei Dank sind diese Zeiten vorbei.

Nach dem Meeting setze ich mich mit meinen Teamleitern zusammen, um die Aufgaben zu besprechen, und dann gehe ich zu Skylar. *Endlich.* Ich bleibe vor ihrem Schreibtisch stehen und werfe einen Schatten auf ihren Arbeitsplatz, was sie dazu bringt, das Tischlicht anzustellen. Doch sie tut so, als würde sie mich nicht bemerken.

»Geht es dir gut?«, frage ich und scanne sie nach Anzeichen für Unwohlsein ab. Ihre Gesichtsfarbe ist normal, mit jedem Frühlingstag mehr bekommt sie mehr Sommersprossen, und sie wirkt okay. Aber das kann täuschen.

»Hast du nichts zu tun, Jake?«

»Habe ich. Mein Job ist es, mich um meine Mitarbeiter zu kümmern.«

»Das musst du nicht. Mir geht es wieder gut. Oder willst du das etwa noch mal ›nachprüfen‹?«, sagt sie und macht dabei Gänsefüßchen in der Luft.

Verstehe, deshalb ist sie so verärgert! Gestern war ich ein Gentleman. Heute nicht. »Ja, ich will das nachprüfen«, sage ich und drehe mich um, um zu gehen. »In fünf Minuten in meinem Büro, Sky. Bis gleich.«

KAPITEL 9

Skylar

›In fünf Minuten in meinem Büro‹, wiederhole ich Jakes Worte im Stillen. *Was hast du getan, Skylar?*

Mein Herz, das sowieso schon, seit ich die Agentur betreten habe, wie verrückt klopft, setzt zu einem gefährlichen Tempo an. Noch schneller, und ich habe einen Arbeitsunfall namens Herzinfarkt.

Ich starre auf meinen Computer und lese, was ich in Jakes Anwesenheit fabriziert habe. *Sdjb gae vatl.* Buchstabensalat. Ein Meisterwerk der Unlesbarkeit. Sogar Google kann damit nichts anfangen.

Wie soll ich mich in fünf Minuten beruhigen? Wie mich professionell benehmen? Eine ganze Nacht hat dazu nicht gereicht! Ich könnte Kamillentee probieren, aber ich fürchte, ich brauche was Stärkeres. Mindestens tausendmal stärker. Zum Beispiel Valium.

Dann schaue ich zu Jake hinüber. Er setzt sich auf die Schreibtischkante, direkt neben seinen Bonsai, stützt die Hände neben sich auf, wie ein König, der sein Reich überblickt. Nur dass ihm das Geschehen in der Agentur egal ist. Er sieht nur mich an. Unverhohlen. Intensiv.

Fordernd.

Heute hat er dunkelblaue Jeans und ein weißes Hemd

an, das seine breiten Schultern betont. Die obersten Hemdknöpfe stehen offen, und ich schaue auf seine Halskuhle, als hätte ich noch nie Halskuhlen gesehen. Ich erinnere mich an die Wärme seines Körpers, als er mich gestern gehalten hat, an den Druck seiner Finger bei der Handmassage. Ich will jede Sekunde des gestrigen Abends vergessen, weil sie mich in Schwierigkeiten bringt. Gleichzeitig will ich mehr.

Hilfe.

Ungeduldig tippt er auf seine Uhr am Handgelenk, um mir zu signalisieren, dass ich kommen soll. Unser Meeting wartet. Oder unser Date. Oder mein nächster Fehler. Verdammt, wenn ich auf die New Yorker U-Bahn warte, fühlen sich fünf Minuten manchmal wie fünf Stunden an, jetzt eher wie fünf Sekunden.

Mir gehen meine letzten Worte durch den Kopf, ein Scherz, eine Provokation, eine Dummheit: ›Willst du das wieder nachprüfen?‹ Und seine Antwort: ›Ja, will ich.‹

Aber er wird sich im Büro benehmen, richtig? Wir sind hier nicht allein. Er kann mich nicht so berühren wie gestern Abend … Das Meeting ist rein geschäftlich. *Klar doch, und Shakespeare ist ein neuer Cocktail, nicht der berühmteste Dramatiker der Welt!* Seine Anordnung ignorieren oder nicht ignorieren, das ist hier die Frage.

Ich gebe mir einen Ruck, sperre meinen Computerbildschirm, nehme mir einen Block und einen Stift und marschiere zu Jake. Auf wackeligen Beinen, als würde ich immer noch unter der Lebensmittelvergiftung leiden und als hätte ich keine flachen Schuhe, sondern High Heels an.

»Schließ die Tür«, sagt Jake, immer noch an den Schreibtisch gelehnt, als ich das Büro betrete.

Renn, flüstert mir eine Stimme zu. Ich renne nicht. Ich schließe die Tür und sehe, wie gleich darauf die Glaswände blickdicht werden. Als ich herumfahre, entdecke ich die Fernbedienung in seiner Hand. Jake war das. Jetzt sind wir unter uns. Genau das, was ich heute brauche. Ähm, ich meine: *nicht* brauche.

»Komm her!«, sagt er.

Meine Beine bewegen sich ohne mein Zutun, bis ich vor ihm stehe.

»Näher, Sky. Noch näher!«

Ich rücke noch etwas näher auf ihn zu. Keine Ahnung, warum. Offensichtlich liebe ich es, mich in gefährliche Situationen zu bringen. Red Flag hin oder her.

»Dir geht es also gut?«, fragt er noch mal, hat sich selbst nicht bewegt, aber mir ist nur allzu sehr bewusst, wie schnell mich seine Hände packen können. Und wie sich seine Hände anfühlen.

»Ja, mir geht es gut«, höre ich mich sagen.

»Was dagegen, wenn ich das nachprüfe?«, fragt er, greift nach mir und zieht mich ganz zu sich.

Statt zu antworten, stöhne ich und muss die Augen schließen, weil die Berührung wie Wasser für einen Verdurstenden ist. *Oder Wodka für einen Alkoholiker, Tabak für einen Raucher, Koks für einen Junkie.*

»Einwände?«, fragt er und wartet, bis ich ihn anschaue, bis unsere Blicke sich verbinden. Bis es für mich kein Entkommen mehr gibt.

Sag Ja, Skylar, brich das hier ab.

Du weißt, was gleich passiert. Es ist unvermeidlich.

»Nein«, höre ich mich sagen, weil ich in Jakes Gegenwart

offensichtlich an gefährlichen Wortfindungsstörungen leide.

Seine Schultern spannen sich an. Ich spüre die Wärme seiner Hand, er zieht mich näher und hebt den Stoff meines Kleides hoch. Sehr langsam, sodass ich ihn aufhalten könnte. Aber ich halte ihn nicht auf. Im Gegenteil, ich beuge mich ihm entgegen. Brauche mehr. Nach mehr als zehn Jahren ohne diesen Mann und nach einer verdammt einsamen Nacht brauche ich mehr.

»Ich darf das also nachprüfen?«, fragt er, schiebt seine Hand zwischen meine Beine und streichelt meine Innenschenkel.

»Ja«, hauche ich. »Überzeug dich selbst!«

»Du fühlst dich heiß an, Sky«, raunt er mir zu und führt seine Hand höher. *Zentimeter für Zentimeter. Hitzewelle für Hitzewelle.*

»Ich bin eben ein Mensch und kein Eiszapfen.«

»Was dagegen, wenn ich das weiter nachprüfe?«

Unsere Unterhaltung ist so höflich, aber Jakes Blick ist intensiv und gefährlich und bohrt sich in mich. Er wartet auf mein Einverständnis. Und ich gebe es ihm, nicke. Dabei bin ich für etwas ganz anderes bei *All-in*. Egal!

So wie gestern Abend zittere ich, als ich seine Finger spüre, wie sie an meinem Slip vorbei über meine Vulvalippen streichen. Meine heißen, feuchten Vulvalippen.

»Du fühlst dich nicht gut an!«, sagt er und schiebt seine Finger in mich. »Gar nicht gut, Sky.«

Mist, recht hat er! Wie schon gestern hole ich erstickt Luft, als er mich ausfüllt. Plötzlich sind wir verbunden, noch nicht richtig, noch nicht so, wie ich es immer wollte, aber besser als alles bisher Gewesene. Er kann mir nichts vormachen, ich ihm nicht. Mein Atem geht stoßweise, und mein Körper nimmt seine Finger willig auf.

Hilfe, Hilfe, Hilfe! Ich will ihn zurückweisen, gleichzeitig kralle ich mich in seine Schultern, damit er nicht aufhört.

»Willst du kommen?«, fragt er.

»Ja«, sage ich nur und presse mich an ihn.

»In meinem Büro?«

»Mmh.«

»Jetzt?«

Ich nicke beschämend eifrig.

»Sag Bitte«, raunt er mir zu, streichelt mich zärtlich und hält mich auf dieser gottverdammten Klippe, über die ich nicht alleine springen kann.

Das kann er so was von vergessen. Das würde alles nur noch komplizierter machen, in einer Reihe von Ereignissen, die mein Leben sowieso schon kompliziert machen. »Bitte«, kommt mir jedoch über die Lippen.

»Bitte was, Sky?«

»Bitte, bring mich zum Kommen, Jake.« Ich verliere jede Hemmung, ertrinke in seinem Blick. »Bitte, bitte, bitte.«

Mit einem harten Stoß schiebt er seine Finger wieder in mich und nimmt mich mit jedem Bitte kräftiger. Sein Blick wandert zu meinen Lippen, und wenn ich mich vorbeuge, ihm nur etwas entgegenkomme, küsst er mich und ich ihn. Aber das darf nicht passieren. Von all den Dingen, die schon passiert sind, ist das ein No-Go. Ein Hard Limit. Meine Grenze. Aber beenden kann ich die Nummer auch nicht.

Schwer atmend lege ich den Kopf in den Nacken, unterbreche den Blickkontakt, kralle mich jedoch weiter in seine

Schultern. »Bitte, hör nicht auf«, flüstere ich. »Wehe, du hörst jetzt auf, Jake.«

»Hab ich nicht vor, Sky. Kann ich nicht. Werde ich nicht.«

Stoß für Stoß nimmt er mich und bearbeitet meinen Körper. Wort für Wort verführt er mich und bringt mich um den Verstand. Bis er die letzten Mauern durchbricht. Keine Ahnung, welche zuerst fällt, aber plötzlich ergebe ich mich ihm. Jegliche Kraft verlässt mich, und ich sinke gegen ihn. Überwältigt, erschüttert, fertig. Er küsst meinen Nacken und fingert mich sanft weiter, als wollte er nicht nur, dass ich diesen Orgasmus bis zur letzten Sekunde genieße, sondern dass ich nie wieder laufen kann.

»Oh Gott«, keuche ich erschöpft und atme wie nach einem Sprint.

»Lass dir Zeit«, murmelt er an meinem Ohr. »Nimm dir so viel, wie du brauchst, Sky.«

Ich will darüber lachen, wie er das sagt. Aber es bleibt mir im Hals stecken. Noch bevor mein Herz sich beruhigen kann, will ich mehr von diesem Mann. *Mit* diesem Mann. Sein Geruch steigt mir in die Nase, ich lehne mich an ihn, er muss meinen Atem spüren, ich kann seine Gänsehaut sehen, weil ich ihn nicht kaltlasse. Ich will über die Stelle an seinem Hals lecken, an der ich lehne, ihn schmecken – und verkneife es mir gerade so.

»Siehst du, mir geht es gut«, keuche ich, als ich wieder einigermaßen Luft bekomme.

»Alles okay?«, fragt er, zieht seine Hand langsam weg und lässt den Stoff meines Kleides wieder nach unten fallen.

»Ich dachte, davon hättest du dich gerade überzeugt«, fauche ich und ordne meine Sachen.

»Du weißt, was ich meine«, sagt er und wischt sich seine feuchten Finger an einem Taschentuch ab. Immer noch so ruhig, immer noch an der Tischkante lehnend, nur jetzt mit einer unübersehbaren Beule in der Hose.

»Ja, mir geht es gut«, sage ich. »Und dir?«

»Alles bestens.«

»Sieht nicht so aus.«

»Sag bloß, jetzt bist du um mich besorgt?«

»Träum weiter!«

Ich muss hier raus. Diese verfluchten blickdichten Scheiben, Jakes Nähe und mein eben von einem Beben durchgeschüttelter Körper brauchen Luft und Normalität. Und mehr Abstand zwischen uns. *Vielleicht auch noch eine Mauer, ein Ozean, ein Kontinent …*

»Was wird das?«, fragt Jake, als ich die Tür ansteuere.

»Ich gehe an die Arbeit, Boss.«

»Wir sind hier noch nicht fertig«, stoppt mich seine Stimme.

Ich drehe mich zu ihm. »W-w-wie meinst du das?«

»Wir haben tatsächlich zu arbeiten, Sky.«

In meinen Ohren klingelt es, während mein Körper sich schamlos vor Vorfreude zusammenzieht. Als würden wir die Nummer von eben wiederholen. »Warum haben wir das nicht gleich getan?«, frage ich. »Arbeiten?«

»Ich musste sichergehen, dass du okay bist.«

»Du hättest mir glauben können!«

Er lächelt nur.

Stimmt, ich war in letzter Zeit nicht unbedingt ehrlich zu ihm. Dabei ging es mir gut. Betonung auf ›ging‹. Denn wie ich jetzt arbeiten soll, ist mir ein Rätsel, das ich so wie diesen verfluchten Zauberwürfel nicht gelöst bekomme. Jake hat mir einen Orgasmus beschert. Genauer gesagt Jakes Hand. Und der war so gut, dass ich mich frage, was passiert, wenn wir richtig miteinander schlafen.

Bleib bei der Sache, Skylar.

Jake

»Setz dich!«, sage ich und zeige auf meinen Besprechungstisch. Dabei geistert durch meinen Kopf: ›Setz dich auf mich und komm noch mal wie eben, nur jetzt mit mir.‹

»Danke, aber ich nehme lieber wieder den Chefsessel«, sagt sie. »Was dagegen, Boss?« Sie läuft an mir vorbei und lässt sich in den Lederstuhl fallen.

»Was mein ist, ist dein.« Es hat mich beim Bewerbungsgespräch nicht gestört und diesmal auch nicht. Wir wissen beide, wer hier das Sagen hat. Chefsessel hin oder her. Außerdem ist der Anblick heiß.

»Und jetzt?«, fragt sie, als sie sitzt.

Mir kommen jede Menge Ideen, wie ich die Zeit mit Skylar nutzen könnte. Keine hat mit unserem Job zu tun. Aber auch nicht alle mit Sex. Brainstorming bekommt eine völlig neue Bedeutung. Ja, mein Gehirn wird von einem Sturm an Ideen heimgesucht. Aber die Umsetzung muss warten.

»Jetzt besprechen wir die Social-Media-Posts«, sage ich.

Die ersten Minuten sind wir beide unkonzentriert, doch

das legt sich schnell. Es ist das erste Mal, dass wir so eng miteinander arbeiten, und es macht Spaß. Wir ergänzen uns perfekt. Es sollte nicht heiß sein, aber das ist es.

»Der Text –«, beginne ich.

»– muss knackiger werden«, führt sie meinen Satz zu Ende. »Wie findest du das?« Sie kürzt etwas und legt es mir hin.

»Davon brauchen wir –«, starte ich.

»– drei ähnliche Versionen. Schon verstanden, bin dran.«

»Wenn du das machst, mache ich –«

»– die Social-Media-Posts für die Kosmetikfirma«, führt sie aus. »Alles klar.«

Für einen Moment kann ich Skylar nur beeindruckt anschauen. Sie sitzt an meinem Schreibtisch, ganz wie ein Boss, und hat alles im Griff. In meiner gesamten Abteilung gibt es niemanden, der so gut mit mir harmoniert. Ich würde es gerne darauf schieben, dass wir uns von früher kennen, aber da hatten wir im Grunde kaum was miteinander zu tun, und wenn, dann habe ich den Abstand gewahrt, weil alles andere unangemessen gewesen wäre. Das hier ist unerwartet. Und macht mich wahnsinnig an. Körperlich. Und emotional.

Nicht ablenken lassen, Jake, rede ich mir gut zu.

Bringt nichts. Die heißeste Frau des Universums sitzt nur ein paar Schritte entfernt von mir und fachsimpelt über Headlines. Ich hatte viele Dates mit Ärztinnen, Anwältinnen, hochintelligenten Frauen. Keine kommt an Skylar heran.

»Welche Sportart magst du?«, frage ich plötzlich, völlig aus dem Zusammenhang gerissen.

»Wie bitte?«, gibt sie überrascht zurück.

»Welche Sportart gefällt dir, Sky?«

Sie verdreht die Augen. »Geht *das* wieder los, Jake!«

»Keine Ahnung, wovon du redest.«

»Du dringst schon wieder in mein Privatleben ein«, sagt sie mit einem Blick, der deutlich macht, dass sie stört, dass sie das überhaupt sagen muss.

»Und es gefällt dir.« Ich grinse. »Das Eindringen.«

Von einer auf die andere Sekunde verändert sich die Stimmung zwischen uns. Wie um es aufzuhalten, wirft sie ihren Stift nach mir und trifft mich damit.

»Au!«, mache ich.

»Speerwurf ist meine Lieblingssportart, zufrieden?«

Ich muss lachen und hebe den Stift auf. »Nein, ich meine es ernst. Sag schon, was es ist!«

»Warum willst du das wissen?«

Weil ich das Gefühl nicht loswerde, dass wir zusammengehören, denke ich, verkneife mir jedoch, das laut auszusprechen. »Ist gut für das Arbeitsklima, sich besser zu kennen«, sage ich mit einem charmanten Lächeln. »Und du darfst mich natürlich auch was zurückfragen.«

»Alles?«

In ihren Augen flackert es so, als wäre das eine Falle, aber das stört mich nicht. »Alles«, bestätige ich, weil mir vor ihr nichts unangenehm ist. Ich gestehe ihr meine größten Sünden, meine peinlichsten Erlebnisse, meine kindischsten Träume. Bis zum College besaß ich Boxershorts aus der Sesamstraße. Bitte, darf sie wissen!

»Football«, sagt sie. »Mein Lieblingssport ist Football.«

Das überrascht mich. In ihrer Wohnung ist mir nichts dazu aufgefallen. »New York Giants oder Kansas City Chiefs Fan?«

»Bin ich jetzt nicht mit meiner Frage dran?«

Ich schweige, weil ja wohl klar ist, dass ich mehr als eine Ein-Satz-Antwort erwartet habe.

»Ich bin Fan der Chicago Bears«, sagt sie.

»Du weißt, dass ich Football gespielt habe?«

»Ich erinnere mich dunkel.«

»Dunkel? Sicher?«, ziehe ich sie auf, weil ihre plötzlich roten Wangen sie verraten. Dunkel sind die Erinnerungen ganz sicher nicht. Sie muss meine Spiele gesehen haben. Warum habe ich das nie bemerkt? Die vielen Prellungen, die ich einstecken musste, wären weniger schmerzhaft gewesen. »Hast du es selbst mal versucht?«, frage ich.

»Ich werfe gut und kann schnell laufen.«

»In voller Montur?«

»Ja, natürlich. Ich hänge an meinem Leben.«

Das, meine Damen und Herren, ist so heiß, dass mir ein Stöhnen entweicht. Ich will sie in meinem Trikot sehen, und in ihrem, und nackt.

»My turn«, sagt sie, bevor ich sie weiter löchern kann. »Wie viele Frauen hast du schon in deinem Büro verführt?«

»Das ist die Frage?!«

»Hast du damit ein Problem? Antworte«, sagt sie kühl, als wollte ich ihr ausweichen.

»Nur dich, Sky.« *Das sollte ihr klar sein.*

»Außerhalb des Büros?«

»Nur dich, Sky.« *Auch das sollte ihr klar sein.*

»Warum machst du das nur mit mir?« Ich hole schon Luft für eine Antwort. »Nein, lass es«, ruft sie da und dreht sich zurück zum Computerbildschirm. »Wir sollten weiterarbeiten.«

Sollten wir. Aber ich kann nicht. Statt Arbeit habe ich nur Skylar im Kopf. »Pizza oder Burger?«, starte ich einen weiteren Test, um zu sehen, ob wir übereinstimmen.

»Habe ich heute nicht genug Fragen für das Betriebsklima beantwortet?«, kontert sie trocken.

»Das Klima kann nie gut genug sein«, gebe ich nur zurück und warte, während ich für mich ›Pizza, Pizza, Pizza‹ wie bei einer Beschwörung murmle.

»Pizza«, sagt sie prompt laut.

»Die von Luigi's –«

»– in der neunten Straße. Ja, die ist die beste«, beendet sie meinen Satz. »Mit extra Jala–«

»–peños«, sage ich. »Und mit Chili.«

Mein Schwanz wird hart. Von einer Pizzaübereinstimmung. Wir tauschen die Aufgaben und überarbeiten gegenseitig unsere Texte. Die Entwürfe sind bereits gut, danach sind sie perfekt.

»Tiere sollte man –«, mache ich weiter.

»– nicht essen«, zischt sie. »Jake, reicht es jetzt nicht langsam?«

Noch lange nicht. Je mehr Gemeinsamkeiten sich auftun, desto mehr will ich entdecken. Wir sind wie zwei Teile eines Ganzen. Yin und Yang. Salz und Pfeffer. Schlüssel und Schloss. Die Übereinstimmungen sind oberflächlich, aber sie reichen tiefer.

»Klimaschutz?«, schneide ich das nächste Thema an.

»Wird in dieser Agentur großgeschrieben«, witzelt sie in Anspielung darauf, dass ich sie unter dem Vorwand des Betriebsklimas ausgefragt habe. Ich muss lachen und würde ihr am liebsten allein für ihre Schlagfertigkeit sämtliche

Werbetextpreise der Welt verleihen.

»Klimaschutz kommt immer noch viel zu kurz«, sagt sie schließlich. Überrascht sehe ich sie an, weil sie antwortet. »Es ist eine ernste Sache, okay? Darüber würde ich nie –«

»– Witze machen«, sage ich und muss lächeln.

»Reicht es jetzt?«

»Eine Sache noch: die Todesstrafe?«

»Sollte für Chefs verhängt werden, die ihre Angestellten vom Arbeiten abhalten. Als was soll ich diese Zeit später im System buchen? Intern?«

»Definitiv intern«, sage ich. »Also?«

»Ich bin dagegen. War ich immer, werde es immer sein.«

Sie widmet sich wieder ihrer Arbeit, murmelt jedoch ein »Was?«, als sie merkt, dass ich sie weiter mustere.

»Nichts«, sage ich amüsiert. »Ich darf dich ja nichts mehr fragen, also lasse ich es und sammle alles, was ich wissen will, für später.«

Jetzt will *ich* weiterarbeiten, spüre jedoch *ihren* Blick.

»Wie viele Frauen hattest du schon?«, fragt sie.

»In einer Beziehung? Oder für Sex?«

Sie zögert, als wäre es eine heikle Frage. »Für Sex«, sagt sie dann.

Nun zögere ich. Nicht weil es mir peinlich ist, sondern weil ich nachrechnen muss. »Zählen Jugendbekanntschaften?«

»Natürlich!«, sagt sie und runzelt nachdenklich die Stirn. »War Lisa Marie deine Erste?«

Ich brauche einen Moment, bis ich weiß, wen sie meint. Ein Mädchen aus dem Cheerleader-Team. »Ähm, nein, war sie nicht.« Die Antwort gefällt ihr nicht. »Willst du es wirklich wissen?«

»Ja«, sagt sie leise. »Wer war es?«

»Eine Austauschschülerin aus Frankreich«, sage ich mit einem Grinsen, das ich nicht zurückhalten kann.

»War es gut?«

Ich muss laut lachen. »Nein. Welcher erste Sex ist denn gut? De–«

»–tails, Jake? Ja, bitte.«

»Wir haben uns am Wasser getroffen, haben herumgefummelt. Sie hatte schon Erfahrung, ich keine. Ich wusste nicht, was ich tun und wie ich mich verhalten sollte und bin nach ein paar Sekunden direkt gekommen. Zum Glück war ich heiß genug, dass wir es erneut probiert haben, was besser lief.« Ich muss den Kopf über mein jüngeres Ich schütteln. Mann, was hab ich mich für einen tollen Kerl gehalten. Dabei war ich nur ein Junge aus Ohio und hatte zu der Zeit keine Ahnung von der Welt und von Frauen. »In dem Alter war irgendwie jeder Sex guter Sex«, sage ich. »Aber im Nachhinein betrachtet war es ungeschickt.«

»Und mit wie vielen Frauen hast du geschlafen?«

»Elf«, antworte ich nach einem kurzen Moment, weil ich mich noch an jede einzelne erinnere, schließlich war ich nie der Kerl für One-Night-Stands. »Und wenn du nach mehr Details fragst, passe ich. Die gehen niemand anderen was an.« Ich räuspere mich. »Auch unsere Sachen bleiben geheim.«

»Das wollte ich nicht wissen«, sagt sie und arbeitet weiter. Aber das stimmt nicht, tief drinnen wollte sie es, und es gefällt ihr, dass das, was wir teilen, bei mir bleibt. Das kann ich sehen. Dabei sollte es selbstverständlich sein. Sex geht nur die Menschen etwas an, die ihn haben. Es sei denn, man arbeitet im Pornobusiness und verdient damit Geld.

Diesmal brauche *ich* länger, um mich wieder auf die Arbeit zu konzentrieren. Weil Skylar die Eine ist, mein Superstar, meine Number One, und ich bin ihr größter Fan. *Wer bitte kann klar denken, wenn er die gleiche Luft wie seine Traumfrau einatmet?* Schließlich reiße ich mich zusammen. Wir sind ein produktives Team, und wenn wir so weitermachen, sind wir schneller durch als gedacht.

»Mittagspause!«, ruft sie da und steht auf.

»Gute Idee«, sage ich und erhebe mich ebenfalls.

»Was wird das?«, fragt sie misstrauisch.

Ich warte, bis sie um meinen Schreibtisch gelaufen ist und neben mir steht, bevor ich meine Hand auf ihren unteren Rücken lege. Sie zuckt zwar leicht zusammen, lehnt aber meine Berührung nicht ab. »Ich mache mit dir Pause. Was sonst?«

KAPITEL 10

Skylar

Nicht schwach werden, sage ich mir. *Du hast eine Aufgabe, Skylar, die du unbedingt erfüllen musst.*

Aber wie soll das gehen? Der gesamte Vormittag mit Jake war … Ich suche nach einem passenden Wort. Ich bin Texterin, das sollte mir leichtfallen.

Wundervoll? Too much.

Special? Ja und nein. Auf seine Art.

Schön? Zu lahm für das, was ich gefühlt habe.

A bis Z, denke ich. *Die Zeit war A bis Z. Ein Ausdruck, der für alle Gefühle auf einmal steht.* Wenn ich nicht aufpasse, genieße ich das hier und verliere mein Herz noch an diesen Mann.

Mein Körper glüht, sobald Jake und ich das Büro für die Mittagspause verlassen, und – *zack* – landet seine Hand wieder auf meinem unteren Rücken und mich durchströmt Wärme. Wärme, die sagt, dass alles richtig ist, dass ich mir keine Sorgen machen muss, dass ich nicht alleine bin. *Wenn es nur so einfach wäre!*

»Kein Protest?«, fragt Jake, weil ich mich sonst immer beschwere.

»Bringt mir ja nichts. Du nimmst deinen Nierenwärmer ja doch nicht weg«, knurre ich, um zu überspielen, dass ich Gefallen daran finde.

Die halbe Agentur starrt uns sensationslüstern an, als wir auf den Fahrstuhl warten, und ich entdecke hier und da ein Grinsen. Zahra fächelt sich so hektisch Luft zu, dass ihre langen Perlenketten wie Lassos schwingen. Indy hebt beide Daumen wie Werbegesichter in den Neunzigerjahren. Javi pfeift anerkennend wie eine Baustelle voller Männer mit Testosteronüberschuss.

»Du weißt, was alle denken?«, knurre ich.

»Dass wir es wie die Karnickel getrieben haben«, sagt Jake.

»Und es stört dich nicht?!«

»Kein bisschen.«

»Natürlich nicht. Warum frage ich das auch!«

»Und dich stört es auch nicht«, sagt er.

Mehr Hitze folgt, weil er recht hat. Je mehr ich von Jake kennenlerne, desto mehr merke ich, wie gut wir uns verstehen. Oberflächlich, aber auch tiefer. Was nur bedeutet, dass nachher der Schmerz auch tiefer geht, wenn er herausfindet, warum ich bei *All-in* bin. Dass das hier nie zu was Gutem führen konnte, egal, wie sehr mein Herz das will. Denn es will auch für meine Mom da sein, und beides geht nicht.

»Ich hole mir was zum Essen. Will noch jemand was?«, rufe ich laut in die Runde, in der Hoffnung, dass sich uns jemand anschließt und ich nicht mit Jake alleine unterwegs bin.

»Ich komme mit«, antwortet Zahra.

Gott sei Dank.

»Das rettet dich nicht«, raunt mir Jake zu, der mein Manöver durchschaut.

Nein, tut es nicht. Aber es macht die Schlinge, die sich um meinen Hals legt, zumindest nicht enger. Das ist auch was wert.

***

»Mom, was sagt die Bank?«, frage ich eine Woche später zu Hause nach, weil mir ihre, meine und die Situation der ganzen Welt keine Ruhe mehr lässt. Mir ist klar gewesen, dass ich nicht sofort an Tag eins die Informationen zu *Space Air* haben und damit meine Beförderung bekommen würde, aber als Tag drei, vier, fünf und sechs vergehen und ich immer noch nur Gerüchte und nichts Konkretes habe, steigt meine Anspannung. »Hat der letzte Scheck geholfen?«, frage ich meine Mom.

»Leider nein. Sie gewähren mir nur einen Aufschub von zwei Wochen, dann ist die nächste Rate fällig.«

»Das waren 700 Dollar extra!«

»Was bei 60.000 Dollar Schulden nichts ausrichtet.« Dann schweigt sie. Das ist nie gut, sondern spricht für weitere Hiobsbotschaften.

»Was noch, Mom?«, hake ich nach.

»Nichts«, kommt als Antwort. *Viel zu schnell.*

»Sag nicht ›nichts‹, wenn da was ist.«

»Ich will dich nicht unnötig belasten, Baby. Ich komme schon zurecht.«

Dafür ist es zu spät. Ihre Worte alarmieren mich. »Mom, ich will wirklich keinen unbezahlten Urlaub nehmen, um nach Hause zu kommen und nach dir zu sehen. Aber das mache ich, wenn du nicht redest.«

Sie seufzt. Ich warte.

»Sie haben alles aus der Garage gepfändet«, sagt sie schließlich.

Meine Gedanken rasen durch das Inventar, versuchen zu erfassen, was sie verloren haben könnte. *Gartengeräte? Eher nicht.* »Das Auto?!«, platzt es aus mir heraus.

Es folgt beklemmendes Schweigen.

»Mom, bist du noch dran? Haben sie dir das Auto genommen?«

»Ja«, gesteht sie.

»Wie besorgst du dir jetzt Lebensmittel?«, frage ich mit einer Mischung aus Sorge und Panik. Yellow Springs hat nur kleine Supermärkte, die recht teuer sind. Für günstigere Großeinkäufe braucht man einen Wagen.

»Die Nachbarn nehmen mich zum Einkaufen mit.«

»Das ist keine Dauerlösung«, sage ich.

»Aber fürs Erste okay.« *Ja, für zwei, drei Wochen*, denke ich besorgt. *Nicht länger. Eventuell kann ich ihr meinen alten Wagen geben, den brauche ich in der Stadt eh kaum.*

»Okay, Mom, halte durch! Wir kriegen das hin. Ich bekomme wahrscheinlich bald mehr Geld. Dann wird alles gut.«

»Hab dich lieb, Baby.«

»Ich dich auch, Mom.«

Wir legen auf, und ich fühle mich wie gelähmt. Ja, ich hintergehe *All-in* und Jake, aber ich brauche diese Gehaltserhöhung. Ich brauche die Informationen zur *Space-Air*-Strategie. Schneller als gedacht.

***

»Benötigst du noch die Analysen zu *Space Air*?«, höre ich plötzlich Owen drei Tage später in Richtung Jakes Büro fragen.

Ich sinke tiefer in meinen Stuhl und verstecke mich hinter meinem Bildschirm, damit niemand bemerkt, wie aufmerksam ich zuhöre.

Er schwenkt einen Stapel Papiere. Papiere zu *Space Air*. Woher auch immer die kommen, die schickt der Himmel.

»Sind das die Analysen zur Zielgruppe?«, fragt Jake gelangweilt.

»Nein, die zur Firmenstruktur und den bisherigen Kampagnenansätzen.«

»Die brauche ich nicht mehr«, höre ich Jake antworten. »Danke. Kann weg.«

Yes! Mir wird fast schwindlig, als mir klar wird, dass die ersten richtigen Infos nur wenige Meter von mir entfernt sind. So muss sich Christopher Kolumbus gefühlt haben, als er auf Land gestoßen ist und Amerika entdeckt hat.

So unauffällig wie möglich schaue ich an meinem Bildschirm vorbei und verfolge, wohin Owen die Papiere bringt. Er geht nicht zu seinem Büro, sondern zu, zu, zu …

Nein!

Er nimmt die Unterlagen, schiebt sie in den Schlitz des Schredders, und geräuschvoll zerhäckselt die Maschine die Dokumente und damit meine Hoffnungen auf Insiderinformationen innerhalb weniger Augenblicke. *Shit.*

Aber vielleicht lässt sich was retten?

»Skylar, kannst du schnell drei Facebook-Beiträge für die Möbelfirma schreiben?«, unterbricht Zahra meine Spionierei.

»Nein«, platzt es aus mir heraus.

»Ähm, wie bitte?«, hakt sie verdutzt nach, weil sie das so nicht von mir kennt. »Was hast du denn sonst gerade auf dem Tisch?«

»Die Sachen für den neuen Joghurtdrink«, sage ich. *Die erst in einer Woche fertig sein müssen, also im Grunde nichts Wichtiges.* »Und ich muss mal kurz auf die Toilette.«

»Oh, verstehe«, sagt sie und lacht, als hätte sie hier was

missverstanden und meine Reaktion wäre eigentlich normal gewesen. »Dann schick ich dir eine Mail, ich brauche die Sachen asap.« So wie ich die Infos zu *Space Air*. Und eine von uns wird heute wohl leer ausgehen. *Surprise!* Ich.

Obwohl ich gar nicht auf die Toilette muss, gehe ich schnell, um meine Teamleiterin nicht misstrauisch zu machen. Ich lasse mir kaltes Wasser über die Handgelenke laufen, um meinen Puls zu beruhigen und mich kurz zu sammeln.

Was würde wohl eine erfahrene Geheimagentin tun? Feueralarm auslösen, damit alle das Gebäude verlassen und sie sich umsehen kann? Einen Notfall vortäuschen? Auf jeden Fall die Schnipsel mitnehmen. Vielleicht lässt sich was retten und rekonstruieren? Ein Satz, zwei, drei. Unter den gegebenen Umständen bin ich schon für drei Buchstaben dankbar, die mir endlich verraten, was All-in *für den Pitch geplant hat.*

Top motiviert kehre ich zurück an meinen Arbeitsplatz, bin dankbar, dass die Tische verschiebbar und mobil sind, und richte mich in der Nähe des Schredders ein. Offiziell, um in Ruhe die Aufgabe für Zahra zu erledigen. Denn das Gerät wird quasi nie benutzt. Inoffiziell, um die Schnipsel im Auge zu behalten, die für mich mehr wert sind als Gemälde aus dem MoMA, dem Museum of Modern Art hier in New York.

Wie eine Maschine erstelle ich die Facebook-Posts. Sobald ich fertig bin, warte ich, bis die Luft rein ist, und mache mich auf den Weg zum Schredder. Ich öffne den Auffangbehälter für die Papierreste und fluche leise. Konfetti wäre geradezu üppig im Vergleich zu dem, was ich vorfinde. Ich greife ein paar Papierteilchen und erkenne Buchstaben, das ABC wild zusammengewürfelt. Keine Ahnung, wie aus diesem Chaos Dokumente werden sollen. Mir wird ganz anders bei der Vorstellung, das zu sortieren, aber das ist meine Chance, meine bisher erste, um an Informationen zu kommen. *Also dann!*

Beherzt schnappe ich mir eine der Papiertüten, die ein Kunde mal als Ansichtsexemplar geschickt hat, und schaufle die gesamte oberste Schicht Schnipsel hinein. In diesem Moment taucht Jake auf. *Mist!*

»Was machst du denn da?«, fragt er.

»Ähm«, stammle ich, was ihn zum Lachen bringt, ihn aber gleichzeitig misstrauisch die Stirn runzeln lässt. »Ich ...«, beginne ich und suche nach einem Grund, warum ich im Müll wühle.

»Du?«, wiederholt er und wartet auf eine Antwort.

Keine Ahnung, wie ich erklären soll, was ich hier treibe. Vor Schreck fällt mir nichts ein. Mein Kopf ist wie leer gefegt. Je länger ich nicht rede, desto heißer glühen meine Wangen und desto deutlicher sagt mein Körper: ›Verräterin, Verräterin, Verräterin.‹

»Sorry, Sky, ich wollte dich nicht in Verlegenheit bringen«, sagt Jake, bückt sich und zieht aus dem Schrank neben dem Schredder eine Tüte von *All-in* hervor. »Ich nehme mir auch manchmal was mit. Das ist gutes Füllmaterial für Pakete. Du solltest nur nicht diese hässliche Tüte verwenden, unsere von *All-in* ist hübscher.«

»Okay, danke«, presse ich heraus. »Und ich dachte schon, du glaubst, ich klau hier was.«

Er lacht, als würde er das nie denken. »Warte, ich helf dir«, sagt er, kippt den Inhalt meiner Tüte um und gibt noch mehr Papierschnipsel auf meine ohnehin schon mit Owens Dokumenten gefüllte Tüte. »Reicht dir das?«

»Ja, das ist perfekt.« *Um mich wochenlang zu beschäftigen.*

»Du bist perfekt«, raunt er mir zu. »Bis gleich im Meeting.«

»Ja, bis gleich«, sage ich. *In meiner ganz persönlichen Hölle.*

Ich trage die Tüte zu meinem Arbeitsplatz und würde am liebsten Feierabend machen. Aber das geht noch nicht. Als das Meeting mit Jake und den anderen Textern beginnt, bin ich überhaupt nicht bei der Sache. In Gedanken überlege ich, wie ich die Schnipsel am besten sortieren kann. Wenn ich sie Schicht für Schicht abtrage und mit der untersten Lage beginne, habe ich vielleicht eine Chance. Alle Teile, die Farbe enthalten, kann ich aussortieren. Owens Dokument war schwarz-weiß. Wenn ich einzelne Abschnitte rekonstruieren kann, komme ich weiter. So könnte es klappen.

»Alles klar?«, fragt Jake am Ende des Meetings.

»Ja«, geht als Welle durch den Konferenzraum, gleich darauf stehen die Ersten auf, verlassen den Raum und gehen an die Arbeit.

»Auch bei dir, Sky?«, spricht mich Jake an, als ich meinen Kollegen folgen will, und nimmt mich zur Seite.

»Sicher«, tue ich cool.

»Du hast also tatsächlich eine Idee, wie wir Werbung für ein Ölfeld in Texas machen können?«, fragt er mit einem Grinsen.

»Ölfeld? Ernsthaft?«, platzt es entsetzt aus mir heraus, bevor ich begreife, dass Jake mich nur aufzieht. »Sehr originell«, rufe ich. »Ja, ich weiß, was ich zu tun habe.«

Ein abwartender Blick trifft mich, als hätte er eine Prüfungsfrage gestellt und würde auf meine Antwort warten.

»Weitere Faceb–?«

»Newsletter«, unterbricht mich Jake und rettet mich vor der nächsten Blamage.

»Ja, stimmt, weitere Newsletter-Texte schreiben.« Welche genau, kann ich dem Meetingprotokoll entnehmen. »Siehst du? Ich habe aufgepasst.«

Jake beeindruckt das null Komma null. »Geh nach Hause, Skylar«, sagt er mit einem unerwarteten Anflug von Fürsorge. »Du bist für heute durch.«

»Du trennst dich mal freiwillig von mir?«, witzle ich.

»Ich sehe nur, dass es dir nicht gut geht.«

»Und du willst dich nicht um mich kümmern?«, ziehe ich ihn weiter auf.

»Oh, das tue ich. Indem ich dich nach Hause schicke. Hätte ich keinen wichtigen Termin, würde ich das persönlich übernehmen. Aber es geht nicht.« Sein Blick wird alarmiert. »Es sei denn, es ist was Ernstes, Sky. Dann bringe ich dich. Du weißt ja, ich bin sehr gut darin, mich um dich zu kümmern.«

Erinnerungen an den Abend bei mir werden wach. Trotz meiner miserablen Verfassung habe ich die Stunden noch genau vor Augen. Wie wir auf dem Sofa saßen, er meine Hand massiert hat, wie er mich nach der Dusche berührt hat.

»Es geht schon«, sage ich.

»Dann bis morgen!«

»Ja, bis morgen«, erwidere ich und werde plötzlich melancholisch. Wenn die Schnipsel helfen, dann war das mein letzter Kontakt mit Jake. Für immer. Die Zeit mit ihm war viel zu kurz. Wie soll mir das bis ans Ende meines Lebens reichen?

Ich schnappe mir meine Sachen und steuere zögerlich die Fahrstühle an. Dabei spüre ich Jakes Blick auf mir. Störend, weil seine Aufmerksamkeit meine Aufgabe so viel schwerer macht. Aber auch perfekt, weil ich mich gesehen fühle.

»Verdammt«, murmle ich und treffe eine Entscheidung. Ich stelle meine Tüte ab und kehre noch mal um.

»Hast du was vergessen?«, fragt Jake verwundert.

Zig Antworten schwirren mir durch den Kopf, aber keine davon kann ich ihm geben. Lügen will ich aber auch nicht. »Danke«, sage ich nur, schaue in seine liebevollen mokkabraunen Augen, versinke in seinem Blick und umarme ihn kurz. Zu kurz, aber besser als nichts. Ich spüre genau, wie gut mein Körper zu seinem passt, genieße seine Hände auf meinem Rücken und seinen Duft, der mir zu Kopf steigt. Denn natürlich ist dieser Mann nicht nur attraktiv, klug, witzig und toll. Nein, er riecht auch noch verboten gut.

Bevor die Umarmung zu innig wird, löse ich mich schon wieder von ihm und mache kehrt. Wie gerufen kommt der Fahrstuhl, ich steige ein, drehe mich in der Kabine, weil es albern wäre, die Wand anzustarren, und mich trifft Jakes Blick. ›Das wiederholen wir‹, scheint er zu sagen.

Mist, Skylar, was hast du getan?

Jake

Die Fahrstuhltüren schließen sich. Skylar verlässt die Agentur. Trotzdem rühre ich mich nicht. *Hat sie mich wirklich gerade umarmt? Aus freien Stücken?*

Skylar und ich waren uns schon ein paar Mal nah, doch das eben war anders. Sie ist auf mich zugegangen, nicht umgekehrt ich auf sie. Und in der Berührung lag kein Verlangen, sondern Gefühl.

»Ich kann ja verstehen, dass du Skylar anstarrst, aber den Fahrstuhl?«, witzelt Max und reißt mich aus meiner Starre.

»Ist ein moderner Fahrstuhl«, gebe ich cool zurück, als würde ich die neueste Technik bewundern.

»Bring ihn schon her!«, ruft Owen Max aus seinem Büro zu. »Bevor er auf die Idee kommt, ihr nachzulaufen. Das kann er gerne, aber erst, wenn wir hier fertig sind.«

»Nur die Ruhe, bin gleich bei euch«, sage ich und hole mein Tablet. Bei jedem anderen Meeting hätte ich mich verdrückt und hätte Skylar begleitet. Das hier ist zu wichtig für die Präsentation bei *Space Air*.

Als ich Owens Büro betrete, nehmen Max und Indy gerade Platz. Ich schließe die Tür, weil das Gespräch noch unter uns bleiben muss, und setze mich.

»Wo stehen wir mit *Space Air*?«, fragt Max, nicht nur als Agenturchef, sondern auch als Leiter der Grafikabteilung. »Hab noch nie bei einem Pitch mitgemacht, für den ich so lange nichts tun musste. Wehe, meine Leute müssen am Ende wieder Überstunden schieben.«

»Keine Sorge, das wird nicht passieren«, sage ich. Mit einem Grinsen öffne ich auf meinem Tablet die ersten Ideen und drehe den Bildschirm, damit alle mein Konzept sehen können. »Ich habe drei Ansätze für euch, und ich bin sehr gespannt auf euer Feedback. Meine erste Idee basiert auf Doppeldeutigkeiten«, erkläre ich und zeige Plakate mit Beispielslogans wie: ABHEBEN WAR NOCH NIE SO LEICHT. Oder: WIE IM FLUG VERBUNDEN.

»Funktioniert das auch für internationale Kampagnen?«, fragt Owen.

»Ich denke schon«, sage ich. »Natürlich können wir nicht einfach eins zu eins die gleichen Redewendungen verwenden, jede Sprache hat ihre eigenen Feinheiten. Aber das Konzept lässt sich anpassen.«

Abwartend schaue ich in die Runde.

»Ich finde es gut«, sagt Indy.

»Du freust dich doch nur, dass du wenig Arbeit damit hast«, witzelt Max, weil die Kampagne von der Text- und nicht von der Bildidee leben soll.

Statt darauf einzugehen, präsentiere ich die zweite Variante, bei der sich Abflugorte mit Zielorten an identischen Buchstaben kreuzen. Ein bisschen wie bei Kreuzworträtseln.

»Sehr nice«, meint Owen.

»Weiß nicht«, meint dagegen Indy.

»Was stört dich?«, fragt Max.

»Wirkt ein bisschen verkopft. Findest du nicht?«

Die Diskussion stört mich nicht, weil wir alle sehen, dass der Fokus auf eine Textkampagne richtig gut funktioniert. Keiner stellt die generelle Ausrichtung infrage. Und wenn ich länger darüber nachdenke, dann hat Indy recht. Wir machen Werbung, keine Rätsel. Die Idee ist nicht meine stärkste.

»Hast du mehr?«, fragt mich Max.

»Ja, Moment.« Ich speichere das Feedback und klicke dann zu meinem dritten Ansatz mit Wortspielen zu Urlaubszielen, wie: NONSTOP VOM GRUSELIGEN LONDON TOWER ZUR SENSATIONELLEN CHINESISCHEN MAUER. Ich habe zu dieser Idee schon richtig viele Sprüche, weil es irgendwann mit mir durchgegangen ist, zeige aber nur fünf, um die Gruppe nicht zu überfordern.

»Mega!«, quietscht Indy. »Oh mein Gott, das wird der Wahnsinn!«

Das ist die Reaktion, die ich wollte. Ich habe alle Mühe, cool zu bleiben, und auch noch das Urteil der anderen abzuwarten. »Was denkst du, Max?«, frage ich.

»Das funktioniert richtig gut, die Kampagne nur über Text zu machen«, sagt er anerkennend. »Kriege ich selbst Lust zu verreisen.«

»Und du?«, wende ich mich an Owen.

»Weil ich die Idee zu den Textansätzen hatte, finde ich es natürlich gut«, sagt er gespielt nüchtern.

»Nur kein Lob«, murmle ich grantig.

Er lacht breit. »Also den hier mag ich am meisten, den müssen wir nehmen: ERST ENTERTAINMENT BEI DER BROADWAY-SHOW, DANN GLÜCKSMOMENTE BEIM BALI-FLOW.«

»Die anderen Ansätze sind auch gut«, gebe ich noch mal zu bedenken.

»Wehe«, sagt Indy und sieht drängelnd zu Max, um ein Machtwort zu sprechen.

»Er hat recht«, sagt er gespielt unschlüssig. »Alle drei sind gut.«

»Boss«, knurrt Indy unzufrieden mit seiner Hinhaltetaktik.

Ergeben hebt er die Hände. »Nur Spaß!« Dann sieht er zu mir. »Der Wahnsinn, Jake.« Er rollt einen Hemdsärmel hoch. »Hier, ich habe Gänsehaut. Von deinen stümperhaften PowerPoint-Grafiken.«

»Also sind wir uns einig?«, frage ich in die Runde.

»Sind wir«, sagt Owen. »Das ist unser Ansatz.«

»Yes!«, rufe ich, springe auf und kann nicht anders, als einen sehr unbeholfenen Tanz hinzulegen. Mir ist egal, ob ich Publikum habe. Damit werden wir die Präsentation rocken. Ich spüre es.

»Du tanzt wie ein Mädchen«, witzelt Max.

»Selber Mädchen«, sage ich, aber setze mich wieder. *Turboparty vorbei!* »Wie gehen wir weiter vor?«

»Du solltest den Ansatz für verschiedene Zielgruppen durchspielen«, antwortet Owen, nimmt einen Stift und ergänzt in meiner Tabelle ein paar Punkte. »Mach was für Familien, für Geschäftsleute und für Touristen. Ich besorge uns in der Zwischenzeit die wichtigsten Fluglinien vom Kunden, damit deine Leute die Sprüche darauf ausrichten können.«

»Wann informieren wir alle?«, frage ich und schaue zusammen mit den anderen nach draußen ins Großraumbüro, wo über uns getuschelt wird.

»So schnell wie möglich«, sagt Max.

»Also morgen?«

»Wenn dir die Zeit als Vorbereitung reicht, gerne.«

Ich nicke. Es wird ein paar Stunden dauern, die Informationen in ein Manual für die Texter und Grafiker zu übertragen, aber das kriege ich hin.

»Wer ist in deinem Team?«, frage ich Indy.

»Auf jeden Fall Ava.« Sie zeigt nach draußen und winkt ihrer Kollegin lächelnd zu. Ava winkt zurück, nicht ahnend, dass sie mit die schwerste Aufgabe hat. Sie muss ein sehr reduziertes und trotzdem ansprechendes Grafikdesign entwickeln. »Außerdem bräuchte ich Javi«, sagt sie. »Ich würde ihn vom *Office-Palace*-Job abziehen.«

»Schafft ihr den Auftrag mit einem Mann weniger?«, fragt Max. »Oder soll ich für ihn einspringen?«

»Du …«, will sie erst ablehnen, aber nickt dann. »Ja, tu das. Deadline ist Deadline. Für den neuen Kunden soll kein älterer zu kurz kommen.«

»Alles klar, Baby, richte ich ein.« Max wendet sich an mich. »Wer aus deinem Team ist mit dabei? Mit wem kann Indy sprechen, falls du gerade nicht greifbar bist?«

»Skylar«, antwortet Owen für mich mit einem frechen Grinsen.

»Ja, Skylar«, sage ich. Dafür muss man kein Kundenflüsterer sein. Das hätten selbst die Staubkörner im Raum gewusst.

»Schafft sie das? Sie ist ja noch nicht so lange dabei«, meint Max.

»Sie schafft alles«, sage ich.

»Und ihr kommt miteinander aus?«, fragt er.

»Natürlich tun sie das«, sagt Indy für mich, als wäre das ja wohl offensichtlich.

»Sorry, Baby, aber sie liegen sich ständig in den Haaren.«

»Ist nicht das Schlechteste, oder?«, knurrt sie ihn finster an, und nun wird er rot, was nur sie schafft.

»Ja, wir kommen klar«, sage ich. Immer mehr, wenn ich daran denke, wie wir vorhin auseinandergegangen sind. So wie es schon immer hätte sein sollen.

KAPITEL
11

Skylar

Wie erschlagen schleppe ich mich nach zu wenig Schlaf am nächsten Morgen in die Agentur, heute in bequemen Boyfriendjeans und einem hautengen Body, der meine Figur betont. Beides wie immer secondhand. Doch trotz der Müdigkeit durchströmt mich Vorfreude, Vorfreude auf Jake.

Meine Puzzlearbeit mit den Schredderschnipseln hat leider nichts gebracht. Bis auf drei Stichwörter, die *DoubleD* nur so viel verraten, wie sie eh schon wussten, habe ich nichts rausgekriegt. Um 3:37 Uhr bin ich ins Bett gefallen – ohne eine Mail mit einem Foto meiner Arbeit an meinen Chef zu verschicken. Ohne *All-in* zu verraten.

Als ich nun die Empfangshalle durchquere, heben sich meine Mundwinkel nach oben. Ich erwische mich dabei, wie ich glatt schneller die Fahrstühle ansteuere. Doch meine gute Laune erhält einen Dämpfer, als ich Jake nicht in der Kabine entdecke. Ein paar Mal sind wir uns begegnet, heute ist das nicht der Fall. *Schade.* Sobald der Aufzug sich nach oben bewegt, heben sich meine Mundwinkel jedoch wieder.

Reiß dich zusammen, Skylar, alles ist wie immer. Mit einem tiefen Atemzug verlasse ich den Fahrstuhl auf der Etage von *All-in* und steuere meinen Arbeitsplatz an. Dabei spüre ich Jakes Blick auf mir, noch bevor ich ihn sehe. Und verdammt, ich kann nicht anders, als ihn anzulächeln. Ja, ich lächle! *Freiwillig!* Sobald ich es bemerke, unterbinde ich es, nur um sofort wieder zu lächeln. Was rede ich?! *Hallo, Grinsen, noch breiter, und jeder kann die Zahnzwischenräume auf Frühstücksreste untersuchen. Skylar, was war heute Morgen in deinem Porridge? Drogen? Stimmungsaufheller? Lachgas? Benimm dich normal!*

Ich benehme mich nicht normal. Kann es nicht mehr. »Morgen«, höre ich mich flöten und ertappe mich dabei, wie ich kurz einen Abstecher mache und den Kopf in Jakes Büro reinstecke. *Premiere!*

»Morgen«, sagt er, eindeutig überrascht. *Da sind wir schon zu zweit.*

»Womit auch immer du mich heute terrorisieren willst, Chef, ich brauche nur einen Kaffee, dann stehe ich dir zur Verfügung.«

Seine Augen mustern mich durchdringend, und ich spüre, wie sich meine Brustwarzen unter dem Body zusammenziehen. Meine mittlerweile typische Jake-Reaktion. Als sein Blick meinen trifft, sind da Hunger und Hitze. Und Belustigung. Keine Ahnung, was die da zu suchen hat. »Ich kann nicht glauben, dass ich das sage, Sky, aber ich habe heute keine Zeit für dich.«

»Oh«, mache ich und hasse die plötzliche Enttäuschung, die mich durchfährt. »Ich meine natürlich: Gott sei Dank, endlich habe ich meine Ruhe.«

Ich sollte die Gelegenheit nutzen und mich weiter in der Agentur umsehen. Ohne Jake im Nacken ist das viel leichter. Doch ich lasse es. Weil ich noch Zeit habe, rede ich mir ein. Aber die Wahrheit ist, dass ich weniger und weniger das Gefühl habe, dass ich das wirklich kann: *All-in* verraten. Jake verraten. Meine eigenen Werte verraten.

Ich logge mich an meinem Computer ein, lasse mir von Zahra die heutigen Aufgaben geben und beginne mit der Arbeit. Sätze erfinden, die Leute erst zum Lächeln bringen – und dann idealerweise ein Produkt verkaufen. Texten, als ginge es um Leben und Tod. *Läuft!*

»Wo willst du hin?«, fragt mich Zahra, als ich eine Stunde später Ausdrucke zu Jake bringen will, der immer noch in seinem Glaskasten sitzt.

»Zum Boss, für die Freigabe.«

»Das übernehme heute alles ich«, sagt sie.

Ich runzle die Stirn.

»Stimmt, du kennst das ja noch nicht. Wenn die Tür geschlossen ist, dann sind unsere Chefs quasi nicht da. Nur in absoluten Notfällen dürfen wir stören. Das ist keiner.«

»Verstehe«, sage ich und ahne, woran Jake arbeitet: am Pitch für die Airline. Ich sollte mich darüber freuen, dass endlich das Konzept entsteht, das ich brauche. Aber alles, woran ich denken kann, ist, wie müde der Mann vorhin ausgesehen hat. *War er überhaupt zu Hause? Das Hemd hatte er doch schon gestern an, richtig? Der Fleck am Ärmel war jedenfalls noch da.* Davon abgesehen vermisse ich ihn, mehr, als ich sollte, mehr, als ich selbst verstehe.

»Was hast du für mich?«, reißt mich Zahra aus meinen Gedanken.

»Die Katalogtexte. Wenn sie gut sind, müssen sie nur noch korrigiert werden.«

»Perfekt, ich schau sie mir direkt an.«

Ich will nicht, dass sie sich ›direkt‹ darum kümmert. Das würde bedeuten, den Blick von Jake abwenden und ihr folgen zu müssen. Ich zögere, da schaut er immerhin auf.

Unsere Blicke treffen sich, und sofort spüre ich diese Verbindung zu ihm. Wieder ist er verwirrt. Wieder kann ich sehen, dass er mich will.

Albern strecke ich ihm die Zunge raus. Statt mir eine Standpauke zu halten, wird das Glas blickdicht. Mist, offensichtlich bin ich zu weit gegangen.

»Skylar, wo bleibst du denn?«, fragt Zahra, sieht die Glaswände, dann mich, die eindeutig nicht im Büro, sondern außerhalb steht, und wirkt verwirrt. Ja, geht mir genauso.

»Komme«, rufe ich, schließe zu ihr auf und gebe ihr die Ausdrucke. Sie liest alles und gibt mir Feedback. Bis auf einen Absatz findet sie jeden Text wie immer fantastisch.

»Okay, den einen Teil mach ich noch mal anders«, wiederhole ich, als wir durch sind, und bin mir dieser verdammten blickdichten Scheiben zu sehr bewusst. Es ist, als hätte Jake eine Mauer zwischen uns hochgezogen, und das gefällt mir nicht. Ich, Miss Abstand, finde das sogar richtig ätzend. »Darf man ihm Kaffee bringen?«, frage ich.

»Wem?«

»Gott«, witzle ich.

»Oh, du redest von Jake?«, begreift Zahra und schaut erst zu mir und dann zu seinem abgekapselten Büro. »Nein, besser nicht.«

»Was ist mit Lunch? Macht er eine Pause?«

»Nein«, sagt sie wieder. »Du bist heute vor ihm sicher.«

»Toll«, sage ich lahm, denn plötzlich will ich nicht mehr vor ihm sicher sein. »Was kann ich dann tun?«

»Gib mir eine Sekunde«, sagt sie.

Da kommt Indy von der Grafik rübergestürmt. »Zahra, ich brauche noch jemanden von deinen Leuten, der mir bei der

Bildersuche hilft. Der Kunde hat einen Anfall von Geschmacksverirrung und verlangt einen anderen Stil für die Display-Topschilder, und die müssen bis sechs Uhr bei der Druckerei sein.«

»Klar, ich geb dir –«, beginnt Zahra.

»Ich mach's«, sage ich sofort. Denn Zeitdruck ist genau das, was ich jetzt brauche, um nicht an Jake zu denken und an meine Mission und den Eisberg an Problemen, den ich demnächst rammen werde, um einen anderen Eisberg an Problemen zu lösen.

»Das ist eine Scheißaufgabe«, warnt mich Zahra. »Sicher, dass du die willst?«

»Kein Problem. Was soll ich tun?«

»Na dann, komm mit«, meint Indy. »Ich zeig dir alles.« Sie packt mich am Arm und schleift mich in die hinterste Ecke der Agentur, wo ich noch nie war. »Hier suchen wir nach Bildern«, erklärt sie in einem Raum voller verstaubter CDs, der eher an ein Archiv als an ein Büro erinnert. Sie gibt mir eine kurze Einführung in die Software und wirft mir einen flehenden Blick zu. »Verstanden?«

»Ähm, ja, bin ja nicht blöd.« *Nur in Bezug auf eine gewisse Geheimmission.* Ich gehe die Schritte etwas langsamer als sie durch, damit sie mir glaubt. Sobald ich mich eingearbeitet habe, werde ich schneller sein.

»Du bist meine Rettung! Ich schicke dir eine Liste mit Suchanfragen. Bitte leite alles, was passt, weiter. Mein Team und ich sortieren die Bilder aus.«

Bevor ich überhaupt antworten kann, ist sie schon aus dem Raum geschossen. Keine fünf Sekunden später, als wäre sie zu ihrem Schreibtisch gesprintet, erhalte ich die Liste. Die Beschreibungen sind sehr detailliert, Zutatenlisten von Fertigprodukten sind dagegen überschaubar, und ich beginne direkt mit der Arbeit. *Bloß nicht an Jake denken …*

»Machst du Pause?«, reißt mich Zahra aus meiner Konzentration.

Ich schaue auf die Uhr, es ist bald zwei.

»Jake ist auch nicht dabei«, sagt sie, als wäre das eine gute Nachricht, dabei mache ich mir langsam Sorgen. Auch wenn ich weiß, dass vierundzwanzig Stunden Stress einen nicht umbringen, Pausen sind wichtig.

»Ich glaub, ich bleib hier«, sage ich, woraufhin sie mich irritiert anschaut, weil der Raum die Gemütlichkeit einer Kerkerzelle ausstrahlt. Auch ein Teelicht würde nicht helfen. »Hier bin ich vor ihm sicher«, füge ich hinzu.

»Wie du willst!«

Ich widme mich wieder der Bildersuche und merke am Feedback zu den gefundenen Bildern, dass Indy auch keine Pause macht und auf jedes Bild wartet. Wie ein Frosch nach Fliegen schnappt sie sich jede Datei, die ich finde.

»Stopp!«, schreit sie kurz vor halb sechs.

Als hätte ich mich verbrannt, nehme ich die Finger von der Tastatur, schließe meine Suchprogramme und geselle mich wieder zu den anderen im Großraumbüro. Jake und Owen sitzen zusammen in Max' Büro, während Indy ihre Truppen motiviert, die letzten Daten für die Druckerei zu sichern.

»Teatime«, ruft sie plötzlich, und eine Welle der Erleichterung fegt durch die Agentur. Jeder hat noch Aufgaben auf dem Zettel, aber man muss die Feste feiern, wie sie fallen – fast wie der Erfolg an meinem ersten Tag bei *All-in*. Gleich darauf zischen Bierdosen, und Drinks werden in einem Wahnsinnstempo verteilt. Da können sich Barkeeper noch eine Scheibe abschneiden. »Hier, für dich«, sagt Indy und drückt mir einen Shot in die Hand.

»Danke, ich verzichte.«

»Quatsch, ohne dich hätten wir das nie geschafft. Runter damit.«

»Was ist das überhaupt?«, frage ich und betrachte die farblose Flüssigkeit im Glas.

»Wasser«, sagt sie trocken. »Hopp.«

Also dann! Wie ein Profi exe ich den Drink und muss prompt husten. »WAS IST DAS?«, frage ich noch mal mit Nachdruck, als der Alkohol eine Spur aus Feuer von meiner Kehle zu meinem Magen hinterlässt. »Enteiser?!«

Indy wedelt vor meinem Gesicht herum. »Wie viele Finger halte ich hoch?«

»Ähm ... vier?«

»Du bist nicht blind, dann passt es.«

Die Hitze des Alkohols lässt nach, und eine andere Wärme breitet sich aus. Nicht angenehm, eher schweißtreibend.

»Noch einen?«, fragt Indy.

»Besser nicht.«

Andere sind mutiger als ich und nehmen eine zweite Runde. *Mutiger – oder leichtsinniger.* Diese Shots sind für Adrenalinjunkies, die gerne dem Tod von der Schippe springen.

Als sich die Tür von Max' Büro öffnet, rechne ich mit Ärger. *Welche Führungsriege erlaubt schließlich Alkohol bei der Arbeit? Weit gefehlt!* Max pfeift laut, bis er die Aufmerksamkeit aller hat, und klettert auf einen Tisch. Nicht sehr Chef-like.

»Och nö. Nicht schon wieder eine seiner Reden«, sagt Indy kichernd. Nach zwei Shots! Ich rühre das Zeug definitiv nicht mehr an. Bereits jetzt spüre ich ein paar Umdrehungen.

Ein Tropfen mehr, und ich halte mich für Mariah Carey und singe Arien.

»Alle mal herhören«, ruft Max. »Ab morgen weht hier ein anderer Wind. Wir müssen uns mächtig ins Zeug legen, damit dieses Schiff sicher in den Hafen einläuft. Macht für heute Schluss. Der Morgen ist klüger als der Abend. Einer für *All-in* und *All-in* für einen.«

Owen verzieht bei der Rede das Gesicht, als hätte er eine Wurzelbehandlung ohne Betäubung. Und Jake verkneift sich ein Lächeln. Die Rede ist wirklich schlecht. Dafür müssten der Agentur sämtliche Werbepreise aberkannt werden. Es würde mich aber nicht wundern, wenn Max absichtlich Redewendungen und Metaphern wild mixt und damit unser aller Helfersyndrom anspricht. Bei mir funktioniert es zumindest. Nach dieser Rede texte ich ihm, was er will.

»Na«, macht Jake und kommt zu mir, als Max vom Tisch runtersteigt.

»Na«, antworte ich, als wären wir nicht Texter, sondern Kleinkinder, die keine ganzen Sätze formulieren können.

»Hab dich vermisst«, sagt er wie immer und doch irgendwie anders.

»Sah nicht so aus«, erwidere ich und hasse, wie verletzt ich klinge.

»Ich musste arbeiten«, erklärt er.

»Ich hätte dir helfen können.«

»Heute wäre das nicht klug gewesen«, sagt er und schluckt schwer.

Weil ich ihn abgelenkt hätte wie ein rosa Elefant auf dem Trapez, verstehe.

»War das gestern ernst gemeint?«, fragt er.

»Was denn?«

»Du weißt genau, was, Sky!«

In meinem Kopf geht es drunter und drüber. Was auch immer gleich passiert, das ist der Moment, um zurückzurudern, um den Schaden, der unweigerlich entstehen wird, kleinzuhalten. Aber ich kann es nicht. *Tschüs, Vernunft! Hallo, Leichtsinn!*

»Ja, ich will mehr«, sage ich, bevor ich zu lange darüber nachdenken kann. Ich schätze, das liegt ein bisschen am klaren Schnaps, den Indy mir gereicht hat und der mir etwas zu Kopf gestiegen ist. Worüber ich mich ärgere, wofür ich ihr aber auch bis in alle Ewigkeit dankbar sein werde, denn Jakes Antwort ist alles, was ich gerade brauche.

»Dann komm!«, sagt er.

Jake

Skylar mal kurz zu vergessen war ein Ding der Unmöglichkeit. Selbst die Milchglaswände haben mich an sie erinnert. Vor allem an das, was wir in meinem Büro gemacht haben. Nie zuvor habe ich mich so nach einem Menschen verzehrt.

Verzehrt? Jake, das ist ein bisschen hochtrabend, findest du nicht? Nein, ›verzehrt‹ trifft es. Ich habe Hunger und bin hundemüde, aber das alles ist nichts gegen das, was ich fühle, wenn die Frau nicht in meiner Nähe ist. Leere und Unruhe und Ärger. Sie ist meine ganz persönliche Glückspille, noch dazu völlig ohne Nebenwirkungen. Entschlossen greife ich nach ihrer Hand, nicht sanft oder nett, sondern fest und bestimmt und vielleicht eine Spur zu herrisch. Aber *fuck*, sie gehört mir – und sie gehört zu mir, so wie ich zu ihr gehöre.

»Was wird das?«, fragt sie.

»Will nur sichergehen, dass du es dir nicht anders überlegst.«

»Und dann würdest du mich zwingen?«

»Ja«, knurre ich, bis mir klar wird, dass ich wie ein Kerl klinge, dem völlig egal ist, was eine Frau will. »Nein, natürlich nicht«, korrigiere ich mich.

»Trotzdem lässt du meine Hand nicht los?«

»Richtig«, sage ich und halte sie sogar noch ein bisschen fester. »Wo sind deine Sachen?«

»An meinem Arbeitsplatz.«

Ich weiß genau, wo Skylar sitzt, ich war mir dessen den ganzen Tag über bewusst, Sichtschutz hin oder her. Ich gehe zu ihrem Schreibtisch und sehe ihre Handtasche und eine Jacke. »Mehr?«, frage ich und nehme ihre Sachen.

»Hey!«, protestiert sie.

Ich spare mir eine Entschuldigung. Das ist ein Notfall. Wenn ich die Frau nicht sehr schnell für mich habe, passiert ein Unglück. »Wir gehen!«, informiere ich Max und Owen.

»Alles klar, bis morgen, ihr zwei«, antworten sie, als wäre es ganz normal, dass ich Skylar mit mir mitziehe. War wirklich gut, dass ich beiden von Anfang an klargemacht habe, wie ich zu ihr stehe.

»Und sei nett zu ihr«, schickt Owen hinterher.

»Aber nur, wenn sie es will«, meint Max.

»Gott, wie peinlich«, murmelt Skylar neben mir und versteckt ihr Gesicht hinter ihrer Hand.

»Mir nicht«, sage ich und betrete mit ihr den Fahrstuhl. »Ich habe vor, mich an ihre Ratschläge zu halten.«

Ungeduldig verfolge ich die Anzeige der Etagen. Selten hat sich die Fahrt zur Tiefgarage so lange angefühlt. *Wie viele Stockwerke hat das Gebäude? Hunderttausend?*

Als wir endlich die Parketage erreichen, renne ich fast mit ihr zu meinem Wagen. Als ginge es um Leben und Tod. Tut es nicht. Aber mit jeder Sekunde, die ich Skylar nicht habe, verliere ich mehr und mehr meinen Verstand.

»Steig ein«, sage ich, als wir meinen Sportwagen erreichen.

»Dazu musst du mich loslassen.«

Stimmt, kann ich aber nicht. »Rutsch durch!«, sage ich vor meiner Tür stehend.

»Denkst du echt, ich würde dir jetzt noch entwischen?«

»Das bist du schon einmal. Noch mal lasse ich das nicht zu.«

»Du hattest gestern zu arbeiten«, sagt sie. *Als würde ich diese überraschende Umarmung meinen!*

»Ich rede nicht davon«, sage ich. »Sondern von früher in Yellow Springs.«

»Entschuldige mal!«, empört sie sich, aber klettert ungelenk über den Fahrersitz zur Beifahrerseite. »Du bist damals gegangen, Mister.« Sie macht es sich in ihrem Sitz bequem und sieht mir zu, wie ich ihr folge. »*Du* bist *mir* entwischt!«

Ich setze mich und verriegle die Tür, die Schlösser schnappen zu, und ich entspanne mich. »Ich bin alle paar Monate nach Hause gekommen, wie du dich vielleicht erinnerst. *Du* warst irgendwann nicht mehr da.«

Wir sehen uns im kalten Licht des Parkhauses an, und da ist nichts als dieser Hunger zwischen uns. Kann mich nicht erinnern, dass ich so je bei einer anderen Frau empfunden habe.

»Tut mir leid«, sagt sie überraschend.

»Und mir erst«, sage ich, greife nach ihrem Kinn und fahre mit dem Daumen über ihre Lippen. Ich will sie so dringend, dass meine Hände zittern, doch wenn ich jetzt anfange, sie zu berühren, kann ich nicht mehr damit aufhören und wir stehen morgen noch hier. Wäre mir egal, hat sie aber nicht verdient.

»Kannst du so angespannt Auto fahren?«, fragt sie.

»Kann ich, und wenn es das Letzte ist, was ich tue«, sage ich, parke aus und schieße aus der Garage mitten in den New Yorker Verkehr.

»Fahren wir zu dir?«

»Ja, es sei denn, ich halte nicht bis dahin durch. Dann nehmen wir ein Hotel.« Nicht meine Glanzstunde, sie so heftig zu wollen, aber die Wahrheit.

»Guter Plan«, sagt sie nur, statt darüber Witze zu reißen. »Verdammt guter Plan, Jake.«

***

Keine Ahnung, wie wir es zu mir schaffen, aber wir schaffen es. Das Loft befindet sich in einem ehemaligen Industriekomplex in Williamsburg. Ich habe so viel Platz, den ich vor Jahren zu einem unschlagbaren Preis gekauft und ausgebaut habe. Ich liebe den Shabby Chic, die unverputzten Wände, die teuren Gemälde und Leuchter, aber am meisten liebe ich, dass Skylar plötzlich in meinem Loft steht. Sie ist wie das Puzzleteil, das gefehlt hat. Sie macht den Raum komplett, so wie sie mein Leben komplett macht.

Ich schließe die Tür und sehe sie an, sie sieht mich an.

»Willst du keine Musik anmachen?«, fragt sie, als ich auf sie zukomme.

»Nein.«

»Mich rumführen?«

»Nein.«

»Mir das Bad zeigen?«

»Warum?« Ich halte kurz inne. »Musst du mal?«

»Nein.«

»Dann nein, will ich nicht«, sage ich, überbrücke die letzte Distanz zu ihr und greife in ihren Nacken. »Du weißt, was ich will, Sky. Und die einzige Frage, die ich habe, ist, ob du es auch willst.«

»Ich bin hier.«

»Ja, ich weiß, und das ist etwas, was ich gestern noch nicht für möglich gehalten hätte, aber das war nicht die Antwort auf meine Frage.«

Sie greift nach meiner Hüfte, ihre Hände bewegen sich vorsichtig, suchend, ein bisschen unsicher, aber sie zieht mich näher, immer näher. Nicht zwei Schritte vor und einer zurück, nein, nur in eine Richtung, aufeinander zu, bis wir kollidieren.

»Ja«, sagt sie schließlich. »Ich will dich, Jake. Küss mi–«

Ich beuge mich zu ihr, schlucke das letzte Wort und küsse sie nicht nur, sondern verschlinge sie. Normalerweise habe ich mehr Respekt für die Sprache, aber *fuck*, diese Frau und ich haben genug geredet. Unsere Körper finden zueinander, als wären sie von Anfang an ein Ganzes gewesen. Ich wünschte, ich hätte bessere Wörter für das, was ich fühle, aber in meinem Kopf ist nur: ›wow, wow, wow.‹ Als wäre ich ein Teenager mit begrenztem Vokabular. Als würde Skylar mir das Gehirn wegpusten. Wie ein Kuss mich so komplett den Verstand verlieren lässt, ist mir ein Rätsel. Aber eines, das ich nicht lösen muss. Es ist okay, wenn ich es nicht begreife, mir reicht, es zu genießen.

Ich schiebe sie durch mein Loft, will mit ihr ins Schlafzimmer, schaffe es aber nur bis zum Sofa. Stürmisch landen wir auf den Polstern und beginnen, uns gegenseitig auszuziehen.

»Mehr«, murmelt sie und kämpft mit meinem Hemd. »Mehr, Jake.«

Gleich darauf stöhnt sie plötzlich – nicht vor Lust, sondern wehleidig.

»Was ist los?«, frage ich alarmiert und fühle ihre Stirn.

»Indys Schnaps …«, ächzt sie als Erklärung, als wäre ihr leicht schwindlig.

»*Den* hast du genommen?!«

»Sie hat ihn mir ohne Vorwarnung angeboten!«, verteidigt sie sich. »Da konnte ich schlecht Nein sagen.«

Fuck! Ich muss mehrmals tief durchatmen, wir drehen uns, sodass ich nun unten liege und sie oben. Dieser Schnaps braucht einen Waffenschein, kein Witz. Wie auch immer Indy es schafft, den wie Wasser zu trinken! Für den Rest der Welt reicht nippen, ach, was rede ich, schnuppern!

»Geht schon«, sagt Skylar, beugt sich zu mir und küsst mich weiter.

Ich erwidere den Kuss, natürlich mache ich das, aber ich zwinge mich, die Hände auf ihrem Rücken zu lassen. Mit Betonung auf ›auf‹. Mit einer Lage Stoff zwischen uns. »Du bist echt eine Herausforderung, weißt du das?«, raune ich ihr zu.

»Mach ich was falsch?«, fragt sie, als sie meine plötzliche Zurückhaltung bemerkt, stützt sich über mir auf und sieht mich irritiert an. Mit einer Unsicherheit, die mich beinahe zerreißt, weil sie gerne die ganze Welt infrage stellen darf, aber nicht mich, nicht meine Gefühle für sie.

»Nein, du machst nichts falsch«, sage ich.

»Reicht dir das schon?«

Ich verlagere mein Gewicht, bis sie meine Erektion spüren kann. »Nein, auf keinen Fall.«

»Was ist es dann, Jake?«

»Der Schnaps«, sage ich nur.

»Hattest du etwa auch welchen? Ich dachte, du warst beim Fahren nüchtern.«

Ich muss lachen, weil sie es nicht begreift. »Sky, du hattest ihn.« Ich küsse sie sanft, weil ich davon nicht genug bekomme und weil das harmlos ist. »Mehr wird heute nicht passieren.«

»Das hast *du* doch nicht zu entscheiden!«

»Ich bin ein Teil des Ganzen, doch habe ich.«

»Warum?« Sie fährt mir durch die Haare, was mich kurz das Warum vergessen lässt.

»Ich will dich«, sage ich schließlich. »Aber ich muss einhundert Prozent sicher sein, dass du mich auch willst.«

»Das tue ich. Außerdem enthemmt Alkohol, du siehst auf den Grund meiner Seele, ich bin mir sicher, Jake.«

»Aber Nein heißt Nein. Auch von Männern«, sage ich viel ruhiger als sie und streichle ihre Stirn, hinter der es, so wie ich den Schnaps kenne, mittlerweile wie in einem Bergwerk hämmern dürfte.

»Nein heißt Nein«, haucht sie verletzt, als hätte ich sie geschlagen. Sofort halte ich sie fester, weil ich spüre, wie sie aufspringen will. Dabei wollte ich sie nicht vertreiben. »Können wir dann wenigstens wieder kuscheln?«, fragt sie eine Spur pampig. »Oder muss ich dazu auch nüchtern sein?«

»Nein, kuscheln ist in Ordnung.«

KAPITEL 12

Skylar

Mehr, als mit Jake zu kuscheln, wird nicht passieren. *Unfassbar!* Ich will ihn, er will mich. Heißt Ja nicht Ja? Aber das war's.

Für heute, Skylar. Nicht für immer.

Egal! Ich könnte heulen, weil mir Indys Schnaps den Abend mit Jake versaut. Dabei bin ich nicht mal richtig angetrunken. Ich sehe weder doppelt, noch lalle ich. Ich mag, dass Jake seine Prinzipien hat, doch für fünf Minuten hätte er sie gerne über Bord werfen können.

Ich hebe den Kopf, obwohl das meine Kopfschmerzen verstärkt, und versinke in Jakes mokkabraunen Augen. In ihnen spiegelt sich Sorge, aber auch Lust. Sehr viel Lust.

»Ich könnte dich rumkriegen«, rutscht mir raus.

»Ja, Sky, könntest du«, sagt er und streicht mir durch die Haare. »Also lass es lieber!«

Ich möchte mich über sein Nein hinwegsetzen, aus Angst, dass der Moment sich nicht wiederholen wird. Schließlich ist unsere gemeinsame Zeit begrenzt. Aber ich kann es nicht. Er hat recht, Nein heißt Nein. Für mich genauso wie für ihn.

»Gut, nur kuscheln«, gebe ich nach, küsse sein Schlüsselbein und schmiege mich an ihn.

»Kuscheln ist doch eh das Beste!«

Protestierend schnaube ich an seiner Schulter. »Also, ich mag Orgasmen.« Warum sage ich das? *Upsi.* Das muss der Alkohol sein. »Ich sollte wohl besser gehen«, murmle ich, bevor dieser Schnaps meine Zunge wie ein Wahrheitsserum lockert und ich ausplaudere, dass ich eine Spionin von der gegnerischen Seite bin.

»Bleib noch fünf Minuten«, sagt er, statt mich aufzuhalten, weil er weiß, dass ich meinen eigenen Kopf habe.

»Okay, fünf Minuten«, willige ich ein, fahre ihm durch die Haare und genieße, wie er mit dem Daumen über mein Schulterblatt streicht, während meine Augenlider immer schwerer werden.

»Noch mal fünf Minuten?«, fragt er leise, als die Zeit um ist.

»Mmh«, mache ich und döse weg, anstatt aufzustehen. Ich will das für immer: mit ihm einschlafen, neben ihm aufwachen. Für einen Moment gebe ich mich der Illusion hin, dass das mein Leben ist. Mit ihm an meiner Seite. Es ist A bis Z, alle schönen Wörter zusammen.

»Noch mal fünf?«, höre ich ihn fragen.

Keine Antwort ist auch eine Antwort. Ich drücke ihn nur kurz und schlafe fester ein mit dem Gefühl, dass alles gut werden wird.

»Komm, Zähne putzen«, dringt Jakes Stimme nach einer Weile zu mir durch. Gleich darauf steht er mit mir auf, ich werde wacher und kriege mit, dass wir ins Bad gehen. Davon, dass ich nach Hause fahre, ist keine Rede mehr.

Das grelle Licht blendet mich, und instinktiv verberge ich mein Gesicht an seinem Brustkorb.

»Bist du ein Vampir?«, witzelt er.

»Pssst, nicht so laut, das ist doch mein Geheimnis«, gebe ich zurück.

Er lacht leise. »Los, Sky, das geht schnell.«

Ich nehme die Zahnbürste, die er mir reicht, putze mir die Zähne und sehe dann zu ihm. »Du musst dir meinetwegen keine Umstände machen.«

»Das sind keine.«

Ich ziehe müde die Augenbrauen hoch, weil wir es beide besser wissen. Er muss für mich nicht Superman spielen, er ist Super-Jake, das genügt.

»Dich mitten in der Nacht nach Queens fahren zu lassen wären größere Umstände. Ich könnte kein Auge zutun, bis ich nicht wüsste, dass du sicher angekommen bist«, erklärt er, spült sich den Mund aus und drückt mir wieder einen Kuss ins Haar.

»Wir leben in New York, nicht in einem Kriegsgebiet«, sage ich. »Ich habe Jahre ohne dich in dieser Stadt überlebt.«

»Leben und Überleben sind nicht das Gleiche.«

»Was hast du bitte vor?«

»Mit dir?« Er küsst meinen Scheitel. »Alles.«

Alles … Keine Ahnung, wovon Jake spricht, aber definitiv nicht nur von Sex. Zweifellos steht der auf der To-do-Liste sehr weit oben, doch er meint mehr. Eine ernsthafte Beziehung. Etwas, das nicht sein darf, aber was ich auch will. Mit ihm. Nur mit ihm.

Geh, Skylar, sage ich mir. *Geh und brich den Abend ab, bevor ihr euch noch näherkommt.* Aber statt zu gehen, wasche ich mir das Gesicht und lasse mir von Jake das Schlafzimmer zeigen.

»Ich hatte mir den Abend echt anders vorgestellt«, sagt er, als er mir die Decke aufschlägt, wirkt dabei aber keinesfalls traurig darüber. »Leg dich hin, ich komme gleich nach.«

»Wehe, du duschst«, sage ich.

»Warum soll ich das nicht?«

»Ich mag deinen Geruch.« *Dämlicher Schnaps, warum sage ich das nur?*

Jake grinst sexy, als wäre ich eine Meisterin des Dirty Talks. »Kein Problem, ich wollte nicht duschen, sondern dir Wasser holen. Du solltest noch was trinken, um Indys Shot endgültig zu neutralisieren.«

Gute Idee. Aber ich will was anderes. Jemand anderes. Ihn.

Sobald Jake das Zimmer verlässt, streife ich mir meine Boyfriendjeans ab, lasse mich auf das Bett zurückfallen und atme tief durch.

Sein Geruch dringt mir in die Nase, und ich muss lächeln. Ich kralle mir sein Kissen, kuschle mich in seine Decke und drifte weg. Als ich merke, dass das Licht ausgeht, weiß ich, dass er zurück ist. Ich nehme einen Schluck Wasser aus dem Glas, das er mir entgegenhält, und erschauere, als er zu mir unter die Decke schlüpft und mich an sich zieht. Mit keinem meiner Expartner hat es sich je so angefühlt wie mit Jake, so perfekt.

»Hab nicht geduscht«, raunt er mir mit belegter Stimme zu und streift dabei mit seinen Lippen mein Ohr, kuschelt weiter mit mir.

Nein, hat er nicht, aber er hat seine Sachen ausgezogen und trägt nur noch Boxerbriefs, während ich meinen Body anhabe.

Seine Haut schmiegt sich an meine. Meine Wärme plus seine sorgen für eine Hitzewelle im Schlafzimmer. Ich lege meine Hand auf seinen Unterarm, mit dem er mich hält, aber es reicht nicht. Ich brauche mehr von ihm. Nicht sehr verwunderlich.

»Jake!«, hauche ich kläglich.

»Kein Sex«, wiederholt er streng und bossy und heiß.

Ein Wimmern entschlüpft mir, weil mein Körper das anders sieht.

»Oh, Sky«, raunt er mir zu und drückt Küsse auf meinen Hals. »Besser?«

»Sehr witzig«, knurre ich, weil seine Lippen auf meiner Haut die Folter nur verschlimmern. Hab ich wohl verdient.

»Und jetzt?« Er legt ein Bein über mich.

»Deine Methoden sind dürftig. Homöopathie hilft mehr als das.«

Er lacht an meiner Schulter, dabei wollte ich nicht witzig sein, sondern aus der Kuschelzone raus. »Mehr habe ich nicht zu bieten«, sagt er wie der letzte anständige Kerl in New York.

»Wie ist das?«, frage ich und schiebe seine Hand an mir entlang tiefer. Bis er begreift, was ich vorhabe und mich aufhält. »Es ist nur Fummeln, Jake. Quasi intensives Kuscheln. Damit warst du einverstanden.«

»Das ist mehr als das, und das weißt du.« Er küsst wieder mein Haar. Nur mein Haar. »Du bist doch klug, Sky!«

Die Komplimente kann er sich sparen. »Bitte«, wispere ich, lege den Kopf in den Nacken und sehe zu ihm. »Bitte, bitte, bitte, Jake.«

»Du weißt, wie schwer du es mir gerade machst, oder?«

»Weiß ich«, sage ich, drehe mich weiter zu ihm und stöhne, als er sein Knie zwischen meine Beine schiebt. »Du machst es mir aber auch nicht gerade leicht.«

»Ich habe Prinzipien, Sky.«

»Ist eines davon, die Frauen, die du in dein Bett lockst, zu foltern? Darin bist du nämlich sehr gut.«

»Du weißt, was ich meine.«

Verdammt, ja, tue ich. Mit einem tiefen Seufzen gebe ich es auf. Stimmt, ich könnte ihn überreden, aber das will ich nicht, denn ich habe ebenfalls Prinzipien. Und ich habe schon zu viele missachtet. Ein paar brauche ich noch, um mich daran zu erinnern, wer ich bin. Kein Monster, sondern ein trotz allem liebenswerter Mensch.

Zärtlich lege ich meinen Mund auf seinen, knabbere an seiner Unterlippe und versuche, mit dem Kuss zumindest einen Teil meines Verlangens zu stillen, auch wenn jede Faser in mir schreit, dass das nicht klappen wird. Wenn das alles ist, was Jake heute Nacht zulässt, dann begnüge ich mich damit. Schließlich bin ich eine Meisterin, wenn es darum geht, mit wenig auszukommen.

Jake lässt sich sofort auf den Kuss ein. Mein Körper wölbt sich seinem entgegen, seiner meinem. Wie zwei Asteroiden auf Kollisionskurs. Nur dass der große Knall nicht mehr heute erfolgen wird.

»Ist das okay?«, frage ich vorsichtig, weil sich der Kuss plötzlich viel heißer anfühlt als die Küsse davor. Und weil ich seine Grenzen achten möchte.

»Ist okay«, sagt er, greift in meinen Nacken und vertieft den Kuss. »Ist total okay.«

Meine Lippen können nicht von Jake ablassen, seine nicht

von mir. Unsere Zungen spielen miteinander, wir erkunden uns. Immer wieder halten wir inne, um durchzuatmen, nur um gleich darauf weiterzumachen. Es sind Stop-and-go-Küsse, die einen wie beim Stop-and-go-Verkehr von Mal zu Mal ungeduldiger werden lassen.

»Mehr!«, entschlüpft mir, bevor ich es zurückhalten kann.

»Fuck, okay, fummeln wir!«, murmelt Jake da.

»Sicher?«, frage ich, während ich schon spüre, wie er seine Hand aus meinen Haaren löst und an meinem Körper entlang nach unten schiebt. »Was ist mit deinen Prinzipien?«, forsche ich nach, fahre aber ebenfalls mit einer Hand über seinen Oberkörper und dann langsam nach unten. Was er kann, kann ich schließlich auch.

»Ich habe viele Prinzipien. Aber weißt du, welches das Wichtigste ist?«, fragt er und schlüpft mit seiner Hand unter meinen Slip.

»Nein, welches?«

»Dich glücklich zu machen.«

Mit den Worten schiebt er zwei Finger in mich, ohne mich noch weiter vorzubereiten, weil ich längst feucht für ihn bin, und für einen kurzen Moment vergesse ich meinen Namen, wo ich wohne und wer ich bin. *Ja!* Das ist alles, was ich denken kann. *Ja! Endlich!*

»Funktioniert es?«, fragt Jake, küsst meinen Hals und bewegt seine Finger im Rhythmus seiner Küsse. »Mache ich dich glücklich?«

»Mmh«, seufze ich genießerisch, öffne mich ihm weiter und reibe über seine Erektion. »Und ich? Mache ich dich auch glücklich?«

»Nein, Sky.« Er lacht leise. »Mich machst du verrückt.«

»Ist das schlimm?«

»Überhaupt nicht.«

Dann sagen wir nichts mehr, sondern genießen den Kuss und unsere Berührungen. Wir sind Wortmenschen, aber genau jetzt benötigen wir keine Worte, wir verstehen uns ohne. Unsere Körper sprechen miteinander. Ich gebe ihm, was er braucht, er gibt mir, was ich brauche. Wir wollen beide kommen und könnten das schnell erreichen, aber wir lassen uns Zeit, als hätten wir uns darauf geeinigt. Wenn ich beinahe komme, küsst er mich nur und zieht seine Finger von mir zurück. Wenn er beinahe kommt, lasse ich seine Erektion los und verteile Küsse auf seinem Schlüsselbein. *Die perfekte Folter. Liebe.*

Je länger wir uns verwöhnen, desto tiefere Spuren hinterlassen seine Berührungen in mir. Ich müsste ihn aufhalten, müsste das zwischen uns stoppen, weil ich dunkel ahne, dass das kein gutes Ende nehmen kann. Aber für den Moment habe ich vergessen, warum. Er jagt Hitze durch mich, ich durch ihn. Nur das zählt.

Als er mit dem Daumen erneut meine Klit umkreist, spüre ich den Orgasmus, der mich überrollen wird. Spüre, dass ich dabei bin, die Kontrolle zu verlieren. Spüre, dass ich mich dieses Mal nicht mehr bremsen kann. Aber er soll auch die Kontrolle verlieren. Durch mich.

Mit feuchten Fingern streiche ich über seine Eichel, bringe ihn zum Stöhnen. Gott, wie ich diesen Laut liebe. Als wäre ich alles, was er braucht. Immer schneller bearbeite ich seinen Penis, packe ihn fester, berühre ihn gröber, liebe seine Lust, liebe sein Stöhnen, liebe, dass er mich spüren lässt, wie sehr ihm gefällt, was ich tue. Liebe, dass er mich nicht vergessen lässt, dass er genau weiß, wer ihn das fühlen lässt, denn wie ein Gebet flüstert er pausenlos meinen Namen: »Sky, Sky, Sky!«

Schließlich umfasst er meine Hand, sieht mir in die Augen und wichst sich mit mir. Wir schauen uns an, ich küsse ihn, er greift in meine Haare und stöhnt plötzlich seine Lust heraus, als hätte er Jahre auf diesen Moment gewartet. Gleich darauf kommt er feucht über meine Hand.

»Jetzt du!«, sagt er mit neuer Energie. Er drückt mich auf den Rücken, kümmert sich nicht darum, dass sein Orgasmus zwischen uns klebt, greift an meine Vulva und nimmt mich mit einer Intensität, als wären es nicht seine Finger, sondern er in mir. In meinen vorherigen Beziehungen brauchte ich mein Sextoy, jetzt reicht dieser eine Mann.

»Jake«, keuche ich nur, ohne zu wissen, ob ich mehr oder weniger, es schneller oder langsamer brauche.

»Ich weiß«, sagt er nur.

Da weiß er mehr als ich.

Seine Finger füllen mich aus, sein Daumen umkreist meine Klit, seine Lippen knabbern an meinem Nacken, und seine Worte geben mir den Rest. So wie mir Worte immer den Rest geben werden, vor allem Worte von ihm.

»Du gehörst mir, Sky, jeder verfluchte Orgasmus gehört mir. Das ist erst der Anfang. Das schwöre ich dir. Das nächste Mal wirst du meinen Schwanz spüren, und ich werde dich tief nehmen und dich für alle Männer verderben. Du wirst meinen Namen schreien, bis du heiser und verdammt noch mal nicht mehr in der Lage bist abzuhauen. Ich werde so lange mit dir schlafen, bis wir beide zu erschöpft sind, um das Bett zu verlassen, und wenn wir wieder Kraft haben, werde ich weitermachen. Ich werde jeden einzelnen Tag, den ich dich vermisst habe, nachholen, werde deinen Körper zu meinem machen, ihn benutzen, jeden Teil davon für dein und mein Vergnügen einsetzen. Du gehörst mir, Sky. Und ich zu dir.« Mit diesen Worten stößt er mich über die Klippe. Denn Jake gehört zu mir, wie etwas, das schon immer so war und immer so sein wird. So wie die Erde die Sonne umkreist.

»Jaaa!«, schreie ich. Mein Körper zieht sich zusammen und kommt mit einer Heftigkeit, die mich wie eine Explosionswelle umhaut. Ich halte mich an Jake fest, als könnte ich fallen, dabei liege ich längst sicher in seinen Armen. Mir wird nichts passieren. Nicht mit ihm.

»Zufrieden?«, fragt er.

»Fürs Erste.«

Lachend legt er sich auf die Seite und zieht mich an sich. Unsere Körper verknoten sich ineinander, als wäre nichts nah genug, und tiefe Ruhe erfasst mich.

»Hast du es dir so vorgestellt?«, frage ich im Halbschlaf.

»Jeden einzelnen Tag«, höre ich ihn antworten.

»Jeden?«, murmle ich.

»Jeden.«

***

Als ich erwache, bin ich für einen Moment orientierungslos, und mein Herz rast panisch. Bis mir wieder einfällt, wo ich bin und bei wem. Bei Jake.

Die Vorhänge seines Schlafzimmers sind nicht ganz zugezogen. Von draußen dringt das erste Licht des Tages herein. New York wird wach. Millionen Menschen stehen auf, um ihren Träumen zu folgen. Meine haben sich erfüllt.

Mit Jake. Vorsichtig drehe ich mich in seinen Armen. Er bemerkt es nicht mal, so fest schläft er.

Neue Lust durchdringt mich, als ich ihn anschaue. Seine Haare sind zerzaust wie die eines Playboys nach einer durchfeierten Nacht. Einzelne Strähnen fallen ihm lässig ins Gesicht. Seine Schultern sind wie von Michelangelo höchstpersönlich gemeißelt. Und dazu kommt unser Geruch, nicht mehr nur seiner, auch meiner. Ich will ihn, dieses Mal ganz, und ich bin sicher, dass der Alkohol aus meinem System raus ist und Sex nichts mehr im Weg steht. Aber gleichzeitig möchte ich, dass er weiterschläft.

Ich Samariterin.

Je länger ich neben ihm liege, desto heller wird es im Raum. Zuerst ist es nur schwaches Licht, dann folgt der erste Sonnenstrahl. Ich kann keine Uhr finden, aber ich schätze, dass es kurz vor sieben sein müsste. Es stört mich kein bisschen, ihn anzusehen, jede verdammte Pore von ihm zu betrachten, auf seine Atemzüge zu hören und mir den Schwung seiner Lippen einzuprägen. *Hallo, Stalkerin. Oder nein, viel eher, hallo, große Liebe.*

»Hey«, murmelt er verschlafen, als er wacher wird und bemerkt, dass ich ihn anschaue. Vielleicht ein bisschen creepy von mir, auch wenn das Lächeln auf seinen Lippen was anderes sagt.

»Hey«, erwidere ich, nutze den Moment, rücke näher zu ihm und küsse ihn, kuschle mich an ihn, atme seinen Duft ein, der jetzt irgendwie unser Duft ist. »Ich muss aufstehen«, flüstere ich ihm zu, als er schon wieder einschlafen will, definitiv nicht fit für Sex.

»Okay«, sagt er und versucht, wacher zu werden, wie jemand, der sich gerade von Betäubungspfeilen erholt.

»Nicht«, sage ich und löse sanft seine Hände von mir. »*Ich* muss aufstehen. *Du* kannst noch liegen bleiben.«

Nur ein Augenlid hebt sich, aber das genügt, damit mir warm wird. Da ist sehr eindeutig Hunger, der mit dem Mann erwacht.

»Nein«, sage ich nur als Antwort auf seine stumme Frage und löse mich endgültig von ihm. »Schlaf weiter, wir sehen uns später.«

»Unfair«, höre ich ihn murmeln, aber als ich mich umdrehe, schläft er schon wieder tief und fest.

Ja, unfair. Warum hat er so viele Überstunden gemacht und nicht besser auf sich geachtet?

Ich schleiche zu seinen Vorhängen und ziehe auch den letzten Spalt zu. Ganz dunkel wird der Raum nicht, aber dunkel genug, damit Jake noch eine, vielleicht sogar zwei Stunden schlafen kann. Je länger, desto besser.

An der Tür drehe ich mich noch mal nach ihm um, und ich weiß, dass alles anders ist. Der Mensch, von dem du nicht genug bekommst, ist der Richtige für dich. Gäbe es da nicht dieses eine klitzekleine Problem …

Was mache ich denn jetzt?

Du weißt, was, Skylar! Jede Dreijährige wüsste das.

Den Deal stoppen?

Den Deal stoppen!

Jake

Skylar ist weg. Ich weiß es in dem Moment, als ich wach werde, aber es beunruhigt mich nicht. Ihr Geruch haftet an meinem Laken und an mir, Lust durchfährt mich. Instinktiv greife ich nach meinem Schwanz und seufze, als der Druck nachlässt. Ich sollte duschen, mich anziehen und ins Büro fahren, heute steht viel an. Stattdessen schließe ich die Augen und erinnere mich an den letzten Abend. Skylar, wie sie mich will. Wie sie mir Kontra gibt. Wie sie mich herausfordert, auf die beste aller Arten. Wie sie mir immer wieder zeigt, wie gut wir zusammenpassen.

Die Ärztin und die Frauen davor kommen mir in den Sinn, die ich gedatet habe. Es waren spannende Verabredungen, tolle Gespräche, interessante Abende, aber keine dieser Begegnungen hat mich je richtig begeistert. Bei Skylar hingegen ist mir egal, was wir machen. Ich schaue mir gerne noch mit ihr New York und die ganze Welt an, aber im Grunde reicht mir auch, mit ihr zusammen zu sein und Löcher in die Luft zu starren. Sie hat was, das jeden Moment besonders macht. Sie ist wie Glitzer, der alles zum Funkeln bringt. Wie die Sonne, die schwere Tage leichter macht. Keine Ahnung, wie ich je denken konnte, sie aus meinem Kopf zu bekommen. Eine Sekunde mit ihr im Fahrstuhl hat genügt, und es war klar, dass sie die Frau ist, die ich schon immer wollte.

Und jetzt hast du sie, Jake.

Noch nicht ganz, erinnere ich mich.

Aber fast, wende ich ein.

Es sei denn, sie rudert wieder zurück. Sie ist früher gegangen …

Aber nicht still und heimlich, sondern nachdem sie mich informiert hat. Und nicht um mich loszuwerden, sondern um mich schlafen zu lassen, weil ich ihr wichtig bin. *Gott, fühlt sich das gut an, das zu spüren. Sie ist meine Number One, ich bin ihre.*

Ich schließe die Augen und rufe mir die Bilder von letzter Nacht in Erinnerung. Jeder Kuss war perfekt, jede Berührung war es, und *fuck*, ich kann es gar nicht erwarten, richtig mit ihr zu schlafen.

Instinktiv wandert meine Hand zu meinem Schwanz, und ich wichse mich mit gleichmäßigen Zügen.

Holst du dir jetzt echt einen auf sie runter?

Ein letztes Mal, sage ich mir. *Ein letztes Mal allein …*

»Setz dich!«, sage ich und halte ihr meinen harten Schwanz hin.

»Das hättest du wohl gerne«, erwidert sie, krabbelt auf mich, senkt ihr Becken etwas ab und gleitet spielerisch mit ihrer Pussy über meinen Schaft.

»Ja, das hätte ich gerne«, sage ich. »Und es war keine Bitte. Entweder du setzt dich, oder ich bring dich dazu, dich zu setzen.«

»Versuch's doch!«

Ich lege meine freie Hand auf ihren unteren Rücken und drücke sie tiefer. »So!«, sage ich nur und stöhne, als ihre Pussylippen meinen Schwanz umschließen, stöhne, als sie stöhnt. Bis sie innehält. »Was ist los, Sky?«

»Du bist groß!«

»Aber nicht zu groß!«, sage ich, ziehe mich leicht zurück und

stoße tiefer. »Siehst du, passt.« Nach und nach nimmt sie mich auf. »Und jetzt beweg dich!«

»Gib mir einen Moment.«

»Den hattest du schon! Beweg dich.«

»Sag Bitte!«

»Kannst du vergessen!«, knurre ich, drehe sie auf den Rücken und stoße in sie, härter, dringlicher. »Sag du doch Bitte!«

»Oh Gott, Jake!«

»War kein Bitte!«

»Doch, verdammt!«

»Immer noch kein Bitte.«

Ich nehme sie, spüre, wie sich Schweiß auf ihrer Haut bildet, genau wie sich Schweiß auf mir bildet, weil diese Frau mich fertigmacht.

»Ich warte«, sage ich, als ich tief in sie dringe und mich nicht bewege.

»Mmh?«, macht sie herrlich überwältigt.

»Wie heißt das Zauberwort, Sky?«, frage ich, fahre ihr durch die Haare, küsse sie und spüre, wie ihre Pussy krampft, als bekäme sie nicht genug von mir.

»Verdammt, bitte«, ruft sie da. »Bitte nimm mich, Jake.«

»Lauter!«, sage ich.

»Bitte, du Arschloch!«

»Noch lauter.«

»Bitte, bitte, bitte, du ...«

Was auch immer sie sagen will, verliert sich in ihrem Stöhnen. Ich schiebe mich in sie, ziehe mich zurück, dringe wieder in sie ein, liebe, wie unsere Körper sich miteinander verbinden, liebe, wie wir eins werden.

Ich greife ihre Hand und drücke sie ins Kissen, stütze mich

ab und bestimme mit der anderen Hand an ihrer Hüfte den Rhythmus. Bestimme, wie schnell es geht. Bestimme, wann wir unseren Höhepunkt haben werden.

»Nicht kommen!«, knurre ich, als ich merke, wie weit sie ist.

»Dann mach langsamer.«

»Wird nicht passieren. Reiß dich zusammen!«

Kann sie nicht. Sie kommt, krallt sich in meinen Rücken, wirft den Kopf hin und her, zieht sich um mich zusammen, ist für einen Moment woanders, und ich bin es mit ihr.

»Fuck«, rufe ich laut, als ich in meine Hand spritze und mir klar wird, dass das nur eine Fantasie war, mal wieder. Wie so viele Male zuvor. »Aber bald«, tröste ich mich. »Bald ist es echt.«

Allein bei dem Gedanken regt sich mein Schwanz erneut. *Super.*

Bevor ich wieder hart werde, flüchte ich aus dem Bett unter die Dusche. So gerne ich Fantasien mit Skylar nachhänge, ich muss ins Büro und allen die neue Strategie vorstellen.

Außerdem sehe ich sie dann wieder.

Ein sehr breites, sehr zufriedenes Grinsen legt sich auf mein Gesicht. Ich versuche, es etwas zu dämpfen, aber es geht nicht.

Alle werden dich aufziehen.

Sollen sie nur. Das perlt ab wie Wasser auf Outdoorbekleidung.

Sie wird dich aufziehen.

Nein. Sie wird zurücklächeln.

Sicher?

Ja, sicher.

Ich stehe auf Skylar. Aber was noch viel wichtiger ist: Skylar steht auch auf mich. Sie wird lächeln. Mindestens so breit wie ich. *Endlich*.

KAPITEL 13

Skylar

»Ich muss mit Mr. Devilton sprechen«, sage ich zu meiner Kollegin Lydia, als ich *DoubleD* betrete. Wie immer ist es still. Man könnte meinen, wir seien in einem Bestattungsinstitut. Bei *All-in* hingegen ist immer was los, ständig wird getuschelt und gelacht. »Ist er da?«, frage ich.

»Ja, ist er«, antwortet sie.

»Super«, sage ich, gehe den Gang entlang und habe das Gefühl, ich schleiche zu meiner Schlachtbank. Aber ich bin vorbereitet. Ich habe mir eine kleine Ansprache zurechtgelegt. Ich trete von meinem Spezialauftrag zurück, biete aber trotzdem meine Hilfe beim Pitch an. Ich behalte den Job, überlege mir eine alternative Lösung für die Geldprobleme meiner Mutter und habe Zeit mit Jake. Nicht perfekt. Aber man kann ja bekanntlich nicht alles haben.

»Leben Sie also noch?«, begrüßt mich mein Chef, als ich an seine Bürotür klopfe. »Kommen Sie rein, Ms. Jones, ich habe schon auf Ihr Update gewartet. Was haben Sie für mich?«

»Ähm …«, mache ich, betrete sein Büro und schließe die Tür hinter mir, was sich so anfühlt, als würde ich mich selbst einsperren. *Schön dumm.* Meine Knie beginnen zu zittern. *Warum jetzt? Das passiert mir sonst nie.* Tapfer lächle ich und setze mich an den massiven Eichentisch.

»Ich warte, Ms. Jones. Zeit ist Geld. Oder soll ich Ihnen eine Rechnung stellen?«

Bloß nicht! Während in der Agentur der Stundensatz zwischen 100 und 400 Dollar liegt, nimmt er gerne mal 1.000 Dollar pro Stunde. *Als wäre er Gott höchstpersönlich!* Das kann ich mir nicht leisten.

»Ich ... also ... wegen des Auftrags ...« Die Rede, die ich mir zurechtgelegt hatte, ist weg. *Improvisiere, Skylar!* »Mein Start bei *All-in* war ziemlich turbulent«, höre ich mich sagen. »Ich brauchte erst mal festen Boden unter den Füßen und eine klare Sicht auf die Dinge. Denn manchmal wird einem erst bewusst, was richtig ist und was nicht, wenn man den Kopf aus dem Sand zieht.« *Was rede ich da für einen Unsinn?!*

»Kommen Sie zum Punkt, Ms. Jones«, meint Daniel Devilton ungeduldig.

»Sicher.« Ich räuspere mich. »Selbst als ich den Kopf aus dem Sand genommen habe, hat es noch gedauert, bis ich ganz da war. Man hat ja Sand im Haar, in den Augen und auch ein bisschen im Mund.« *Schlechteste Rede aller Zeiten!* »Aber jetzt sehe ich klar.«

»Na endlich!«, ruft er aus. »Und was sehen Sie?«

»Dass ich die Falsche für den Job bin. Das war ich von Anfang an. Ich kann Ihnen die Informationen nicht beschaffen. Tut mir leid.«

»Tut Ihnen leid?«, knurrt er.

Ich nicke.

»Tut Ihnen leid?«, wiederholt er aufbrausend.

»Ja, sehr«, sage ich. »Die Aufgabe klang machbar, aber das ist sie nicht. Ich bin mir jedoch sicher, wir schaffen den

Pitch auch ohne die Informationen. Ich habe wirklich fantastische Ideen, wir könnten zum Beispiel –«

»Ihre Ideen interessieren mich nicht«, schnauzt er mich an, dabei bin ich jetzt endlich ich selbst und in der Lage, meinen Plan eloquent und durchdacht zu erzählen. »Entweder Sie gehen zu *All-in* und machen, wofür ich Sie freigestellt habe, oder Sie sind gefeuert.«

»W-w-wie bitte?«, stammle ich.

»Noch Sand im Ohr?«, blafft er mich humorlos an.

»Nein, natürlich nicht.«

»Dann gehen Sie wieder an Ihre Arbeit.«

Ich rühre mich nicht.

»Sofort, Ms. Jones, oder ich werde ungemütlich.«

Schockiert stehe ich auf und steuere die Tür an.

»Und wenn Sie das nächste Mal herkommen und mich stören, haben Sie gefälligst was. Sonst wird es teuer für Sie.«

Shit! Das lief so gut wie Friedensverhandlungen mit Terroristen. Wie betäubt verlasse ich *DoubleD. Skylar, willst du jetzt echt* All-in *verraten?*

Kann nicht klar denken.

Aber das ist doch einfach, willst du nicht! Stimmt, nein! Ich will *All-in* nicht verraten. Aber ich kann es mir auch nicht leisten, meinen Job bei *DoubleD* zu verlieren. Er ist besser bezahlt als die Stelle bei *All-in. Was zum Henker mache ich jetzt nur? Game over.*

Für einen Moment erwarte ich, dass sich die Erde auftut und mich schluckt, als ich das Bürogebäude verlasse. Aber das tut sie nicht. In Manhattan herrscht das übliche Chaos. Ein Mix aus Taxis, Lieferwagen und Limousinen quält sich die Straßen entlang. Geschäftsleute laufen hektisch zu ihren Arbeitsplätzen. Und die Sonne scheint, heute schon fast so warm wie im Sommer. Dabei hätte ich verdient, dass es Kröten regnet. Oder dass der Blitz mich trifft. Oder dass irgendein episches Unheil mich ereilt. Aber wahrscheinlich dauert es, bis ich in New York dran bin. Hier gibt es weitaus größere Gauner als mich, die zuerst bestraft werden müssen. Oder es liegt nur daran, weil ich nichts getan habe. *Noch nicht. Doch wie lange wird das noch so sein?*

***

»Hi«, mache ich, als ich *All-in* betrete und Jake wiedersehe. Unsere Blicke verhaken sich sofort, und er lächelt mich an, als wäre ich sein Lichtblick, sein Ein und Alles. So, wie einen niemand anlächeln sollte, den frau betrügen muss. So, dass es mich gerade überfordert.

Ich will schnell an ihm vorbeihuschen, aber falls ich das jemals konnte, so sind die Zeiten jetzt endgültig vorbei.

»Hi«, macht er auch, packt mich am Ellenbogen und zieht mich in eine liebevolle Umarmung. »Guten Morgen.«

»Morgen«, brumme ich und versuche, mich zu befreien.

»Alles okay mit uns?«, fragt er.

»Natürlich, ich bin wie immer.«

»Du bist wie am Anfang, nicht wie immer. Habe ich was falsch gemacht?«

Dieser Konfrontationskurs überfordert mich gerade. Je länger er mich hält, desto mehr schmelze ich dahin, will das aber nicht. *Denk nach, Skylar, schnell!* »Die anderen starren uns an, als wären wir Tiere im Zoo«, raune ich ihm zu, denn irgendwie muss ich erklären, warum ich plötzlich so zurückhaltend bin, und die Wahrheit kommt nicht infrage.

»Dann geben wir ihnen doch was zum Gucken!«

Ehe ich begreife, was er vorhat, schleckt er mir über die Wange. Ja, richtig, er gibt mir keinen Kuss, er *schleckt* mich ab.

»Was wird das denn? Igitt! Lass das!«, kreische ich und versuche, mich kichernd in Sicherheit zu bringen.

»Hiergeblieben, ich bin noch nicht fertig«, ruft er und verfolgt mich.

»Hilfe!«

»Soll ich auch deine andere Wange ablecken?« Er fängt mich ein und macht tatsächlich Anstalten dazu.

»Jake, wehe!«, quietsche ich lachend. »Später, okay?«

Er hält inne. »Also ist zwischen uns alles in Ordnung?«

»Ja«, sage ich breit grinsend. *Lügnerin*, tönt es in meinem Hinterkopf. *Von wegen!* Mit Jake und mir ist alles okay. Nur der Rest der Welt ist nicht in Ordnung. Vor allem nicht der Rest meiner Welt.

»Arbeitet ihr auch noch, oder seid ihr nur zum Fummeln hier?«, brummt Max im Vorbeigehen. »Du hast mir versichert, dass die Agentur nicht unter eurer Beziehung leidet.«

»Das kommt vom Richtigen«, erwidert Jake.

»Er hat aber recht«, sage ich, weil ich es nicht abwarten kann, endlich normal in den Tag zu starten.

»Ja, das denken immer alle«, sagt Jake. »Aber wenn du so wie ich schon kurz vor zehn hier gewesen wärst, dann hättest du Indy und ihn in der Kaffeeküche herumknutschen sehen«, ruft er Max lauter nach, der nur mit den Schultern zuckt. Dann sieht er mich an. »Wirklich alles okay, Sky?«

»Ja, und bei dir?« Ich mustere ihn, finde, dass er frisch rasiert fitter aussieht als gestern, merke ihm aber immer noch den Schlafmangel an.

»Bei mir auch. Lass uns arbeiten«, sagt er und legt, noch

während ich protestieren will, seine Hand auf meinen unteren Rücken. »Was ist?«, meint er gespielt ahnungslos. »Soll sie etwa tiefer?« Er schiebt sie schon in Richtung meines Hinterns.

»Untersteh dich!«, rufe ich, doch mein Ärger ist nicht ernst gemeint. Das hier ist ein Spiel, unser Spiel, und es gefällt mir.

Erst als ich mich meiner Arbeit zuwende, erhält meine Stimmung einen Dämpfer. Keines meiner Probleme hat sich gelöst. Wenn überhaupt, dann sind sie größer geworden. *Mount-Everest-groß*.

Mir wird richtig übel, als Max, Owen und Jake mittags die gesamte Agentur in den großen Konferenzraum rufen und offiziell verkünden, dass sie sich um den Etat von *Space Air* bewerben. Wie nach Max' Rede gestern nicht anders zu erwarten war. *Spitze, ich fand meine Mount-Everest-großen Probleme schon heftig, aber jetzt reden wir von galaktisch großen!*

Je mehr Details sie zum Kunden und zu ihrer Strategie erzählen, desto unwohler fühle ich mich. Das sind genau die Informationen, die Devilton will. Da sind sie, wie auf einem Silbertablett präsentiert, ohne dass ich Schredderschnipsel, Laufwerkordner oder Büros durchsuchen muss, und sie sichern meinen Job. Aber ich will sie nicht hören, ich will nichts davon wissen. *La, la, la*, summe ich in meinem Kopf. *Bitte geht in ein Ohr rein und aus dem anderen wieder raus*.

»Ava und Javi sind in Indys Team«, sagt Jake abschließend. »Samira, Alex und Skylar in meinem.«

Oh nein! Am ersten Tag war das mein Best-Case-Szenario, jetzt ist es mein Worst Case, der schlimmste Fall. Denn je mehr ich weiß, desto größer wird mein Verrat.

»Einer für *All-in*«, ruft Jake.

»Und *All-in* für einen«, antworten alle im Chor. Alle bis auf mich. Mein Mund ist zu trocken, mein Herz rast zu schnell, und ich bin weit davon entfernt, gerade auch nur ein Wort herauszubekommen. Wenn ich nicht aufpasse, muss ich mich übergeben. Mal wieder. Wahrscheinlich werden dann alle denken, ich bin schwanger. Denn kein Mensch verdirbt sich alle paar Tage den Magen.

Das Meeting löst sich auf. Ich nehme mir Jake zur Seite.

»Hast du einen Moment?«, frage ich ihn bemüht ruhig, während in meinem Kopf eine kleine Skylar schreiend und mit fuchtelnden Armen im Kreis läuft, weil sie nicht weiß, welches Feuer sie zuerst löschen soll.

»Für dich immer. Was kann ich für dich tun?«, sagt er breit grinsend und wackelt mit den Augenbrauen. »Oder willst du dich vielleicht bei mir bedanken? Nur zu! Ich träume schon davon, dass du mir einen Blowjob in meinem Büro gibst, seit du hier hereinspaziert bist und meinen Chefsessel besetzt hast.«

Gott sei Dank kriegt keiner von den anderen was von der Unterhaltung mit. Hitze durchschießt mich, ohne dass ich es verhindern kann. Die Vorstellung ist heiß. Aber nur in der Fantasie. »Mir tun schnell die Knie weh, wenn ich zu lange auf dem Boden hocke.«

»Jammerschade!«, witzelt er und reibt sich nachdenklich das Kinn. »Dann machen wir das anders: du am Fenster mit hochgeschobenem Rock, und ich vögle dich von hinten.«

»*Das* würde dir gefallen? Dass mich jeder sehen kann?!«

»Mmh«, brummt er nur zustimmend, zieht mich enger und lässt mich spüren, was die Vorstellung mit ihm macht. Was auch sofort was mit mir macht.

»Ich bin mir sicher, Max hätte was dagegen«, sage ich jedoch.

»Ich bin mir sicher, Max hat mit Indy hier schon ganz andere Dinge getrieben«, kontert er. »Aber gut, ich nehme auch als Dankeschön fünf Minuten mit dir im Kopierraum.«

»Dort ist schlechte Luft.«

»Nicht so schlecht, dass man es nicht kurz dadrin überlebt.«

Ja, kann ich nur denken. *Ja, ich will das.* Nicht diese Nummer, aber diesen Mann. *Doch es geht nicht, Skylar*, meldet sich mein schlechtes Gewissen verlässlich nervtötend.

»Ich bin ein anständiges Mädchen«, blocke ich auch diesen Vorschlag gespielt verklemmt ab. *Ich, die Frau mit dem Sextoy!*

Jake lacht rau und durchschaut mich. »Seit wann, Sky?«

Mehr Verlangen durchdringt mich, als würde die Tatsache, dass er mich so gut kennt, wie ein Brandbeschleuniger wirken. »Darum ging es mir nicht«, sage ich, um die Kurve zu kriegen. »Ich halte es für keine kluge Idee, in deinem Team zu sein. Nimm mich raus.«

»Wird nicht passieren«, sagt er.

Dass ich so leicht aufgebe, aber auch nicht. Es steht zu viel auf dem Spiel.

Jake

»Kann es sein, dass du gerade nicht in der Lage bist, die richtigen Entscheidungen zu treffen?«, funkelt mich Skylar halb amüsiert, halb sauer an, weil ich sie im Team für *Space Air* lassen will.

»Kann es sein, dass du mich nur wieder loswerden willst?«, gebe ich zurück.

»D-d-das ist es nicht«, sagt sie erschrocken und lehnt sich enger an mich. »Ich lie–« Sie stockt und atmet schwer, beinahe überrascht über ihre Worte, während mein Herz plötzlich wie verrückt rast. »Ich liebe es, deine Hand auf meinem unteren Rücken zu spüren«, rettet sie sich, dabei wissen wir beide, dass es nicht das war, was sie sagen wollte.

»Warum willst du dann nicht ins Team?«

»Wenn ich dabei bin, bist du abgelenkt.«

»Das stimmt nicht!«, behaupte ich.

Skeptisch hebt sie die Augenbrauen, weil genau das gestern erst passiert ist, weshalb ich mich in meinem Büro eingeigelt hatte.

»Okay, das stimmt. Aber nur, weil ich seit mehr als zehn fucking Jahren davon träume, mit dir zu schlafen.« Ich grinse frech, um bei ihr zu landen. »Einmal richtiger Sex, und ich bin ganz bei der Sache.«

Sie kichert. *Sehr cute.* »Als würde *ein* Mal reichen.«

»Dann zehn Mal richtiger Sex.«

»Jake!«, sagt sie nur und boxt mich spielerisch in die Seite. »Das wird nicht funktionieren.«

»Das kannst du nicht wissen, bevor wir es nicht gemacht haben«, sage ich und kann sehen, wie sie es jetzt sofort will, was mich ernsthaft daran denken lässt, meine eben eher scherzhaft geäußerten Fantasien von ihr und dem Kopierraum in die Tat umzusetzen.

»Siehst du!«, sagt sie und schnipst vor meinem Gesicht herum, damit ich aufhöre zu träumen. »Nimm mich aus dem Team, bevor Fehler passieren.«

»Du lenkst mich mehr ab, wenn du nicht dabei bist.«

»Warum das denn?!«, fragt sie überrascht.

»Weil ich mich dann die ganze Zeit frage, was du machst. So wie die letzten Jahre.«

»So schlimm kann das nicht gewesen sein. Du warst nicht arbeitsunfähig.«

»Aber kurz davor«, gestehe ich.

»Fein, lass uns das testen!«, sagt sie herausfordernd, beißt sich auf ihre volle Unterlippe und fährt mir durch die Haare.

»Was testen?«, frage ich verwirrt.

»Aha!«, macht sie nur, als hätte sie soeben eines der zehn größten mathematischen Rätsel gelöst. »Da siehst du es! Ich lenke dich ab!«

»Du hast mich reingelegt.«

»Ich habe nur reale Bedingungen simuliert.«

»Okay, du lenkst mich ab«, gebe ich zu. »Aber du bleibst trotzdem im Team.«

»Warum?«

Weil ich dich brauche, Sky. Weil ich die versäumte Zeit nachholen will, auch wenn das niemals klappen wird. Weil du mein Leben besser machst, mich glücklicher … Millionen Gründe schießen mir durch den Kopf, aber die wird sie alle nicht akzeptieren. Dass wir fest zusammen sind, macht ihr immer noch Angst. »Du bleibst, weil ich nicht auf dich und dein Können verzichten kann«, sage ich deshalb, weil sie gegen fachliche Argumente nicht ankommt.

»Was, wenn du mich ablenkst und ich nichts hinkriege?«

Ich grinse. Allein dass sie glaubt, dass ich das kann, ist heiß.

»Das ist nichts Gutes«, meint sie, während mein Grinsen immer breiter wird.

Ich räuspere mich und aktiviere ein paar Gehirnzellen. Sie hat natürlich recht. »Dein Nichts schlägt das Etwas von jedem anderen immer noch um Längen.«

Sie rollt mit den Augen. »Du übertreibst!«

»Keineswegs.« Ihre Arbeit ist immer bis ins kleinste Detail durchdacht. Wenn meine Strategie Gold ist, dann macht sie daraus mit Leichtigkeit Platin. Mit ein paar funkelnden Diamanten und Brillanten versehen.

»Alex und Zahra sind gut«, gibt sie zu bedenken.

»Nur halb so gut wie du.« Ich ziehe sie wieder enger an mich. »Ich brauche dich, Sky. Ich brauche dich bei diesem Job, ich brauche dich in meinem Leben.«

»Die Karte ziehst du jetzt?«

»Höre ich da ein: Ja, Boss, ich bin dabei, Boss?«

Ihre azurblauen Augen funkeln mich wütend an. Ich liebe es, wenn sie so ganz sie selbst ist. Mein Wunder aus Ohio.

»Ich warte!«, gieße ich Öl ins Feuer.

»Na gut!«, sagt sie nur, und ein ungutes Gefühl bildet sich in meinem Magen, weil ihr spielerischer Tonfall auf einmal fehlt. Als wäre da noch etwas, das sie mir nicht sagt.

»Es heißt: na gut, sexy Boss!«, korrigiere ich sie mit einem Zwinkern, zum Glück mit Erfolg.

»Na gut, sexy, heißer, bester Boss der Welt«, flötet sie und reckt sich zu meinem Ohr. »Der verdammt gut küssen kann.«

Wie gut, will ich ihr glatt wieder beweisen, doch mit einem Lächeln löst sie sich von mir. »Wir sollten anfangen.«

»Machst du jetzt die Regeln?«

»Nein, nur meinen Job, Boss. Offensichtlich bin ich wirklich unverzichtbar«, flirtet sie und überschüttet sich selbst mit gespielt viel Eigenlob. »Ohne mich läuft hier nichts.«

Fuck, für die Frechheit will ich sie, im Kopierraum, jetzt. Aber sie hat recht, wir müssen uns an die Arbeit machen. *Später*, denke ich mir nur. *Später* ...

Ich blockiere den kleinen Konferenzraum und rufe die für den Job ausgewählten Leute aus meinem Team dazu. Schon im allerersten Moment merke ich, dass Skylar abgelenkt ist. Es war nicht nur so von ihr dahingesagt, sie ist nicht hundertprozentig bei der Sache. Doch ein paar Stunden später ist sie Feuer und Flamme für das Projekt. Weil sie perfekt ist, einfach perfekt.

Ganz im Gegensatz zu mir. Je weiter der Tag fortschreitet, desto mehr sehne ich mich danach, endlich das zu tun, wovon ich seit verdammten zehn Jahren träume. Ich habe im Lotto gewonnen und will meinen Gewinn abholen. *Wird Zeit.*

»Wir haben einen Notfall«, ruft mich da Max aus meinem Meeting.

»Greifen Aliens New York an?«, knurre ich und will die Gruppe nicht verlassen, *sie* nicht verlassen.

»Nein«, sagt er nur und wartet auf mich.

»Fuck!« Ich weiß, worum es geht: eine Kampagne für *Homemade*, bei der die Headlines aus meinem Team einen wesentlichen Bestandteil bilden.

»Jake, sie warten«, sagt Max, als ich mich nicht rühre.

»Aber das hier ist auch wichtig«, erwidere ich und spüre Skylars Blick auf mir. *Ja, du bist wichtig*, denke ich. *Nur du.*

»Jake!«, sagt Max scharf, weil er den Blickwechsel bemerkt hat. »Was hast du ganz am Anfang gesagt?«

»Am Anfang war das Wort«, witzle ich, unpassend und ein Zeichen dafür, dass es zu spät ist, um heute überhaupt noch zu arbeiten. Dann seufze ich, weil ich weiß, worauf er anspielt. »Ich habe versprochen, dass die Beziehung zu Skylar keinen Einfluss auf die Arbeit hat.« Ich erhebe mich. »Bin sofort wieder bei euch.«

Ich gebe noch letzte Anweisungen an Skylar, Alex und Samira und geselle mich dann zu Max und Owen, um den Kunden glücklich zu machen. *Yay.*

Als wir Stunden später aus dem Call kommen, sind Skylar und die anderen gegangen. *Logisch, es ist nach zehn Uhr abends.*

»Tut mir leid«, sagt Max.

»Tut es das?«, blaffe ich gereizt.

»Natürlich.«

»Was tut dir leid?«, fragt Owen, der vorhin nichts von meinem Wortwechsel mit Max mitbekommen hat.

»*Homemade* hat ihm den Abend mit Skylar ruiniert«, erklärt Max.

»Ihr könnt euch immer noch treffen«, meint Owen.

»Nein, können wir nicht«, erwidere ich und reibe mir müde die Augen. »Ich muss noch die Entwürfe von heute absegnen.«

Schlecht gelaunt mache ich mich an die Arbeit, und als ich auf die Uhr schaue und feststelle, dass es nach zwei Uhr nachts ist, hole ich mir Kaffee und beschließe durchzumachen. Es lohnt sich nicht, extra nach Hause zu fahren, nur um ein paar Stunden später wieder herzukommen. *Fuck, bin ich müde!* Aber es hat auch sein Gutes. Nicht mehr lange, und ich sehe Skylar wieder.

KAPITEL 14

Skylar

Zu behaupten, ich hätte gut geschlafen, wäre eine glatte Lüge. Ich war öfter wach als im Land der Träume, und meine Laken sind zerwühlt, als hätte ich mich wie ein Nudelholz über Teig hin und her gewälzt. Gott sei Dank musste Jake zu einem Meeting. Keine Sekunde länger hätte ich vor ihm verbergen können, wie aufgewühlt ich bin. Ich brauche jemanden zum Reden. Am liebsten Jane. Aber das geht nicht. Bleibt nur eine Person: meine Mom.

Ich zögere. Es ist gerade mal sieben Uhr, noch total früh. Aber wenn ich noch länger alles in mich hineinfresse, platze ich. Oder ich sollte mir im Büro einen zweiten Mülleimer neben meinen Schreibtisch stellen, nur für den Fall der Fälle, dass mein Innerstes wieder rebelliert.

»Hi, Mom«, melde ich mich, als sie meinen Anruf entgegennimmt. »Wie geht es dir?«

»Blendend«, sagt sie und lacht dabei, weil wir beide wissen, dass das nicht stimmt.

»Du hast Strom?«, frage ich sie aus.

»Ja, für diese Woche.« *Na, wie beruhigend!*

»Und Wasser?«

»Auch wieder.« *Was heißt ›wieder‹?* Sie hatte gar nicht erwähnt, dass sie zwischendurch keines hatte.

»Wurde erneut was gepfändet?«, frage ich besorgt weiter.

»Ja, sie haben das Sofa mitgenommen.«

»Aber das brauchst du doch!«, rufe ich erschrocken.

»Ich habe noch meine Matratze«, sagt sie und stockt. »Ähm … mein Bett, meine ich.«

Meine Ohren funktionieren ausgezeichnet. Ich habe sie genau gehört. *Ist das Bett etwa auch schon weg?* Vor Sorge hämmert mein Herz wie wild. »Ich kläre das«, verspreche ich. »Ich kümmere mich darum, dass du dein Sofa zurückbekommst.«

»Das musst du nicht. Du hast doch sowieso schon so viel zu tun.« Eine kurze Pause entsteht. »Wie geht es dir denn, Baby?«

»Geht so«, antworte ich. »Ich dachte, ich hätte eine Lösung für dich gefunden, eine dauerhafte. Aber irgendwie macht es alles nur schlimmer.«

»Ich verstehe nicht, was du meinst.«

Wie auch? Sie weiß nichts von meinem Jobwechsel, nichts von dem Deal mit *DoubleD*. »Es ist kompliziert«, sage ich bedrückt.

»Baby, was genau ist passiert?«

Ich ringe mit mir, weil ich meine Mom nicht beunruhigen will, aber ich muss meine Situation ein Mal mit jemandem besprechen, und sie ist der einzige Mensch, mit dem ich das tun kann. Sie, oder einer der vielen Therapeuten, die es in New York gibt, die ich mir aber nicht leisten kann. Also erzähle ich ihr von dem Gespräch mit meinem Chef und dem Deal, den er vorgeschlagen hat.

»Das ist doch kein Deal, das ist Erpressung«, ruft meine Mom empört.

Stimmt.

»Ich habe angenommen«, gestehe ich und rechne mit einem Donnerwetter.

»Oh Baby, für mich?«, krächzt sie stattdessen gerührt.

»Für uns«, korrigiere ich sie schnell, weil ich nicht möchte, dass sie sich schuldig fühlt. Aber ja, für sie, wie immer für sie. »Und das ist nicht mal das Schlimmste«, sage ich.

Als Nächstes erzähle ich ihr von *All-in* und von Jake. *Meinem* Jake. Sie weiß sofort, wen ich meine. Sie war als Mom nicht oft da, aber sie hätte blind sein müssen, um meine Schwärmerei für ihn nicht mitzubekommen. Natürlich lasse ich die pikanten Details aus, aber ich sage ihr, dass die alten Gefühle zurück sind, dass er auch welche für mich hat und dass ich nicht wollte, dass wir zusammenkommen, aber dass wir trotzdem zusammengekommen sind. Und dass ich jetzt entweder meinen demnächst hoch lukrativen Job bei *DoubleD* verliere oder ihn. »Was soll ich nur machen, Mom?«

»Du hast schon immer gewusst, was das Beste ist, Baby.«

»Wenn ich den Auftrag bei *DoubleD* absage, verlierst du alles«, sage ich, nur für den Fall, dass sie nicht begreift, was auf dem Spiel steht.

»Und wenn du es nicht tust, verlierst *du* alles, Baby.«

»Mom, ich kann dich doch nicht einfach im Stich lassen!«

»Was immer du tust, ich stehe hinter dir«, sagt sie. »Du bist mein großes Mädchen. Ich weiß, du entscheidest dich für das Richtige.«

***

Mit einem beklemmenden Gefühl fahre ich zur Arbeit. Das Gespräch mit meiner Mom sollte mir helfen. Stattdessen geht mir pausenlos durch den Kopf, dass sie noch mehr Möbel verloren hat, dass sie mit noch weniger auskommen muss, dass ich sie nicht im Stich lassen kann. Mich für Jake zu entscheiden fühlt sich egoistisch an. Ich sollte für sie da sein.

Wie ich heute auch nur einen vollständigen Satz zustande bringen soll, ist mir schleierhaft. *Wer kann bitte arbeiten, wenn gerade die Welt untergeht?* Das machen nur die Geiger auf der Titanic. Der Rest versucht, sich zu retten.

Als ich die Agentur betrete, rechne ich fest damit, eine der Ersten, wenn nicht sogar die Erste zu sein. Aber das bin ich nicht. Mein Blick findet sofort Jake, wie er an seinem Schreibtisch sitzt. Wärme durchdringt mich. Wärme, die mir die letzten Stunden gefehlt hat. So als wäre er meine Sonne, die jeden Kummer wegbrennt. *Megakitschig. Aber auch wahr.*

»Du bist ja schon da!«, rufe ich, gehe zu ihm, stelle meine Tasche auf seinem Schreibtisch ab und streiche ihm durch die Haare, als hätte ich meine Entscheidung bereits getroffen, für ihn. Dabei brauche ich nur seine Nähe.

»Mmh?«, macht er, als würde er von ganz weit weg wieder auftauchen.

»Oder du bist noch da!«, korrigiere ich mich und lasse meinen Blick alarmiert über die vielen Kaffeetassen auf seinem Tisch wandern. Er war gar nicht erst zu Hause, sondern die Nacht im Büro. Als wäre er nicht von dieser Welt und bräuchte keinen Schlaf.

»War zu viel zu tun«, sagt er entschuldigend.

»Hast du überhaupt geschlafen?«, frage ich und streiche ihm weiter durch die Haare, jetzt sanfter, vorsichtiger, besorgter. Ein, zwei Stunden wären nicht viel, aber besser als nichts.

»Nur kurz«, sagt er, blinzelt dabei jedoch verräterisch. »Nein«, korrigiert er sich, als er meinen skeptischen Blick auffängt.

Nicht sein Ernst!

Ich weiß, dass die Agentur alles für ihn und die anderen Chefs ist. Aber selbst wenn er nur mit sechs Stunden Schlaf oder sogar nur fünf auskommt, null sind es garantiert nicht. *Wer glaubt er, wer er ist? Fehlt nicht mehr viel, und er wird zum Zombie!*

»Geh nach Hause, Jake«, sage ich, denn offensichtlich hat er vergessen, dass er ein Loft mit einem traumhaft bequemen Bett besitzt.

»Hab hier noch zu tun«, antwortet er, und sein überfüllter Schreibtisch bestätigt das. Manche Wochen sind ruhig, andere sind vollgepackt mit Aufträgen. Jetzt scheint eine dieser stressigen Phasen zu sein.

»Geh!«, fordere ich ihn dennoch auf. *Kein Job der Welt ist es wert, sich dafür totzuarbeiten.*

Er grinst und löst das typische Jake-Flattern in meinem Magen aus. »Willst du mich etwa loswerden, Sky?«

»Unbedingt. Ich will deinen Stuhl. Er ist viel bequemer als meiner«, witzle ich, bleibe aber hartnäckig bei meinem Ziel. »Jake, bitte.«

»Okay, du hast recht«, sagt er schließlich. »Ich bin müde und sollte etwas schlafen. Ich lege mich hier aufs Sofa.«

Rede ich Chinesisch? Das war nicht das, was ich vorgeschlagen hatte. Ich blicke zu besagtem Sofa, das derzeit unter einem Berg von Katalogen begraben ist – und direkt von der

Morgensonne angestrahlt wird. Sieht maximal nach erholsamem Sekundenschlaf aus. Ich bin sicher, für eine halbe Stunde wird Jake die Erschöpfung dahinraffen, aber spätestens danach ist er wieder auf den Beinen. Das reicht nicht.

»Ich meinte, zu Hause«, sage ich, als wäre das nicht offensichtlich gewesen. »Gleich kommen alle, du wirst keine ruhige Minute haben.«

»Das stört mich nicht.«

»Die Agentur ist der reinste Bienenstock.« Und sobald wieder jemand eine dumme Idee hat, ist die Agentur zudem ein Spielplatz mit einer ganzen Rasselbande an koffeinsüchtigen Kindern. Das weiß er.

»Der Trubel in der Agentur ist wie Hintergrundrauschen«, wiegelt er ab. »Das Sofa ist bequem. Das geht schon.«

Wie müde ist der Mann, dass er das tatsächlich für eine gute Idee hält?! »Ja, das Sofa ist perfekt, bis jemand ins Büro platzt und du wieder aufspringst.«

Seine Brauen ziehen sich zusammen, während er nach weiteren Argumenten sucht hierzubleiben. Vielleicht gibt es die auch, aber ich habe geschlafen, wenn auch schlecht, er gar nicht. Von uns beiden treffe ich gerade die besseren Entscheidungen. *Das will was heißen!*

»Außerdem will ich dich loswerden«, scherze ich. »Du weißt ja, ich kann mich besser konzentrieren, wenn du nicht in meiner Nähe bist.«

»Würde ich heute akzeptieren.«

»Das sagt der Kerl, der auf mich steht. Nicht der Kerl, der will, dass ich gute Texte abliefere«, erwidere ich und fahre ihm weiter durch die Haare.

Auf der Suche nach neuen Argumenten schließt er die

Augen, genießt die Berührung und … nickt weg! Frustriert ziehe ich meine Hand zurück, und sofort schreckt er hoch.

»Ich spiele nicht dein Kopfkissen«, sage ich. »Fahr nach Hause, Jake, und schlaf etwas. Ich mache mir echt Sorgen um dich.«

»Du machst dir Sorgen? Den Tag sollte ich mir im Kalender fett anstreichen.«

»Das passiert bestimmt noch mehr als ein Mal«, sage ich sanft und spüre, wie dabei mein Herz rast, wie es das immer in seiner Nähe tut. »Aber nur, wenn du vorher nicht tot umkippst.«

»Okay«, seufzt er versöhnlich. »Du hast gewonnen.« Er küsst meinen Hals und räumt seine Sachen zusammen. Viel zu viele Sachen. Als hätte er vor, auf Geschäftsreise zu gehen.

»Was wird das?«, frage ich. »Du sollst zu Hause schlafen, nicht arbeiten.«

»Das ist nur für den Notfall, falls jemand bei einem der aktuellen Projekte eine Nachfrage hat.«

Ich will ihm das ausreden, aber Boss ist nun mal Boss. *Mmpf.* Streng überwache ich, welche Unterlagen er in seinen Rucksack packt und wie er seinen Laptop und sein Handy einsteckt. Als er alles hat, zieht er sich sein zerknittertes Sakko über, das Abbild einer harten Nacht. Trotzdem sexy.

»Nimm dir bitte ein Taxi«, sage ich, weil ich keine Sekunde ruhig bin, wenn ich weiß, dass er in diesem Zustand Auto fährt. Wahrscheinlich würde er schon direkt im Parkhaus einen Unfall bauen.

»Gut«, sagt er zum Glück, statt eine Diskussion anzufangen.

»Und melde dich, wenn du bei dir bist!«

»Noch besorgter?«

Ich klinge nicht nur besorgt, sondern wie die jahrelange feste Freundin. Vielleicht etwas too much dafür, dass wir erst ganz am Anfang stehen. »Jane macht mich einen Kopf kürzer, wenn sie erfährt, dass ich mich nicht gut um ihren großen Bruder gekümmert habe«, erkläre ich.

Er lächelt nur, als wüsste er, dass ich nicht wegen Jane so bin. »Gut, ich melde mich«, sagt er. »Bis später, Sky.«

Wir küssen uns noch mal, kurz und knapp und dennoch so vertraut, als würden wir das schon immer so machen, und ich atme auf, als Jake die Büroetage verlässt. Weil es das Beste für ihn ist.

Und warum noch, Skylar?

Weil du dann nicht permanent vor Augen gehalten bekommst, dass du ihn hintergehen wirst.

Scht, schlechtes Gewissen. Es reicht, wenn du dich ein Mal am Tag meldest. Hundert Mal ist ein bisschen übertrieben.

Routiniert, als wäre ich schon seit Jahren bei *All-in*, hole ich mir einen Kaffee, checke dann die Mails und mache mich an die Arbeit. Ich könnte schneller sein, und ich könnte besser sein, aber unter den Umständen liefere ich erstaunlich brauchbare Ergebnisse. Zahra ist zufrieden, Indy ist happy, alle sind glücklich. *Yay.*

Je später der Tag wird, desto mehr spüre ich jedoch meine kurze Nacht. Meine Ideen werden langweiliger, meine Finger vertippen sich immer öfter, und meine Kopfschmerzen wegen meiner Situation werden schlimmer.

Sehnsüchtig schaue ich auf die Uhr und warte auf meinen Feierabend. Weil ich früher gekommen bin, plane ich, zwischen vier und fünf zu gehen. Wenn kein wichtiger Kunde dazwischengrätscht, sollte es klappen. So wie Jake auch, brauche ich Schlaf, um klar denken zu können, brauche einen Moment, um mir zu überlegen, was ich jetzt mache. Jeder Tag, den ich zögere, macht alles nur schlimmer. Für mich, für Jake, für alle.

Gerade als ich meinen Computer ausschalten will, ruft Jake mich an.

»Ich denke, du schläfst, Boss?«, melde ich mich.

»Hab ich«, antwortet er.

»Wirklich?« Ich kann mich irren, aber er klingt nicht ausgeschlafen, sondern völlig fertig. »Süße Träume gehabt?«

»Immer, seit du in mein Leben getreten bist.«

In meinem Magen zieht und flattert es gleichzeitig, weil sich Freude und mein schlechtes Gewissen um die Oberhand streiten. »Rufst du an, weil du noch mal ins Büro kommst?«

»Nein«, sagt er. »Ich arbeite zu Hause weiter und brauche eine Akte. Ist eine schwarze Mappe mit Goldschrift. Sie muss noch in meinem Büro liegen. Kannst du sie mir vorbeibringen?«

»Dafür gibt es doch Kurierdienste. Ich hab jetzt Feierabend«, sage ich, betrete sein Büro und wühle mich durch die Papiere. »Hab sie.«

»Der Inhalt ist heikel. Mir wäre wohler, wenn du sie persönlich bringen würdest.«

»Die Dienste sind absolut vertrauenswürdig«, sage ich, weil ich nicht weiß, ob ich Jake heute aushalte. Ich will ihn sehen, das will ich immer, aber ich brauche auch einen Moment für mich, um mich zu sortieren, um diese gottverdammte Lösung zu finden, wo auch immer sie sich versteckt hält. *Offensichtlich in einer anderen Galaxie.*

»Ich befehle es als Boss«, sagt er mit dieser sexy rauen Stimme, der ich so schwer widerstehen kann.

»Als was für ein Boss?«, kontere ich humorvoll. »Der Homeoffice-Boss, der Pantoffelboss oder der Haushaltsboss?«

»Ha, ha, sehr kreativ, Sky.«

»Danke. Lob vom Chef nehme ich immer gerne.«

Er seufzt, als würde ihn das Geplänkel anstrengen und nicht wie sonst erheitern. »Bitte, Sky.«

»Bitte?«, krächze ich, und der nächste Witz bleibt mir im Hals stecken.

»Ja, bitte. Die Sachen sind wichtig«, sagt er und schluckt hörbar. »Du bist wichtig.« Wieder eine kurze Pause. »Bitte. Einfach nur bitte.«

Wer kann da Nein sagen? In diesem einen Wort liegt so viel. Liebe, Wärme, Verlangen. Er braucht mich, nicht nur wegen der Mappe, und ich brauche ihn. Mehr als die Luft zum Atmen und mehr als alles andere. Und plötzlich weiß ich, was zu tun ist. Natürlich, ihm die Unterlagen bringen. Aber das meine ich nicht. Sondern wie ich mich entscheide. Für ihn. Ich entscheide mich für ihn. Keine Ahnung, wie ich meiner Mom helfen werde, aber ich tue es nicht, indem ich *All-in* verrate. Soll mich Daniel Devilton feuern, dann habe ich den Job bei *All-in* und einen Freund. Wir werden eine Lösung finden. Zusammen sind wir stärker, besser. Zusammen ist das Leben schöner. Zusammen sind wir richtig, so wie es schon immer sein sollte.

»Bin unterwegs«, sage ich. »Bis gleich.«

Jake

»Du hast nicht geschlafen!« Skylar klingt vorwurfsvoll, als ich ihr die Tür zu meinem Loft öffne. Ich will sie umarmen, aber sie stemmt sauer die Hände in die Seiten.

Ich hätte nicht gedacht, dass sie das sofort bemerkt. Ich habe extra noch mal kurz auf meiner Dachterrasse Luft geschnappt, um wacher zu werden. Schuldbewusst reibe ich mir übers Gesicht. »Zählt Sekundenschlaf?«

»Kommt darauf an, von wie vielen Sekunden wir reden.«

»Irgendwas im dreistelligen Bereich«, bleibe ich bei der Wahrheit. »Nicht mehr als ein paar Minuten. Ein Powernap.«

»Eher ein Power-Desaster. Nein, zählt nicht«, sagt sie sauer, atmet tief durch und fällt mir um den Hals. »Verdammt, nein, auf keinen Fall.«

»Mmh«, mache ich, als sich ihr Körper an meinen presst, und merke sofort, wie mir die Augen zufallen. Schon wieder.

Fuck, bin ich müde. Aber da war noch was. Nur was?

Für einen Moment lässt mich Skylar alles um mich herum vergessen. Ich liebe ihren Duft. Ich liebe es, sie in den Armen zu halten. Ich liebe es, wenn sie sich mir nicht entzieht, sondern meine Nähe sucht. Das ist so neu und so richtig und so perfekt.

Jake, erinnere dich!

Ach stimmt … »Hast du die Unterlagen mitgebracht?«, frage ich.

»Natürlich.«

»Gib sie mir!«

»Nein.«

»Befehl vom Boss«, spiele ich wenig geistreich wieder die gleiche Karte wie immer, dabei sehe ich in Skylars Augen, dass mein vermeintlicher Joker dieses Mal nicht zieht. Also lächle ich gewinnend.

Sie seufzt. »Was ist noch so wichtig, dass es nicht warten kann?«

»Eine Diskussion mit einem Kunden. Er behauptet, unsere Änderungen nicht durchgewunken zu haben, aber es gab ein Meeting mit handschriftlichen Ergänzungen von ihm.« Der ganze Fall nervt mich, weil ich die Nacht alles andere als freiwillig durchgemacht habe, sondern weil die letzten vierundzwanzig Stunden nur solche kritischen Kundenmails kamen. Ein paar konnte ich an Owen und Max weiterleiten, und um ein paar Jobs kümmert sich Zahra in meiner Abwesenheit, aber das betrifft eben nicht alle. Nicht heute.

»Die Änderungen sind in der Mappe?«, rät Skylar.

»Ja, genau!«

»Und das ist dann alles, was du noch zu tun hast?«

»Vorerst«, sage ich zerknirscht, denn irgendein Gott scheint mich sehr zu hassen. Ich erhalte zwei neue Mails, sobald ich eine beantwortet habe.

»Dann ist das alles«, legt Skylar fest.

»Wenn mehr reinkommt –«

»Lässt du es liegen, denn sonst klappst du zusammen.«

»Das ist mein Job, Sky.«

»Ja, genau«, sagt sie. »Job, nicht Leben.« Sie schluckt. »Oder gut, auch dein Leben, aber ich bin mir sicher, die Kunden verstehen so simple Bedürfnisse wie Schlaf.« Sie senkt die Stimme. »Falls du das vergessen hast, das ist etwas, das alle Menschen machen müssen.«

Ich öffne den Mund für weiteren Protest.

»Noch ein Wort, und ich lasse dich nicht mal die Mail beantworten.«

Kein Bluff, das macht sie. Mir wird ganz anders, als mir klar wird, was das für ein Schaden wäre. Und mir wird anders, sehr schön anders, weil Skylar so anders ist. Sie ist wie immer, voller Energie und toll und ein bisschen verrückt, aber da ist noch mehr. Als wäre die letzte Mauer zwischen uns gefallen. Als wären wir eins.

»Und noch weitere fünf Minuten, und wir werden nie Sex haben«, schiebt sie hinterher, weil ihr meine Antwort zu lange dauert.

»Ich bin mir sicher, das ist eine hohle Drohung.«

»Willst du das wirklich herausfinden, Jake?«

Mein Gehirn ist für einen Moment komplett leer, bis ich schalte. »Okay, ich beeil mich.«

»Das wollte ich hören«, sagt sie wie ausgewechselt und plötzlich ganz Business. Sie drückt mir meine Mappe und ihre Sachen mit einem viel zu schnellen Kuss in die Hand und lässt mich in mein Büro gehen, während sie in Richtung Küche verschwindet. Keine Ahnung, was sie da treibt. Ich bin mir sicher, wenn ich wacher wäre, würde es mir einfallen. Geschirr klappert. Aber der Abwasch wird es wohl kaum sein. Auch wenn der notwendig ist, weil ich keine Tassen mehr im Schrank habe.

»Lass mein Porzellan ganz!«, rufe ich.

»Erledige deinen Job«, trällert sie zurück.

Stimmt, da war noch was. Ich mache auf meinem Tisch

Platz für ihre Tasche und schaue in die Mappe. Ich brauche einen Moment, bis ich mich wieder in die Beschwerde eingelesen habe. Dann formuliere ich eine Antwort, in der ich dem Kunden sehr elegant mitteile, dass er sich geirrt hat.

»Bin fertig«, sage ich, als ich zu Skylar in die Küche komme. Dabei merke ich bei jedem Schritt, dass das nicht nur auf meine Arbeit, sondern auch auf mich zutrifft. Ich will sie in meinem Bett für Sex, aber es besteht die reele Chance, dass ich einschlafe, bevor ich überhaupt in ihr bin. Das wäre sehr peinlich.

»Ich leg mich hin, okay?«

»Trink«, sagt sie nur und hält mir ein Wasserglas hin.

Ich spiele brav mit.

»Mehr?«, fragt sie, als ich das Glas ausgetrunken habe.

Nein, will ich sagen, aber nicke. Erst jetzt merke ich, dass ich statt Kaffee eher eine Wasserflasche in meinem Büro gebraucht hätte. Noch eine Stunde ohne Skylar, und ich hätte vermutlich angefangen, Stimmen zu hören.

»Hier!«, sagt sie, nachdem sie das Glas aufgefüllt hat, das ich ebenfalls wie am Verdursten hinunterkippe. »Jetzt genug?«

Ich nicke und gähne.

»Du hast auch nichts gegessen, oder?«

»Für dich bin ich fit genug«, sage ich und spanne meine Muskeln an.

»Du weißt ja nicht, was ich mit dir vorhabe! Wäre blöd, wenn du mir umkippst.«

Ich seufze. »Ich habe fast nichts gegessen«, gestehe ich. »Das ging irgendwie unter.«

»Willst du noch was?«

Mein Magen knurrt, bevor ich antworten kann.

»Du willst was«, hält sie sanft lächelnd fest.

»Du hast wohl wirklich Pläne mit mir, wie?«

»Ziemlich große, ja«, sagt sie neckend. »Setz dich.«

»Danke«, sage ich nur, hauche ihr einen Kuss auf die Schulter und lasse mich an der Küchentheke auf einen der Barhocker fallen. Selbst im Sitzen schlafe ich fast ein, aber ich kriege mit, wie sie Rührei und Toast macht. Nichts Besonderes, sondern was Schnelles. Für mich. *Sehr cute.*

»Willst du auch was?«, frage ich, als sie mir den Teller hinschiebt. Ich wackle mit den Augenbrauen. »Auch du wirst die Energie brauchen.«

»Ich mach mir später was«, sagt sie lachend, setzt sich neben mich und behält mich sehr genau im Auge. Als würde sie befürchten, dass ich jeden Moment zusammenklappe, was sehr sicher nicht passieren wird. Zumindest nicht vor ihr.

Ich esse erst langsam, dann schneller. Gleich darauf fährt mein Körper endgültig runter.

»Und jetzt Zähne putzen und ab ins Bett«, befiehlt Skylar, was für mich so klingt, als wollte sie, dass ich für Weltfrieden sorge.

»Oder gleich ins Bett«, sage ich müde.

»Ich helfe dir auch«, meint sie nur, kein bisschen flirty, und doch wärmen ihre Worte mich.

»Was, wenn ich noch duschen möchte?«, frage ich, plötzlich für einen Moment eine Spur wacher. Zum Glück, denn auch wenn Skylar nicht die Nase rümpft, so müffle ich ziemlich sicher, etwas, was ich in ihrer Nähe nicht will. »Hilfst du mir auch unter der Dusche?«

»Du bist unmöglich!«

»Heißt das Nein?«

»Das heißt Ja. Du siehst so aus, als könntest du sie brauchen. Aber ich sorge nur dafür, dass das Wasser an alle Stellen kommt.« Sie wackelt zweideutig mit den Augenbrauen. »Nicht für mehr.«

Mehr … Meine Vorstellung fährt wirklich schnell in den Keller, denn Fantasien kommen hoch, wie sie mich einschäumt, meinen Schwanz packt, mich scharfmacht. Wie ich sie fingere und anhebe. Wie wir vögeln …

»Ich wäre bereit«, sage ich.

»Das wage ich zu bezweifeln«, erwidert sie lachend und ist nun diejenige, die ihre Hand auf meinen Rücken legt und mich ins Bad führt. *Netter Rollentausch.*

»Setz dich«, sagt sie und deutet zum Toilettensitz.

Ich spiele mit. Sie stellt sich vor mich und knöpft mir das Hemd auf. Ihr Duft steigt mir in die Nase, und ihre Finger schicken bei jeder Berührung kleine Blitze durch mich. *Pew. Pew. Pew, hab dich erwischt. Du gehörst mir.*

»Ich glaube, ich schlaf schon!«, sage ich.

»Warum?«

»Fühlt sich an wie ein Traum!«

Ein Lächeln legt sich auf ihre Lippen, das ich dort immer sehen möchte. »Auch für mich«, gesteht sie leise, hat das Hemd offen, streift es mir über die Schultern und muss beim Anblick meiner Muskeln schlucken. »Hui, auch für mich, Jake.«

»Du kommst mit unter die Dusche?«, frage ich.

»Aus Sicherheitsgründen.«

Der Grund ist mir egal. Das ist ein Ja, und lächelnd greife ich nach ihrer Bluse und ziehe ihr ebenfalls das Oberteil aus. Es sollte nicht heiß sein, aber das ist es. Weil wir beide uns immer noch viel zu sehr wollen. Müde oder nicht. Das hört erst auf, wenn wir tot sind.

»Fuck, bist du schön«, keuche ich und platziere Küsse über ihrem Bauchnabel. »Schön, schön, schön.« Ich ziehe sie zu mir und lehne mein Gesicht an ihren Bauch, nehme ihren Duft wahr und wie weich ihre Haut ist.

»Du wolltest noch duschen«, höre ich sie leise sagen und spüre dabei ihre Finger durch meine Haare gleiten.

»Mmh«, mache ich.

»Jetzt, Jake.« Mehr Fingerbewegungen in meinem Haar. »Mit mir.«

»Stimmt!« Ich gebe mir einen Ruck, lasse sie los und stehe auf, damit ich mir auch die letzten Sachen ausziehen kann. Skylar macht es mir nach, bis sie nur noch Unterwäsche trägt. »Die auch«, sage ich, gehe zu ihr, löse ihren BH und fahre über ihre Nippel.

»Jake!«, seufzt sie, jetzt nicht besorgt, sondern bedürftig.

»Ja?«, frage ich lauernd.

»Wir duschen nur.«

»Ist doch Duschen.«

»Nein, das ist Fummeln.«

»Soll ich aufhören?«

»Nein.« Sie räuspert sich, Wachs in meinen Händen, aber schüttelt sich gleich darauf. »Doch, ja. Du musst ins Bett.« Vehement löst sie sich von mir und streift mir die Boxerbriefs ab. »Nicht dein Ernst, Jake!«, ruft sie, als sie meinen Ständer sieht.

»Mein Angebot steht, im wahrsten Sinne des Wortes«, sage ich breit grinsend und betrete die Duschkabine. *Offensichtlich können Männer auch noch halb tot Sex haben, schließlich geht es um den Erhalt der Menschheit*, denke ich, bis mir schwindlig wird und ich mich abstützen muss.

»Mist«, flucht Skylar, tritt zu mir unter die Dusche und hält mich. »Kannst du noch stehen?«

»Ja«, sage ich.

»Gut, dann wasche ich dich schnell.«

Was sie damit meint, merke ich erst eine Sekunde später, als ihre Hände über mich gleiten und mich einseifen. Ich will das genießen, aber ich bin zu fertig dafür. Zumindest neunundneunzig Prozent von mir. Ein Prozent bietet sich weiter willig an und reckt sich: ›Hier bin ich, bereit, dich zu vögeln.‹

»Wenn ich wieder fit bin, wiederholen wir das«, knurre ich.

»Klingt wie eine Drohung.«

»Ist ein Versprechen.«

Sie seufzt, reicht mir ein Handtuch und legt den Arm um mich, als ich aus der Dusche trete. »Jetzt fehlt nur noch Zähneputzen, Jake!«

Kampflos spiele ich mit. Ich will nicht mit Eier- und Toastresten in den Zahnzwischenräumen schlafen gehen.

»Noch was?«, frage ich, als ich fertig bin.

»Nein«, sagt sie nur und lotst mich zum Bett, auf dem ich wie ein Wal strande. In dem Moment, als ich die Matratze und die Kissen unter mir spüre, habe ich keine Kraft mehr, mich zu bewegen.

»Noch was?«, fragt sie nun mich, rückt das Kissen unter meinem Kopf zurecht, legt die Decke über mich, setzt sich neben mich und fährt mir durch die vom Duschen nassen Haare.

Ganz viel … Ich drehe mich auf die Seite, greife in ihren

Nacken und küsse sie. Der Kuss wird sofort intensiver. Doch sie weicht zurück und schaut mich nicht sauer, sondern eine Spur traurig an. »Was ist los, Sky?«

»Du bist nicht fit.«

»Fit genug.«

»Das war ich neulich auch, und trotzdem hast du gewartet. Jetzt ist es genauso.«

»Du hast keine Ahnung, wie sehr ich dich will«, raune ich ihr zu.

»Doch.« Sie nickt zum Zelt, das ich aus der Decke mache. »Eine mächtig große sogar.«

Ich spüre, wie mein Schwanz bei ihren Worten zuckt.

»Aber es wäre falsch«, sagt sie nur und küsst mich noch mal.

»Bleibst du?«, frage ich und halte meine Augen mit letzter Kraft offen.

»Ja.«

»Sehr gut, dann werden wir später …«

KAPITEL 15

Skylar

Jakes letzte Worte verlieren sich, als er einschläft, aber ich weiß, was er meint: dass er später, wenn er ausgeruht ist, mit mir schlafen wird. *Perfekt*. Denn ich will es auch.

»Gute Nacht«, flüstere ich ihm zu und drücke ihm einen Kuss auf die Lippen. Er erwidert ihn nicht, weil er bereits wie ein Stein schläft. Ein sexy Stein mit feuchten Haaren, definierten Rückenmuskeln und einem knackigen Hintern, der sich in einem Fotokalender sehr gut verkaufen würde, der aber zum Glück nur mir gehört.

Bewundernd lasse ich meinen Blick über ihn gleiten. Eigentlich sollte mir kalt sein, weil ich mich nach dem Duschen kaum abgetrocknet habe, doch Wärme durchströmt mich. Liebe.

Jake ist der Eine. Ist es immer schon gewesen. *Wie konnte ich ihm auch nur eine Sekunde widerstehen?* Obwohl es mich frustriert, dass er bis zur Erschöpfung gearbeitet hat, bewundere ich ihn dafür. Er tut es nicht für sein Ego, sondern für *All-in*. Er möchte niemanden enttäuschen. Er ist jemand, auf den ich mich immer verlassen kann.

Auch wenn er fest schläft und es nicht merken dürfte, lege ich mich zu ihm und genieße, wie er im Schlaf nach mir tastet – und härter wird.

Nur eine körperliche Reaktion, sage ich mir. *Hat nichts mit dir zu tun.*

Aber das stimmt nur halb.

Jake will mich. Egal, ob er es sagt oder nicht, ich spüre es in jedem Blick, jeder Berührung – und jedem kleinen Wortgefecht. Auch jetzt. Und ich will ihn.

Schmunzelnd küsse ich seinen Handrücken und fahre mit den Lippen über die feinen Härchen auf seiner Haut. Seine Finger zucken, als würde es ihn kitzeln, und ich beiße sie sanft, was dafür sorgt, dass er seine Finger fester um meine schließt, als würde er sagen: ›Nur weiter so. Gib mir noch eine Minute Schlaf, und ich revanchiere mich bei dir.‹

»Ich liebe dich«, flüstere ich.

»Mmh«, schnurrt er, als hätte er mich gehört.

Ich schmiege mich an ihn, fahre ihm durch die Haare und über den Rücken, lege in jede Berührung all die Gefühle, die ich seit Jahren mit mir herumtrage und die endlich rausmüssen.

Seit ich denken kann, habe ich immer versucht, das Richtige zu tun. Aber es war das Richtige für andere, nicht unbedingt für mich. Das hier ist dagegen so einfach, dass ich gar nicht fassen kann, dass ich es beinahe verpasst hätte. Dabei fühlen sich die richtigen Dinge immer leicht an. Wie atmen.

Nach einer Weile wird mir doch kalt. Obwohl Jake ein menschliches Heizkissen ist, fröstle ich. Noch für einen kurzen Moment bleibe ich bei ihm, dann löse ich mich. Ich brauche trockene Sachen, und Jake muss vor allem Schlaf nachholen. Nicht nur von der letzten durchgemachten Nacht, sondern auch von den Tagen davor. Je weniger ich ihn störe, desto besser.

Leise verlasse ich das Schlafzimmer und gehe ins Bad, um meine restlichen Sachen wieder anzuziehen, alles bis auf den Slip, der nass ist. Ich will unbedingt bei Jake bleiben, aber ich brauche frische Sachen, meine Pflegeprodukte und Kleidung für morgen, wenn ich richtig übernachten will.

Kurz entschlossen hinterlasse ich ihm eine Nachricht, dass ich gleich wiederkomme, auch wenn ich nicht damit rechne, dass er sie liest. Aber sicher ist sicher. Dann fahre ich zu mir.

***

Als ich zwei Stunden später mit Unterwäsche, Wechselsachen und meinen Pflegeprodukten zurückkomme, schläft Jake immer noch und hat sich, wenn überhaupt, nur minimal bewegt. So langsam, wie sich Kontinente bewegen, mit dem bloßen Auge nicht zu sehen, nur mit Spezialinstrumenten messbar.

Für einen Moment bleibe ich im Türrahmen stehen und schaue ihm zu.

Es passiert quasi nichts, ich sehe nur, wie sich sein Rücken mit seinen Atemzügen hebt und senkt, aber das allein genügt mir, um zu lächeln. Und um ihn immer heftiger zu wollen. Kein Wunder. Er ist wie Schokolade, die vor mir liegt, die ich aber nicht anknabbern darf.

Wie gemein!

Warum musste er auch so viel arbeiten?!

Um ihn nicht zu stören, lasse ich ihn wieder in Ruhe und schließe die Tür hinter mir. Mittlerweile ist es nach 20 Uhr. Wir haben nicht darüber gesprochen, ob ich mich hier wie zu Hause fühlen darf, ich gehe jedoch davon aus. Ich bediene mich an Jakes Kühlschrank, mache mir Essen und stelle mich dann unter die Dusche, um den Tag abzuspülen, genau wie den letzten Rest Zweifel, der vielleicht noch an mir klebt. Um ein neues Kapitel aufzuschlagen. Mit Jake.

Wohlige Zufriedenheit durchdringt mich, als ich fertig bin, mich abtrockne, mich eincreme und mein Schlafshirt anziehe. Ich bin bei Jake, aber ich fühle mich wie zu Hause. Einfach richtig.

Oh, Skylar, du bist Texterin, du solltest bessere Worte finden als ›richtig‹. ›Richtig‹ ist doch total abgedroschen.

Keine Chance. Für ›richtig‹ gibt es kein besseres Wort. Das ist ein Klassiker. Richtig ist einfach richtig. Das Gefühl ist wie eine warme Decke im Winter, ein kaltes Getränk im Sommer.

Und ›richtig‹ ist irgendwie auch heiß, denn von Minute zu Minute glühe ich mehr.

Müssen Jakes Pheromone sein, die in der Luft liegen. Die Fußbodenheizung ist es jedenfalls nicht, sie ist sehr angenehm im Bad, aber wird wohl kaum die Ursache für dieses kleine Inferno in mir sein.

Für einen kurzen Moment überlege ich, mir im Wohnzimmer noch einen Film anzuschauen, um Jake weiterhin nicht zu stören. Aber als ich, nur um nachzusehen, dass es ihm noch gut geht, einen schnellen Blick in sein Schlafzimmer werfe, entwickeln meine Beine ein Eigenleben. Ich laufe schnurstracks auf das Bett zu und schlüpfe zu ihm unter die Decke.

Erst jetzt merke ich, wie müde auch ich bin. Sicher nicht so kaputt wie Jake, aber definitiv von der letzten unruhigen Nacht und den vergangenen aufreibenden Wochen mitgenommen.

»Sky!«, murmelt er, als hätte er mich bemerkt.

»Sorry, wollte dich nicht wecken.«

»Tust du nicht.«

Süß, dass er das sagt, doch allein die Tatsache, dass er mit mir redet, beweist das Gegenteil.

»Darf ich?«, flüstere ich und rücke zu ihm.

»Immer«, raunt er mir im Halbschlaf zu.

Der Mann, von dem ich als Teenager geträumt habe, von dem ich früher dachte, ich wäre nicht sein Typ und er würde mich überhaupt nicht bemerken, will mich! *Hallo, Jackpot. Oder noch besser: Hallo, Jakepot.*

Ich grinse, weil mein Gehirn in seiner Nähe trotz Müdigkeit doch ein paar gute Wortspiele zustande bringt. Als hätte es eine stille Reserve für ihn. Seufzend rutsche ich an ihn heran und erschauere, als er seine Arme um mich legt und unsere Körper zueinanderfinden.

»Du bist ja ganz kalt«, murmelt er und reibt mir über den Rücken.

»Nur ein bisschen. Wird gleich besser«, sage ich. »Schlaf weiter.«

»Wird auf jeden Fall gleich besser«, sagt er, dreht sich auf die Seite, zieht meinen Rücken an seinen Bauch und legt sein Bein über mich. Schafft es, noch mehr von seinem Körper an meinen zu pressen. Weil wir löffeln.

»Du sollst doch schlafen«, flüstere ich.

»Tue ich«, murmelt er an meinem Nacken, und ich merke, wie er sich hinter mir tatsächlich entspannt. *Gott sei Dank.*

Er schläft weiter, aber ich schlafe nicht. Sein Atem streicht in tiefen, regelmäßigen Zügen über meinen Nacken. *Hi, Sky.*

Hauch. *Ich finde dich sexy.* Hauch. *Ich will dich.* Hauch. Mir ist sehr bewusst, dass Jake anders als ich nackt ist. Jede Adonisfaser von ihm klebt an mir. Ich genieße die Nähe, gleichzeitig quält sie mich auch. Ich bin feucht. Mein Körper brennt. Jede Zelle von mir sehnt sich danach, endlich mit diesem Mann vereint zu sein. Ich rücke noch näher, aber es reicht nicht. Natürlich nicht.

Du hast mehr als zehn Jahre gewartet, Skylar, dann wirst du es ja wohl noch zehn Stunden aushalten.

Irgendwann schlafe ich zum Glück ein.

Doch als ich am Morgen erwache, hat sich nichts geändert. Ich will Jake heftiger denn je.

Ich seufze frustriert, presse jedoch gleich darauf die Lippen fest zusammen, weil ich ihn nicht wecken will. Draußen ist es hell, es ist auf jeden Fall nach sechs, vielleicht sogar nach sieben, aber so kaputt, wie er war, soll er ruhig noch weiterschlafen.

»Alles in Ordnung?«, fragt er da leise an meinem Rücken, und die Hand, die eben wie schlafend mit meiner Hand verknotet war, löst sich und fährt mir durch die Haare.

Er ist wach?!

Ich drehe mich, bis wir uns ansehen können, versinke in seinen schönen braunen Augen und lasse meinen Blick über ihn schweifen, um mir jede Pore einzuprägen. Mein Körper brennt, aber für den Moment – und lange wird er nicht dauern – will ich die Zweisamkeit genießen. Jake und ich in einem Bett. Wie wir uns ganz nah sind. Ohne dass einer dem anderen ausweicht. Ein breites Lächeln legt sich auf mein Gesicht.

»Ich bin kein Traum«, sagt er leise und klingt so, als wäre

er schon eine Weile wach und hätte sich nur schlafend gestellt, um mich nicht zu stören.

»Was dagegen, wenn ich das nachprüfe?«, frage ich.

»Überhaupt nicht.«

Wie in Zeitlupe strecke ich die Hand aus und streiche ihm durch die Haare. Als könnte eine falsche Bewegung den Moment zerstören. Ich fahre mit den Fingerspitzen über sein Gesicht, liebe, wie rau sich seine unrasierte Haut anfühlt, liebe seinen Blick, der mich gefangen hält, als könnte ich verschwinden, wenn er blinzelt.

»Ich kann es immer noch nicht glauben«, sage ich, lasse meine Hand tiefer wandern und lege sie auf sein Herz, das von Sekunde zu Sekunde schneller schlägt. Meinetwegen. »Hast du gut geschlafen?«, frage ich.

»So gut wie noch nie.«

»Kein Wunder«, rege ich mich auf. »Du hattest es echt mit der Arbeit übertrieben.«

Er lacht nur. »Nicht weil ich so kaputt war, sondern weil du neben mir gelegen hast.« Er rollt mich auf den Rücken, stützt sich über mir auf und haucht mir einen Kuss auf die Lippen. »Daran könnte ich mich gewöhnen.«

»Ich habe nicht geschnarcht?«

»Nicht dass ich wüsste. Ich?«

»Wie ein Seemann!«

»Lügnerin.« Er beißt mich sanft in die Nase. »Hast du auch gut geschlafen? Nicht nur ich war müde, du auch, wenn ich mich recht erinnere.«

Dass ihm das aufgefallen ist! Ich nicke nur und lecke mir über die Lippen, fahre ihm wieder durch die Haare und habe genug davon, dass er so nett ist. Ich brauche ihn nicht so rücksichtsvoll. Mehr als zehn Jahre hat er sich beherrscht, das muss er nicht länger.

»Bist du wirklich fit?«, frage ich, weil ich meine Sorge nicht vollständig abschütteln kann. Die Ringe unter seinen Augen sind jetzt nicht mehr nachtschwarz, aber definitiv noch da.

»Ich fühle mich richtig gut«, versichert er mir.

»Dann ist es okay, wenn ich das hier mache?« Ich lasse meine Hand tiefer gleiten und umschließe seine Erektion.

Er gibt einen sexy kehligen Laut von sich.

»Nicht?«, tue ich überrascht, streichle ihn jedoch weiter.

»Oh, du weißt, dass das kein Schmerzenslaut war«, meint er, stützt sich auf einem Arm auf und schiebt seine Hand unter mein Nachthemd. »Wie ist es bei dir, Sky? Bist du fit?« Er streift meine Brustwarzen, und ich ziehe scharf die Luft ein, als kleine Blitze von meinem Busen zu meinem Schritt schießen.

»Mmh«, mache ich und nicke.

»Kann dich nicht hören«, sagt er und wiederholt seine süße Folter.

»Ja, superfit«, sage ich und hole Luft wie für einen Sprung ins tiefe Wasser, weil wir beide gleich für eine ganze Weile abtauchen werden.

»Keine Einwände?«, fragt er.

»Keine Einwände«, sage ich.

Für einen Moment rührt sich Jake nicht, dann schiebt er mir grinsend mein Nachthemd über den Kopf. Gleich darauf greift er zur Kommode neben dem Bett, und ich höre es eher, als dass ich es sehe, wie er sich ein Kondom überstreift. »Das hättest du nicht sagen sollen, Sky…«, knurrt er. Keine Sekunde später dringt er hart und perfekt in mich ein.

Jake

»Scheiße«, fluche ich, als ich in Skylar dringe und sie spüre. »Scheiße, Scheiße, Scheiße!«

»Wehe, du hörst jetzt auf!«, knurrt sie.

Ich muss lachen, stütze mich über ihr auf, sehe ihr tief in die Augen und dringe wieder und wieder in sie. »Keine Sorge, Sky, ich hör nie wieder auf.« *Keine Drohung, sondern ein Versprechen.*

Sie fühlt sich zu gut an, wir passen einfach perfekt zueinander, mehr geht nicht. Schauer durchdringen mich, doch je mehr ich spüre, desto mehr will ich. Nichts ist genug, nicht wenn es um Skylar geht.

»Mach langsamer«, keucht sie da.

»Keine Chance.«

»Mach langsamer oder ich – oh Gott, Jake!«

Sie kommt um meinen Schwanz, ohne dass ich besonders viel tun musste. Ihr Körper pulsiert, windet sich unter mir und reißt mich mit sich, wie sie mich immer mit sich gerissen hat. Widerstand ist zwecklos. Sie zu spüren ist einfach mind-blowing.

»Fuck, Sky!«, stöhne ich, als ich mit ihr komme, all der Druck mir den Verstand raubt und dann endlich, endlich,

endlich nachlässt. Wie nach einem zehnjährigen Vorspiel. Völlig erledigt sinke ich auf sie.

Perfekter Scheiß.

Eine Weile rührt sich keiner von uns, bis ich wieder ganz im Hier und Jetzt angekommen bin, leicht zur Seite weiche, um sie nicht zu erdrücken, mir das Kondom abziehe und es an den Rand der Matratze lege, um es später zu entsorgen.

»Dann schaffen wir es ja pünktlich ins Büro«, witzelt sie atemlos.

»Nicht lustig«, knurre ich. »Glaubst du, ich bin schon fertig mit dir?« Ich greife an ihre Pussy, spüre ihre heiße Haut, streichle sie, reize sie, bis sie sich mir entgegenreckt. »Ich habe heute erst genug, wenn du genug hast.«

»Habe ich, ich bin gekommen«, sagt sie seufzend.

»Und das reicht dir?«

»Ich glaube ja.«

»Ich glaube nicht«, sage ich und schiebe zwei Finger in sie.

Ein tiefes Luftholen ist die Antwort. Und gleich darauf ein Stöhnen.

»Siehst du!«, lache ich und benutze sie von Mal zu Mal schneller. »Oder soll ich tatsächlich aufhören?«

»Untersteh dich!«

»Also was denn nun? Ja oder nein?«, tue ich unentschlossen und ziehe meine Finger zurück.

»Bitte, mach weiter!«, fleht sie mich an, greift meine Hand und führt sie zurück an ihre Pussy.

»Vielleicht ist eine Pause doch ganz gut«, reize ich sie.

»Du brauchst wohl eine«, schnaubt sie. »Aber ich? Nein!«

»Sicher, dass du keine willst?«

Sie nickt.

»Auch jetzt noch?«, frage ich, fahre durch ihre Pussylippen, um extraviel Feuchtigkeit zu sammeln, und gleite dann mit einer nassen Fingerkuppe zu ihrem Anus.

»Jake!«, quiekt sie und rückt instinktiv von mir ab.

»Hiergeblieben«, sage ich, lege meinen anderen Arm um ihre Taille und ziehe sie zurück. »Tat es weh?«

»Ähm ... nein«, gibt sie mit roten Wangen zu.

»Gut«, meine ich nur, sehe sie sehr genau an, liebe den Schock in ihrem Gesicht und gleich darauf die Lust, als ich den Finger einführe, vor- und zurückschiebe.

»*Das* hast du dir vorgestellt, Jake?!«

»Nicht damals«, hauche ich an ihren Lippen und führe gleichzeitig einen feuchten Finger an ihre Klit. »Aber jedes Mal, wenn ich meine Hand auf deinen unteren Rücken gelegt habe.«

»Du bist echt unmöglich!«, keucht sie zwischen Empörung und Lust.

»Vielleicht, denn ich werde mir in Zukunft noch ganz andere Dinge vorstellen«, sage ich und verwöhne sie weiter. »Hab dein Toy, das ich bei dir zu Hause entdeckt habe, nicht vergessen. Das lässt sich wunderbar einbauen ...«

»Wehe«, murmelt sie, beißt sich auf die Lippen und stöhnt gleich darauf gequält. »Mehr, Jake.«

»Sicher?«

»Gott, ja, ich brauche mehr.«

Ich nehme einen zweiten feuchten Finger dazu und dringe damit ebenfalls in ihren Anus ein, bewege mich vorsichtig, will, dass sie Spaß hat. *Bingo!* Ein weiterer Orgasmus rauscht durch sie hindurch, heftiger als der erste, anders, nasser. Sie stöhnt an meinen Lippen, bäumt sich unter mir auf, zeigt mir, dass ich alles richtig gemacht habe.

»Bist du okay?«, frage ich.

»Mmh«, sagt sie. »Lebe noch.«

Lächelnd küsse ich ihre Schläfe. »Gut, bin gleich wieder da.«

Vorsichtig ziehe ich meine Hand zurück und verschwinde ins Bad. Ich entsorge das Kondom und wasche mir die Hände. Als ich zurückkomme, liegt sie immer noch so da, wie ich sie verlassen hatte, aber grinst, als sie mich und meine Erektion erblickt.

»Willst du mich ruinieren?«, fragt sie lachend.

»Nein, *will* ich nicht, *werde* ich«, sage ich, greife mir ein neues Kondom und gleite diesmal ganz langsam zwischen ihre Schenkel.

Wir stöhnen beide, als ich mich in sie schiebe. Sie ist so eng geworden von den vielen Orgasmen und gleichzeitig so nass, dass sie mich mühelos aufnehmen kann. Anders als vorhin bewege ich mich ruhiger, kontrollierter. Wir küssen uns, lieben uns und drehen uns.

»Wie bringe ich dich dazu, dass du noch mal kommst?«, frage ich, als sie wieder unter mir liegt.

»Keine Ahnung. Lass uns das einfach genießen, Jake. Was brauchst du denn?«

Ein Zittern geht durch mich. »Dich, Sky, nur dich.«

»Du bist sehr leicht zufriedenzustellen.«

»Ja, mit der richtigen Frau«, sage ich und spüre, dass ich es nicht mehr lange aushalte. »Meinst du, es klappt so?«, frage ich und greife zwischen unsere Körper an ihre Klit.

Sie stöhnt laut.

»Also so«, antworte ich mir selbst, massiere sie und nehme sie wieder härter. Ich liebe, dass es zwischen uns wilder wird. Dass jeder den anderen begehrt, aber keiner dem anderen wehtut. Egal, wie viel jeder nimmt, er gibt es auch zurück.

Solange es geht, zögere ich den Höhepunkt hinaus. Sie fühlt sich zu gut an. Ich schwöre, ich will den Rest meines Lebens zwischen ihren Beinen verbringen. Ich muss nicht mehr schlafen, nicht mehr essen, nichts trinken, ich brauche nur sie. Uns.

»Ich liebe dich«, raune ich ihr ins Ohr und dringe härter in sie, als müsste ich meinen Worten Nachdruck verleihen. »Ich liebe dich wie verrückt, Sky, und ich werde es dir jeden einzelnen Tag bis ans Ende meines Lebens beweisen.«

»So?«, keucht sie erregt.

»Auf jede erdenkliche Art«, sage ich und stoße sie über die Klippe. Sie kommt unter mir und ich mit ihr. Unsere Körper halten sich fest, lassen los und wollen sich wieder. Ich habe keine Worte dafür. Ich wünschte, ich hätte sie, aber nichts wird dem gerecht. Dieses Gefühl, mit dem Menschen verbunden zu sein, der für einen bestimmt ist, ist unbeschreiblich.

Als wir beide wieder zu uns kommen, streife ich mir achtlos das Kondom ab und nehme sie in den Arm.

»Ich liebe dich auch«, sagt sie. »Schon immer, für immer.«

»Warum warst du erst so zurückhaltend?«, frage ich, drehe mich auf den Rücken, ziehe sie zu mir und lege meine Hand wieder auf ihren unteren Rücken. »Dir ist wohl kaum entgangen, wie sehr ich mich gefreut habe, dich nach all den Jahren wiederzusehen?«

»Nein, definitiv nicht. Du warst so subtil wie ein blinkendes Warnlicht.«

Ich kratze sie leicht an der Hüfte, weil ich eine Antwort will, keinen Witz.

»Ich habe es einfach nicht glauben können. Ich habe mich für einen Job beworben und habe den, einen tollen Chef und einen tollen Mann bekommen.«

»Und tollen Sex«, ergänze ich.

Sie rollt mit den Augen. »Wie konnte ich den nur vergessen?«

»Er war toll, oder?«, sage ich. Das ist mir wichtig, dass nicht nur ich Spaß hatte, sondern auch sie.

»Ausbaufähig«, ärgert sie mich.

»Wie bitte?« Ich drücke sanft ihren Hintern. »Das war bestimmt nicht das Wort, das du im Kopf hattest.«

»Stimmt, lass mich überlegen«, tut sie nachdenklich und lässt eine Sekunde verstreichen, dann noch eine und noch eine.

»Soll ich nachhelfen?«, frage ich und schiebe meine Hand weiter zwischen ihre Beine, spüre ihre Hitze und wie ihr Körper wieder feucht wird.

»Ja, das ist gut«, seufzt sie und küsst mich.

»Und? Ich warte«, sage ich, streichle sie, aber halte mich mit Absicht zurück.

»Süchtig machend«, antwortet sie schließlich.

»Klingt gefährlich«, sage ich und schiebe meine Finger wieder in sie.

»Scheint mein Ding zu sein.«

Wir lieben uns direkt noch mal, wieder etwas wilder, wieder genau richtig. Dabei gibt es kein Richtig und kein Falsch mit Skylar. Jede Sekunde mit ihr ist schön.

»Gehen wir jetzt ins Büro?«, fragt sie nach einer Weile. »Es ist spät, Boss.«

Arbeit, stimmt, da war ja was ... Ich fahre mir durch die Haare, halte Skylar und will sie nicht loslassen. Aber ich habe auch zu tun.

»Wie wäre es mit Homeoffice?«

»Du hast doch Termine!«

Recht hat sie, auch wenn ich mich gerade an keinen einzigen erinnern kann. »Was immer es ist, das kann auch Max übernehmen«, sage ich.

»Na, der wird sich freuen«, lacht sie.

»Er ist mir was schuldig«, sage ich. Für meine super Kampagne und dafür, dass ich ihm damals keinen Stress wegen der Beziehung zu Indy gemacht habe.

»Geht das einfach so?«

»Ich bin der Boss. Schon vergessen?«

»Also dann: Homeoffice.« Sie grinst. »Oder Bed-Office?«

»Bed-Office«, entscheide ich. »Warte hier, ich sag Max Bescheid und hole unsere Sachen.«

»Beeil dich!«, ruft sie nur, und ihr Blick macht deutlich, dass ich das nicht wegen der Arbeit tun soll.

Darauf kann sie wetten! Ich ziehe mir Boxerbriefs an, gehe zügig in mein Arbeitszimmer, öffne meinen Laptop und tippe die Mail an Max.

»Brr. Brr.«

Ein Handy brummt und meldet eine eingehende Nachricht. Nicht meines, sondern Skylars, in ihrer Tasche, die hier noch steht.

Ich ignoriere es.

»Brr. Brr.« *Wieder!*

»Skylar?!«, rufe ich, aber sie reagiert nicht. Ich schätze mal, weil sie mit den Gedanken ganz woanders ist.

Es scheint wichtig zu sein, also ziehe ich ihr Handy aus der Tasche, um es ihr zu bringen. Mein Blick streift dabei zufällig das Display. Und mir wird schlecht, bevor ich begreife, was ich da sehe. Die Vorschau einer Nachricht vom Geschäftsführer von *DoubleD*, der direkten Konkurrenz von *All-in* beim Pitch für *Space Air*.

DANIEL DEVILTON:
LAUT MEINEN QUELLEN HAT ALL-IN EIN KONZEPT. ICH ERWARTE ERSTE INF…

DANIEL DEVILTON:
WENN ICH BIS ENDE DER WOCHE NICHTS HABE, HAT SICH UNSER DEAL …

Das kann nicht sein! Ich schlafe noch. Das muss ein Traum sein.

Aber natürlich ist das keiner.

Einzelne Worte der Nachrichten brennen wie Säure in meinen Eingeweiden. Eines ganz besonders: DEAL. *Was für ein Deal?*

Bewusst atme ich ein und aus, weil ich, obwohl ich sitze, das Gefühl habe, gleich den Verstand zu verlieren. Und weil mir vielleicht Sauerstoff fehlt, um das alles zu verarbeiten.

Ich schließe die Augen und sehe Skylar vor mir: ihr Lachen, ihre Blicke. Wie gut sie sich mit allen bei *All-in* verstanden hat. Wie gut sie sich mit *mir* verstanden hat! Das hat sie doch nicht gespielt. So jemand ist sie nicht.

»Sky!«, rufe ich mit einer für mich völlig fremden Stimme.
»Jaaa?«, antwortet sie.
»Kommst du mal?«

KAPITEL 16

Skylar

In die Decke gewickelt, schwebe ich grinsend zu Jake in sein Arbeitszimmer. Doch bevor ich was sagen kann, erstirbt das Lächeln auf meinen Lippen, und ich verspüre das dringende Bedürfnis, mir was überzuziehen. Jake sieht seltsam aus. Nicht wie er selbst.

»Ist mit *All-in* alles in Ordnung?«, frage ich besorgt. Schließlich wollte er sich bei Max melden. Bei einem Kabelbrand würde die Sprinkleranlage Schlimmeres verhindern. Einbrüche sind auch unwahrscheinlich. Das Wertvollste bei *All-in* sind die Daten, und wenn die wegkommen, gibt es Backups. »Jake?«, frage ich, weil er mich nur ansieht und mir immer noch diesen Blick zuwirft, den ich nicht verstehe.

»Was wäre denn, wenn mit *All-in* nicht alles in Ordnung wäre?«, knurrt er finster.

»Ich schätze mal, das Wichtigste ist, dass es allen gut geht.« Fröstelnd verschränke ich die Arme vor der Brust. »Geht es allen gut? Zahra? Indy? Oder haben zu viele ihren Schnaps getrunken?«

Jake lacht nicht über meinen schlechten Witz, sondern mahlt angespannt mit dem Kiefer.

»Sag doch was!« Irritiert gehe ich zu ihm, will wie immer meine Finger in seine Haare graben, warte darauf, dass er mich näher zieht, aber es passiert das Gegenteil, er weist mich zurück. Ich muss grinsen. »Ist das so ein Spiel? Ich habe dich zuerst abgewiesen, jetzt machst du es? Böser Boss!«

Seine Mundwinkel heben sich keinen Millimeter, wenn überhaupt, dann presst er seine Lippen so fest zusammen, dass bis auf eine schmale Linie nichts mehr übrig bleibt. »Ein Spiel?«, schnaubt er. »Ja, vielleicht, aber kein gutes.« Er holt tief Luft, wie um Kraft zu sammeln. »Warum hast du dich bei *All-in* beworben?«

Okay, das Gespräch schlägt eine seltsame Richtung ein. »Ich habe den Job gebraucht.«

»New York ist für seine Kreativszene bekannt«, sagt er. »Es gibt zig andere Adressen in der Stadt.«

»Und auch dort habe ich mich beworben«, lüge ich. Schon wieder, obwohl ich damit aufhören wollte.

»Auch bei *DoubleD*?«

»J-j-ja«, stammle ich, zucke aber bei der Erwähnung des Namens meines eigentlichen Arbeitgebers unwillkürlich zusammen. *Mist.*

»Du hast dich also auch dort beworben?« Er mustert mich kühl. »Und sie haben dich *nicht* eingestellt?«

»Warum willst du das wissen?«, weiche ich ihm aus. »Jake, was ist überhaupt los?«

»Das ist dein Handy, richtig?«, fragt er weiter.

Verwirrt sehe ich ihn an. »Ja. Warum hast du es?«

»Es hat Nachrichten empfangen.«

Der Sex war eindeutig zu gut, denn ich verstehe immer noch nicht, was los ist. »Von Indy? Schreibt sie, dass was nicht stimmt?«

»Spar dir die Masche«, sagt er kühl und schaut auf den Sperrbildschirm meines Handys. »Daniel Devilton: Laut meinen Quellen hat *All-in* ein Konzept. Ich erwarte erste Inf…«, liest er vor. »Wenn ich bis Ende der Woche nichts habe, hat sich unser Deal …«

Shit!

Shit, shit, shit.

Jetzt wünschte ich, ich hätte mir was übergezogen. Das ist kein Gespräch, das man nackt führen sollte. Mit jemandem, der ebenfalls nackt ist. Ganz und gar nicht.

»Das ist nicht so, wie es aussieht«, sage ich schnell. »Jake, das musst du mir glauben.«

»Und wie ist es dann?«, knurrt er scheißwütend und pfeffert mein Handy auf den Tisch. Die Emotionen, die er zurückhält, gleichen einem Jahrhundertunwetter, und jeden Moment entlädt es sich über mir.

»Also …« Ich versuche, tief durchzuatmen, bekomme aber plötzlich keine Luft mehr. Was auch immer er denkt, stimmt. Unter Schock muss ich mich an der Tür abstützen. Der Jake von gestern würde mir helfen. Der von heute schaut mich nur weiter kalt an.

»Ich warte«, dringt seine Stimme zu mir durch.

In meinem Kopf überschlagen sich die Gedanken.

Ich war doch aus der Nummer raus.

Das hier hätte nie passieren dürfen!

»Legst du dir weitere Lügen zurecht?«

»Nein!«, rufe ich sofort. »Nein«, wiederhole ich leiser. »Ich weiß nur überhaupt nicht, wo ich beginnen soll, dir zu erklären, was los ist.«

»Wie wäre es mit dem Anfang?«

»Der Anfang ... okay.« Ich nicke wie zu mir selbst. Das kriege ich hin, auch wenn ich mir nicht ganz sicher bin, welcher Startpunkt der beste ist. Ich spule in meinem Kopf rückwärts. Zu meinem Vater. Den Geldproblemen. Zu meiner Mom. Meiner Kindheit. »Mein Dad hat uns verlassen, da war ich drei Jahre alt«, fange ich an.

»Sag mal, willst du mich verarschen?!«, donnert Jake da. »Was hat das damit zu tun?«

»Das versuche ich ja, dir zu erklären.«

Er macht eine ungeduldige Handbewegung. »Deine traurige Familiengeschichte musst du mir nicht noch mal erzählen. Erklär mir, was du mit Daniel Devilton zu tun hast und warum du zu *All-in* gekommen bist.«

Seine Worte tun weh. Denn meine ›traurige Familiengeschichte‹ ist für mich keine Geschichte, sondern mein Leben und der Grund, warum vieles so anders verlaufen ist, als ich es mir gewünscht habe. Doch den Einwand spare ich mir. Er klingt wie eine Ausrede. Davon habe ich genug gebracht.

»Daniel Devilton ist mein Chef«, gestehe ich krächzend. Tränen schießen mir sofort in die Augen, als ich die Enttäuschung in Jakes Gesicht sehe. »Ich bin Texterin bei *DoubleD*.«

»Also war dein Lebenslauf gelogen?«

»Zum Teil. Ich war wirklich bei den anderen Agenturen, allerdings vor einer Ewigkeit, als Praktikantin.«

»Wie lange arbeitest du schon für Devilton?«

»Seit über fünf Jahren. Ich bin dort eine der Texterinnen.«

»Warum bist du zu *All-in* gekommen?«

»Um ...« Ich hole tief Luft. »Um ...«, setze ich wieder an.

»Ist es so schwer, die Wahrheit zu sagen?«

»Nein«, rufe ich verletzt. »Es ist so schwer zu sehen, wie du mich hasst.« *Und wie alles, was ich immer wollte, vor meinen Augen zerfällt. Wie wir zerfallen, ohne dass ich es aufhalten kann.*

Er müsste mich beschwichtigen, doch das tut er nicht, und sein Schweigen durchdringt mich wie tausend Nadelstiche. Einen einzelnen überlebt man, aber von Tausenden stirbt man, langsam und qualvoll.

»Ich warte«, knurrt er.

Komm schon, Skylar, du bist ihm jede Antwort schuldig. Ich atme tief durch und räuspere mich. »Mein Chef wollte wissen …« Ich schlucke. »Welches Konzept *All-in* …« Wieder eine Pause. »Beim Pitch für *Space Air* verwendet.« Da ist sie, die ganze hässliche Wahrheit. Ich hätte sie Jake irgendwann erzählt, aber nicht jetzt, nicht hier, nicht so.

»Du solltest uns also auskundschaften!«, hakt er nach.

»Nur nach Informationen suchen«, sage ich abgeschwächter.

»Das ist Firmenspionage, Skylar. Das muss ich dir doch nicht erklären.«

Ich schweige betroffen, weil er natürlich recht hat. Mit allem. Nicht umsonst habe ich mich so schlecht gefühlt. Nicht umsonst habe ich versucht, die Vereinbarung mit meinem Chef zu lösen. Nicht umsonst habe ich mich so damit gequält. Weil ich wusste, dass es falsch war, und weil ich es trotzdem gemacht habe. Machen musste.

»Was ist mit dem Deal gemeint?«, fragt er kühl.

»Deal?«, wiederhole ich.

»Herrgott, Skylar, stell dich nicht dümmer an, als du bist.« Er zeigt auf mein Handy. »Der Deal! Rede.«

»Wenn ich erfolgreich bin, werde ich befördert«, piepse ich.

»Das ist alles? Es ging dir nur ums Geld?! Fuck, Skylar, ich dachte, ich kenne dich! Aber da lag ich wohl falsch. So was Egoistisches wie du ist mir noch nicht untergekommen.«

Jedes seiner Worte fühlt sich an wie Schmirgelpapier auf meiner Haut. Aber ich habe das verdient. Alles. Seine Wut, seine Enttäuschung, seine Verbitterung. »Bitte versteh doch, ich hatte keine Wahl«, sage ich, weil er bisher nur die halbe Geschichte kennt, aber alles hören muss.

»Man hat immer eine«, sagt er und wirkt plötzlich erschöpft. »Was hast du schon weitergegeben?«

»Nichts.«

Ein ungläubiger Blick trifft mich. »Du arbeitest seit Wochen für *All-in*. Fuck, du bist im Team für den Pitch, Skylar. Und das soll ich dir glauben? Für wie blöd hältst du mich eigentlich?!«

»Aber es stimmt.«

»Lass mich deine Mails sehen«, bellt er.

Er glaubt mir nicht, kein Wort, nie wieder. »Sicher«, sage ich, um zu retten, was zu retten ist, nehme mein Handy, entsperre es und reiche es ihm. Wenn ich Jake verliere, gerade jetzt, kurz nachdem wir endlich zusammengekommen sind ... *Das darf einfach nicht passieren.*

Routiniert checkt er meine Fotos und die PDFs, den Dateiordner, meinen Google- und Dropbox-Cloud-Speicher, alles, wohin ich Informationen hätte geschoben haben können. Und auch meine Mails. Vom beruflichen Konto, in dem sich die letzten Wochen nicht viel getan hat, und vom privaten, das ähnlich verwaist aussieht.

»Hast du Nachrichten gelöscht?«, fragt er. »Warum sind das so wenige?«

Tränen brennen mir in den Augen. Ich zucke hilflos mit den Schultern. Nur weil ich Texterin bin, texte ich nicht den lieben langen Tag. Ich habe nicht viele Freunde, hatte ich nie. Wem soll ich schreiben?

»Hast du noch ein zweites Handy?«, fragt er misstrauisch.

Ich schüttle den Kopf. *Sehe ich aus, als wäre ich Millionärin? Wenn ich eines hätte, hätte er es längst bemerkt.*

»Auch keines von *DoubleD*?«, hakt er nach.

Sehr witzig. Ein ersticktes Lachen entweicht meiner Kehle. *Als würden Texter bei* DoubleD *ein Firmengerät bekommen! Solcher Luxus ist nur den Chefs vorbehalten.*

»Hast du Sachen von *All-in* entwendet?«, fragt er weiter.

»Was denn für Sachen?«, frage ich verwirrt.

»Handys? Tablets?«

»Nein!«, hauche ich erschrocken, dass er mir das zutraut.

Mit einem flauen Gefühl sehe ich, wie er sich eine Notiz macht. Er wird das überprüfen. Heute noch.

»Was ist mit den Schnipseln?«, fragt er.

»Die hast du mir sogar mitgegeben«, wende ich ein, denn vielleicht bin ich eine Lügnerin, aber keine Diebin.

»Hast du die noch?«

Ich nicke.

»Die wollen wir wiederhaben.«

»Es ist Müll«, schluchze ich.

»Mit dem du gearbeitet hast.« Er zeigt auf das Foto meiner Puzzlearbeit, das er natürlich auf dem Handy entdeckt hat, und löscht es.

Ich kann die Tränen nicht länger zurückhalten. Von einer

auf die andere Sekunde verschleiern sie mir die Sicht. Hastig wische ich sie mit dem Handrücken weg, aber es folgen neue. Wenn ich nach Jakes Gesichtsausdruck gehe, hält er sie für Show. *Mist*. Stoppen kann ich sie dennoch nicht.

»Ich wollte das alles nicht«, krächze ich. »Das musst du mir glauben.«

Langsam lässt er seinen Blick über mich gleiten. Nicht so, als wolle er sich jedes Detail von mir einprägen. Sondern so, als würde er sich fragen, was an mir echt und was fake ist. »Du bist gefeuert«, sagt er schließlich kühl.

Wie angeschossen starre ich ihn an. »Wie bitte?!«

»Du bist gefeuert, Skylar.«

»Aber du weißt doch gar nicht, warum ich das alles gemacht habe! Ich habe mich doch nur darauf eingelassen, weil –«

»Das interessiert mich nicht«, schneidet er mir das Wort ab. »Kein Grund der Welt könnte das, was du getan hast, entschuldigen. Kein einziger.«

»Aber –«

»Nein, Skylar. Spar dir die Luft zum Atmen, ich will nichts weiter hören. Geh. Gib mir deine Mitarbeiterkarte, und wenn du nicht in drei Sekunden draußen bist, rufe ich den Sicherheitsdienst des Gebäudes.«

Das kann er nicht ernst meinen. »Jake, bitte, es tut mir alles so leid. Ich liebe dich«, schluchze ich.

»Bist du dir sicher? Denn soweit ich sehe, hast du keine Ahnung, was Liebe ist.«

Au. Wie geschlagen schaue ich ihn an. Schmerz durchdringt jede Faser von mir.

»Raus, Ms. Jones. Sofort!«

Jake

Wie getroffen zuckt Skylar zusammen, als ich sie aus meiner Wohnung rausschmeiße. Ein kleiner Teil von mir bedauert es, aber ein viel größerer ist wütend, verletzt und entsetzt. *Was hat sie bitte gedacht, wie ich reagiere, wenn ich herausfinde, dass sie mich und* All-in *die ganze Zeit belogen hat? Keine Ahnung, was dieses Knistern zwischen uns war, vielleicht nicht Chemie, sondern eine Fehlzündung!*

»Geh, verdammt«, herrsche ich sie an, unfähig, ihren Anblick zu ertragen, ihren halb nackten, in eine Decke gehüllten Körper, den ich gerade geliebt habe. *Fuck, geliebt*. Mir wird schlecht, wenn ich daran denke, dass das alles nur fake war. Eine Taktik.

Sie hat die Infos nicht weitergegeben, erinnere ich mich.

Sagt sie, hält eine wütende Stimme dagegen.

»Soll ich nachhelfen?«, frage ich, weil sie mich immer noch anstarrt, als könnte ich es mir anders überlegen.

Sie macht erneut einen Schritt auf mich zu, und ein Knurren entweicht mir, damit sie mir ja nicht näher kommt, mich nicht berührt, mir nicht weiter unter meine Haut geht. Blass weicht sie zurück. *Fuck*, weil ich ihr Angst mache.

So ruhig wie möglich beobachte ich, wie sie ihre *All-in*-Zugangskarte auf meinen Schreibtisch legt, ihr Handy und ihre Tasche nimmt und das Zimmer verlässt. Ich höre sie im Bad ihre Sachen einräumen, dann das Rascheln von Kleidung, und keine zehn Minuten später steht sie wieder vor mir, in einem neuen heißen Outfit, das mich kurz den Verstand verlieren lässt. Und das mich nur noch wütender macht, weil alles daran schreit, dass ihr Plan war, mich zu verführen, um an die Infos für *DoubleD* zu kommen.

»Ich liebe dich«, sagt sie erneut, mit Tränen in den Augen.

»Ich dich nicht«, erwidere ich kalt, denn die Person, die ich dachte, die sie sei, hat nie existiert. »Geh endlich!«

»Wenn du mir noch mehr Zeit gibst …«

»Nein!«, rufe ich nur, stehe auf und gehe auf sie zu. In dem Moment macht sie kehrt, weicht zurück und läuft zur Tür. Nicht wie eine abgebrühte Spionin, die gerade den Auftrag ihres Lebens vermasselt hat, sondern wie meine Skylar, die sich vor mir fürchtet. *Shit, was, wenn es ein Fehler ist?*

Ich will ihr nachlaufen, bremse mich jedoch.

Die Fakten sagen was anderes, Jake. Lass sie gehen. Es ist besser so. Du hast eh andere Sorgen.

Ich fühle mich, als würde ich einen alten Albtraum erneut durchleben. Dass die Agentur den Bach runtergeht, weil wir einen Kundenauftrag verlieren. An großen Etats hängen unglaublich viele kleine Aufträge. Sie sind wichtig. So seltsam es auch klingt, das hindert mich daran, völlig durchzudrehen. Mein Herz liegt irgendwo zerstört im Arbeitszimmer, da darf es gerne bleiben. Was ich jetzt brauche, ist mein Verstand, und der sieht wieder klar, was zu tun ist.

Ich gehe in meine Ankleide, ignoriere dabei das von Skylar und mir zerwühlte Bett und nehme mir Sachen fürs Büro. Ich springe unter die Dusche, mache mich fertig, ziehe mich an und lasse mich von einem Uber nach Manhattan bringen.

***

»Was führt dich denn hierher, Jake? Ich dachte, ihr habt euch freigenommen?«, witzelt Max, als ich die Agenturräume betrete.

»Planänderung«, knurre ich finster und signalisiere ihm mit einem Blick, dass ich Owen und ihn in meinem Büro sprechen muss.

»Alles okay?«, meint Owen einfühlsamer. »Ist was passiert?«

»Nicht hier«, sage ich und spüre, wie alle in der Agentur die Ohren spitzen. »Gleich.«

Ich stürme in mein Büro und blende die Scheiben ab, müsste mich setzen, laufe jedoch ungeduldig auf und ab, bis Max und Owen dazukommen und die Tür geschlossen ist. Nicht dass ich den Ausbruch, der in mir schlummert, vor *All-in* verbergen könnte, aber solange ich nicht laut werde, sind wir erst mal unter uns.

»Was ist los?«, fragt Max, setzt sich an den Besprechungstisch und sieht mir zu, wie ich den Teppichboden abtrete – bisher eher seine Spezialität.

»Und wo ist Skylar? Ihr wart doch zusammen«, meint Owen. »Geht es ihr gut?«

Ein Schnauben entweicht mir, dicht gefolgt von einem hysterischen Lachen. »Keine Ahnung«, zische ich. »Sie ist gefeuert.«

»Fuck, hat sich *TFA* gemeldet?«, erkundigt sich Max besorgt. »Ich schwöre, keiner von uns hat denen was von eurer Beziehung verraten. Was auch immer sie für ein Problem haben, ich rede mit ihnen.«

»Ich auch«, bietet Owen ebenfalls sofort an. *Um diese Frau, diesen Parasiten, zu retten. Widerlich.*

»Spart euch das«, sage ich. »Ich habe sie gefeuert.«

»Toll! Ich hab dir gesagt, dass ich von eurem Beziehungsscheiß nichts wissen will«, knurrt Max und steht auf.

»Setz dich!«, blaffe ich ihn an. »So ist es nicht gewesen.« Leider nicht. Denn das wäre, so seltsam es klingt, noch gut gewesen. Damit käme ich klar.

In Grundzügen erzähle ich Max und Owen, wer Skylar in Wahrheit ist und warum sie in unserer Agentur arbeiten wollte.

»Was für ein Mist!«, ist Max' erster Kommentar, als ich fertig bin.

»Und sie hat wirklich nichts weitergegeben?«, fragt Owen, der ungewöhnlich grün um die Nase ist.

»Sie sagt Nein.«

»Aber du glaubst ihr nicht?«, fragt Max.

»Tust du es denn?«, frage ich zurück.

Owen reibt sich über das Gesicht, als müsste er das erst mal verarbeiten. »Sie kennt das gesamte Konzept und hat an der Ausarbeitung mitgewirkt.«

»Ich weiß«, sage ich.

»Alle Ideen, mit denen sie zu tun hatte, sind für die Tonne.«

»Ich weiß«, sage ich wieder nur. Mir wird übel. Ich kann nicht länger hin und her laufen und setze mich auf die Schreibtischkante. »Uns bleiben nur unsere Ersatzkonzepte. Die kennt sie nicht.«

»Nein, die rühren wir nicht an«, bestimmt Max. »Das Konzept, für das wir uns entschieden haben, ist das stärkste. Wenn … ich meine, *falls DoubleD* es kennt, heißt das noch lange nicht, dass sie es genau so umsetzen. Die haben ihre Art, wir unsere.«

»Also machen wir weiter nach Plan?«, frage ich überrascht.

»Wir machen weiter«, sagt Max. »Keine Sorge. Nimm dir ein, zwei Tage, um dich zu sammeln, und komm dazu, wenn du so weit bist. Du siehst beschissen aus.«

Er meint wohl ein, zwei Tage, um jede Szene mit Skylar zu analysieren. *Nein, danke.* »Mir geht es gut«, sage ich und steuere die Tür an. »Ich informiere mein Team. Gebt ihr bitte den anderen Bescheid.«

»Jake, atme wenigstens kurz durch«, höre ich Owen noch.

»Lass ihn«, sagt Max. »Ich bin der Typ für eine Flasche Whisky. Er ist der Typ für Arbeit.«

Ich bin vor allem der Typ für Skylar. Aber *fuck*, so darf ich jetzt nicht denken.

»Zahra, ich brauche dich«, gebe ich meiner Teamleiterin Bescheid und trommle meine Leute zu einem Sondermeeting im kleinen Konferenzraum zusammen.

»Wo ist Skylar?«, fragen alle.

In der Hölle, denke ich. Doch das kann ich so nicht sagen. »Sie hat *All-in* verlassen.«

»Warum?«, hallt es von links. »Was hast du getan, Boss?«, kommt von rechts. »Das war bestimmt *TFA*«, murmelt jemand. *Wie heftig, keiner hat was geahnt!*

»Nein, das hat sie ganz alleine zu verschulden. Skylar hat *All-in* verlassen, und es ist für uns alle das Beste«, knurre ich, ohne auf die Details einzugehen.

»Tut mir leid, Boss«, sagt Zahra mitfühlend.

Scheiß auf ihr Mitgefühl! »Mir nicht«, knurre ich und verteile die Jobs, die Skylar hatte. Viele Jobs, mit wichtigen Kunden, sodass allen sofort klar wird, was sie für eine Lücke hinterlässt. Aber egal, wie schwer es wird, wir schaffen es auch ohne sie. *Jeder ist ersetzbar. Sie ist da keine Ausnahme.*

Sobald die Aufgaben neu verteilt und alle wieder an ihre Arbeit gegangen sind, verschanze ich mich in meinem Büro. Ich will arbeiten, wie immer, aber nichts ist wie immer. So als wäre jemand gestorben, herrscht eine seltsame Stimmung in der Agentur. Es ist viel leiser als sonst, keiner macht Witze, alle wirken bedrückt.

Etwas übertrieben, Leute, denke ich bissig.

Gleich darauf spüre ich erste Tränen in meinen Augen brennen. Ich kann mich nicht erinnern, wann ich zuletzt geweint habe. Das muss als Teenager gewesen sein, als ich mich gutmütig für Jane und Skylar als Frisurenmodell zur Verfügung gestellt habe. Sie haben mir Zeug ins Haar geflochten und waren so ungeschickt, dass ich das Gefühl hatte, sie würden mir sämtliche Haare ausreißen. Zum Glück war das nicht der Fall.

Fuck, Skylar …

Erinnerungen blitzen auf, mehr und mehr.

Nein, denk jetzt bloß nicht an sie.

Als ginge das so leicht. Ich habe keine Übung im Nicht-an-Skylar-Denken. Das ist etwas, was ich schon mein ganzes Leben lang gemacht habe.

»Arbeit, Jake, stürz dich in deine Arbeit«, ermahne ich mich laut.

Mit der Ansage klemme ich mich hinter meinen Computer und schaffe sogar, ein paar Mails zu beantworten. Als mir Zahra Texte schickt, die ich bearbeiten muss, starre ich sie jedoch nur an. Mein erster Gedanke ist: ›Die sind nicht so gut wie die von Skylar. Nichts ist so gut.‹ Mein zweiter ist, dass ich keine Ahnung habe, was ich mir da überhaupt anschaue. Mein dritter ist, dass das besser geht, aber mir fällt nicht ein, wie.

Verdammt, ich hatte immer Worte. Das war mein Ding. Texten war wie Atmen für mich. Jetzt habe ich nichts. Skylar ist weg und mit ihr auch all die Worte, die ich mal hatte. Nur Platzhalter wie Lorem ipsum sind noch da. *Nutzloser Scheiß!*

Verzweifelt mache ich etwas, was ich noch nie gemacht habe. Ich nehme mir aus dem Regal eines meiner vielen Wörterbücher und lese es, angefangen beim Buchstaben A. *Auf dass es hilft und mir meine Worte zurückbringt!*

KAPITEL 17

Skylar

Nein. Ich kenne so viele Worte, aber nur eines geht mir durch den Kopf. *Nein.* Nein, nichts davon ist passiert. Nein, Jake hat die Nachricht von Daniel Devilton nicht auf meinem Handy entdeckt. Nein, mein Betrug ist nicht ans Licht gekommen. Nein, Jake hat mich nicht aus seiner Wohnung und aus seinem Leben verbannt. *Einfach nur nein.*

Egal, wie oft ich mir Nein sage, es ändert nichts an den Tatsachen.

Wie ich nach Hause gekommen bin, weiß ich selbst nicht mehr. Sobald ich die Tür hinter mir geschlossen habe, habe ich keinen weiteren Schritt mehr gehen können und sitze nun in dem kleinen Flurstück neben meinen Schuhen und dem Garderobenständer.

Ich kneife fest die Augen zusammen, als könnte ich die Zeit zurückdrehen. Doch als ich sie wieder öffne, ist nichts anders. *Jake ist weg. Er hasst mich.*

Schmerz durchzieht mich so heftig, dass für einen Moment Sterne vor meinen Augen tanzen und ich fürchte, ohnmächtig zu werden.

Er ist weg. Oh Gott.

Noch eine Schmerzwelle.

Weg, weg, weg.

Wieder eine.

Ich war so damit beschäftigt, nichts mit ihm anzufangen, dass ich mir nie Gedanken darüber gemacht habe, was passieren würde, wenn wir zusammenkämen und meine Lüge auffliegen würde.

Denkt er wirklich, ich bin so kalt und berechnend? Er kennt mich doch.

Mein Körper spürt immer noch Jakes Berührungen. Seine Küsse haben sich eingebrannt. Der Sex hat Spuren hinterlassen – und eine Lücke, die immer heftiger zieht. Wie eine Wunde, die mit jeder Sekunde, die wir getrennt sind, weiter aufreißt.

Du hast ihn verloren.

Die Erkenntnis donnert immer wieder durch mich.

Du hast ihn verloren. Dieses Mal für immer.

Ich sehe ihn vor mir. Blass und mit einer Härte im Gesicht, die ich nie zuvor an ihm beobachtet habe. Für einen Moment hatte ich das Gefühl, er ringt mit sich, ob er auf mich zugehen soll. Aber es war nur ein kurzer Kampf. Mein Verrat hat jegliche Verbindung zwischen uns gekappt.

»Brr. Brr.«

Jake!, denke ich, als ich mein Handy höre, und wühle in meiner Tasche wie eine Ertrinkende, die nach dem Rettungsring greift. *Das muss Jake sein. Bitte, bitte, bitte.*

Enttäuschung durchfährt mich, als ich aufs Display schaue. Gleich darauf Wut, als ich den Namen lese. DANIEL DEVILTON.

Mehr als fünf Jahre habe ich für diesen Arsch gearbeitet, ohne Gehaltserhöhungen, ohne Anerkennung. Fünf lange Jahre. Ja, ich habe mich auf die dumme Idee eingelassen, das kann ich nicht schönreden. Aber seine Geldgier hat mich überhaupt erst in die Lage gebracht, das denkbar schlechteste Angebot der Welt anzunehmen und es für eine gute Lösung zu halten. Gott, wie ich diesen Mann hasse.

Das einzig Gute ist, dass ich durch diese Scheiße Jake wiedergetroffen habe. Egal, wie es geendet hat, egal, wie sehr es wehtut, egal, wie sehr es mich zerfetzt und ihm wehgetan hat, das ist was Positives. Nicht mal ein Silberstreif am Horizont, eher ein Silberpünktchen, aber immerhin.

Und da ist noch mehr. Wegen Devilton habe ich wundervolle Leute bei *All-in* kennengelernt. Sie hassen mich jetzt bestimmt alle, aber ich dachte immer, dass mit mir etwas nicht stimmt, weil ich keinen Anschluss in New York und bei *DoubleD* gefunden habe. Doch mit mir ist alles in Ordnung. Ich hatte nur die falschen Leute um mich herum. So was merkt man leider erst, wenn man die richtigen trifft.

Und ich habe wieder Kontakt zu Jane. Wir waren früher unzertrennlich, aber nach der Schule hatten wir uns aus den Augen verloren. Nicht nur ich, auch sie war mit ihrem Leben beschäftigt. Keine Ahnung, ob wir jemals wieder so enge Freundinnen sein können wie damals – ob wir das überhaupt sein können, wenn ihr Bruder mich hasst –, aber auch sie ist wieder ein Teil meines Lebens. Ein Stück Familie, das mir so viel bedeutet, weil ich quasi keine Familie habe. Es gibt nur meine Mom und mich.

Es braucht drei Versuche, bis ich die Nachricht meines Chefs durch den Tränenschleier erkennen kann: ICH LEGE NOCH MAL 5.000 DOLLAR IM JAHR DRAUF, WENN SIE AUCH AN DAS GRAFIKKONZEPT KOMMEN.

Fassungslosigkeit macht sich in mir breit. Es geht ihm

nur um den Etat, seinen Profit, Geld. Ich bin nur Mittel zum Zweck.

Mit zittrigen Fingern tippe ich zwei Wörter, für die ich ewig brauche, aber ich kriege sie hin und drücke auf ›Senden‹: ICH KÜNDIGE. In meinem Magen zieht es unangenehm, weil ich meinen Kontostand kenne und weiß, dass das nicht nur die Lage meiner Mom, sondern auch meine eigene verschlimmert. Doch es überwiegt die Erleichterung. Das ist die erste richtige Entscheidung seit Wochen. So richtig, dass ich gleich noch eine Nachricht hinterherschicke. PER SOFORT. So richtig, dass ich gar nicht mehr aufhören kann.

Ich: Ich werde nie wieder für Sie arbeiten.
Ich: Für kein Geld der Welt. Nicht als Texterin, nicht auf einer anderen Position.
Ich: DoubleD sollte sich auf das Drucken von Visitenkarten spezialisieren.
Ich: All-in wird den Auftrag bekommen. Weil sie besser sind. Weil sie kreativer sind. Weil sie zusammenhalten. Weil sie Spaß an ihrem Job haben.
Ich: Außerdem bieten sie gratis Getränke und Obst an. Und behandeln ihre Mitarbeitenden wie echte Menschen. Nicht wie Dreck.

Verdammt, *All-in* ist alles, was *DoubleD* nie sein wird. Ich liebe die Leute dort. Und ich liebe Jake … Das Gefühl geht nicht weg, nur weil er mich nicht mehr sehen will. So wie das Gefühl auch all die Jahre nie weg war. So wie Liebe nicht einfach verfliegt. Verliebtheit, ja, die kann verschwinden, aber nicht dieses Gefühl, bei einem Menschen zu Hause zu sein.

Wieder schießen mir Tränen in die Augen. Ich liebe ihn. Wie verrückt. Ich kann ihn doch nicht einfach aufgeben. Nicht nach allem, was war.

Schniefend richte ich mich auf und lehne mich an meine Wohnungstür.

Jane, ich brauche Jane. Einen kurzen Moment des Zögerns später tippe ich schon auf ihren Kontakt in meinem Handy und rufe sie an.

»Hallo?«, meldet sich ihre vertraute Stimme und lässt alle Dämme brechen. Weil ich jetzt jemanden habe, der mich auffängt. Der für mich da ist, egal, was mal war.

»Jane.« Schnief. »Ich habe Mist gebaut.« Schnief. »Richtig großen Mist.« Ich schlucke und habe plötzlich Angst, dass sie mich nicht erkennt. »Hier ist übrigens Skylar.«

»Das weiß ich doch, dass du es bist. Meine Güte, bist du okay?«

»Nein«, presse ich heraus.

»Komm, atme ein paarmal tief durch.« Sie macht es vor. »Du machst gar nicht mit«, beschwert sie sich.

»Doch«, krächze ich, und als sie wieder atmet, mache ich es nach und merke, wie meine Nerven sich so weit beruhigen, dass ich wieder einigermaßen normal sprechen kann. Oder zumindest so, dass meine Worte nicht vor lauter Schluchzen untergehen.

»Und jetzt erzähl mal in Ruhe, was passiert ist, Sky!«

»Von Anfang an?«, frage ich.

»Natürlich von Anfang an.«

Neuer Schmerz durchzuckt mich, weil ich mit Jake eine ähnliche Unterhaltung hatte, aber ihn der Anfang nicht interessiert hat.

»Du weißt doch, dass mein Dad meine Mom und mich sitzengelassen hat, als ich drei war«, beginne ich und mache eine Pause, um auf ihre Reaktion zu warten.

»Sicher, das weiß ich, Sky«, sagt sie verständnisvoll. »Und weiter?«

»Also gut«, schluchze ich, hole mehrmals tief Luft und beginne, ihr die ganze Geschichte zu erzählen. Den Teil, den sie bereits kennt, und den Teil, den ich bisher für mich behalten habe. Wie mein Dad uns verlassen hat. Wie meine Mom versucht hat, uns über Wasser zu halten. Wie ich schon als Kind für sie da sein musste, weil da sonst niemand war. Und wie das auch so geblieben ist, als ich nach New York gegangen bin. Wie meine Mom aus gesundheitlichen Gründen nur noch Teilzeit arbeiten konnte. Und wie ich ihr mit meinem Gehalt und meinen Ersparnissen ausgeholfen habe.

In Gedanken durchlebe ich noch mal all die kleinen Momente, die zur Katastrophe geführt haben, als wären sie gerade erst geschehen. Wie die längste Kettenreaktion der Welt, mit dem lautesten Knall am Ende. Jane fragt nur manchmal etwas nach, wenn ich zu schnell bin. Die meiste Zeit hört sie einfach nur zu.

Als ich schließlich vom Angebot von *DoubleD* erzähle, kann ich es selbst kaum glauben, dass ich mich darauf eingelassen habe. Aber ich weiß, ich würde es wieder tun. Weil ich keine andere Wahl hatte. Wäre ich nicht Jake begegnet, hätte alles gut gehen können. Ja, ich hätte dann was Illegales getan, doch niemand, der mir nahesteht, wäre verletzt worden, ich hätte mehr Geld gehabt, und meine Mom hätte in ihrem Haus bleiben können.

»Dann hat Jake alles herausgefunden …«, sage ich, atme

tief durch und erzähle ihr von den Nachrichten von meinem Chef. »Und er …« Meine Stimme bricht. »Er …«, versuche ich es noch mal.

»Er hat dich verlassen«, hilft mir Jane.

»Und *ent*lassen«, füge ich hinzu und breche erneut in Tränen aus.

»Vollidiot!«, schimpft sie.

»Ja, ich weiß, ich war dumm«, schluchze ich.

»Nicht du! Er!«, poltert sie aufgebracht.

»W-w-was sagst du?«, stammle ich überfordert. »Du stehst auf meiner Seite? Und du glaubst mir, dass ich ihn nicht verraten habe?« Ich hole tief Luft. »Dass ich *All-in* nicht verraten habe?«

»Natürlich!«, ruft sie aus. »Du konntest mich noch nie anlügen.«

»Na ja, als wir neun Jahre alt waren –«, beginne ich.

»Wurde dir nicht mein Eis geklaut, wie du behauptet hast. Es ist dir runtergefallen. Das wusste ich.«

Mir wird heiß und kalt, weil ich mich für besonders clever hielt. »Und als unsere Schulhasen alle abgehauen sind?«, frage ich nach einer anderen Gelegenheit.

»Warst das du, die sie aus Mitleid freigelassen hat, kein defekter Schließmechanismus am Käfig. Du liebst Tiere. Das wusste ich sofort«, sagt sie. »Das war doch total einfach zu durchschauen. Jeder kann das bei dir.«

»Jeder bis auf Jake«, sage ich.

»Weil die Gefühle ihm die Sicht versperren.«

Erleichtert lehne ich mich zurück und merke wieder, wo ich sitze und dass mir auf dem Boden ganz kalt geworden ist. Jane glaubt mir. Das ist mein erster Lichtblick seit einer gefühlten Ewigkeit. Wenn sie das tut, dann besteht Hoffnung.

Ich stemme mich hoch, schleppe mich zum Sofa und wickle mich in meine Tagesdecke. »Danke dir«, hauche ich erstickt und gerührt und überwältigt.

»Dafür nicht, Sky, ich bin deine Freundin, damals wie heute.«

Wie konnten wir uns nur aus den Augen verlieren? Sie ist so toll. »Du glaubst mir also wirklich?«, muss ich einfach noch mal hören.

»Tue ich.«

»Was mache ich denn jetzt, Jane? Wie kriege ich Jake dazu, mit mir zu sprechen? Egal, was dir durch den Kopf geht, ich bin offen für alles.«

»Du bist ja lustig. Erst er, jetzt du«, platzt es aus ihr heraus.

Ihre Worte ergeben keinen Sinn. »Wie meinst du das?«

Sie zögert, aber gibt sich dann einen Ruck. »Er hat mich vor ein paar Wochen um Hilfe gebeten, gefragt, wie er bei dir landen kann. Weil er bei dir nicht weitergekommen ist.«

Die Vorstellung sorgt für Wärme. »Ehrlich?«, piepse ich. »Und w-w-was hast du ihm geraten?« *Vielleicht hilft das ja auch umgekehrt …*

»Mein Tipp war dranzubleiben. Steter Tropfen höhlt den Stein. Meiner Erfahrung nach die beste Methode, um mit Sturköpfen umzugehen.«

»Das ist kein guter Rat«, sage ich.

»Hat doch geklappt, oder nicht?«

Stimmt, hat es. Wieder zerreißt es mich, aber es ist ein schöner Schmerz, weil er mit so vielen guten Momenten verbunden ist. *Wer hätte gedacht, dass ich mir mal Jakes Hand auf meinem unteren Rücken oder auch meinem Hintern wünsche?*

»Gib ihn nicht auf, Sky.«

»Werde ich nicht«, verspreche ich. Kann ich gar nicht. So glücklich wie mit ihm war ich noch nie. Und das, obwohl wir noch nicht mal richtig zusammen waren. Schon ihn an meiner Seite zu haben hat mein Leben besser gemacht. Mit ihm durchs Leben zu gehen wäre der Lottogewinn.

»Kann ich dich sonst noch unterstützen, oder deine Mom?«, fragt sie. »Ich kann einspringen mit Geld.«

Das ist so lieb von ihr, aber so weit ist es noch nicht. »Danke dir, Jane. Nicht nötig. Ich habe noch ein paar Rücklagen. Nicht mehr viel, aber für den Moment kommen ich und meine Mom klar.«

»Wenn sich eure Situation verschlimmert, melde dich. Ich weiß, dass es dir nie leichtgefallen ist, um Hilfe zu bitten, aber ich bin für dich da, verstanden?«

»Verstanden.«

Als wir auflegen, bricht wieder alles über mir zusammen. Jane hat recht, Jake kann so stur sein. Wenn er die ganze Geschichte kennt, wird er mir früher oder später verzeihen. Aber dazu muss er mir eine Chance geben, mich anhören. Nervös nehme ich mein Handy und schreibe ihm. *Konflikte klärt man besser gleich, richtig?*

Ich: Können wir reden?

Keine Antwort.

Ich: Du kennst nicht die ganze Geschichte.

Keine Antwort.

Ich: Es tut mir alles so leid.

Keine Antwort.

Ich: Ich liebe dich.

Nicht zugestellt.

Ich: Jake?

Nicht zugestellt.

Ich: Arschloch!

Nicht zugestellt.

Vielleicht ist es besser so. Beleidigungen bringen niemanden weiter. Aber was dann? Wenn nicht mal ›Tut mir leid‹ und ›Ich liebe dich‹ helfen? Blumen und Schokolade?

Du weißt, was, Skylar! All-in.

Er mag dich nicht mehr lieben, doch er liebt die Agentur, und du tust das auch. Und mit einer Sache kannst du eventuell zu ihm durchdringen. Mit dem, was alles kaputtgemacht hat: dem Konzept für Space Air.

Verheult öffne ich meinen Laptop und sehe all die Informationen, die ich für *DoubleD* gesammelt, aber nie abgeschickt habe. Dann beginne ich mit der Arbeit. *Auf dass*

Jake die Botschaft zwischen den Zeilen versteht: Ich liebe dich. Schon immer, für immer.

Jake

»Hast du einen Moment?«, fragt mich meine Schwester noch am gleichen Abend, nachdem ich Skylar aus meinem Leben entfernt habe. Sie erwischt mich im Büro, wo ich noch sitze, weil ich sicherstellen will, dass meine Haushälterin meine Laken, die Bettwäsche und die Handtücher und alles, was mich an eine gewisse Person erinnert, gewechselt hat, bevor ich nach Hause komme.

»Für dich habe ich immer Zeit, Jane. Ist was passiert?«

»Wie man es nimmt«, sagt sie.

»Nicht lustig!«, knurre ich und springe schon auf, um sofort zu ihr zu fahren. Was immer los ist, ich bin für sie da. Keine Ahnung, ob das ein Gen ist, das man als großer Bruder mitbekommt, doch bei ihr kann ich nicht anders. Entweder das, oder ich riskiere graue Haare.

»Ganz ruhig, Jake. Mir geht es gut. Aber wie geht es dir?«

»Super«, sage ich und merke noch im gleichen Augenblick, wie falsch das klingt. Ich trete an die bodentiefen Fenster, schaue auf New York und frage mich, wie ich von zig Millionen Frauen da draußen ausgerechnet auf diese eine hereinfallen konnte. »Ging schon mal besser«, korrigiere ich mich, bevor Jane mich überführen kann. »Skylar und ich …« *Ich weiß nicht, wie ich das nennen soll. Haben wir uns gestritten? Nein, das war kein Streit. Haben wir uns getrennt? Das klingt so erwachsen und einvernehmlich.* »Ich habe Skylar …«, setze ich noch mal neu an, aber finde auch jetzt keine passenden Worte. *Ich habe was getan? Sie vor die Tür gesetzt? Es ist ja nicht so, als hätte sie keine eigene Wohnung. Sie verlassen? Waren wir denn wirklich zusammen?* »Ich habe Skylar entlassen«, sage ich schließlich und atme tief durch.

»Hab ich schon gehört«, sagt sie.

Wie?, will ich fragen, da wird es mir bereits klar. »Ihr habt miteinander geredet?«

»Ja, haben wir.«

»Und jetzt rufst du an, damit ich es mir anders überlege? Jane, ich liebe dich, aber das wird nicht passieren. Diese Nummer, die sie abgezogen hat …« Ich habe immer noch keine Worte dafür. Vielleicht steht das, was ich suche, in dem Wörterbuch, das ich gerade lese, erst unter dem Buchstaben Z, vielleicht finde ich es noch, oder es gibt kein Wort für dieses Gefühl.

»Sie hatte ihre Gründe«, sagt Jane.

»Ja, die kenne ich zur Genüge«, schnaube ich. »Falls du sie auflisten willst, spar dir die Mühe. Ich habe kein Alzheimer und kann mich noch sehr genau an den Scheiß erinnern.«

»Du weißt alles?!«

»Brauchst du es schriftlich?«, blaffe ich zurück.

»So kenne ich dich gar nicht«, lässt sie das Thema fallen. »Ich dachte immer, dich wirft nie was um.«

»Falsch gedacht.« Skylar hat die Macht, mich mit einem Blick zu Fall zu bringen. Mit einem Fingerschnippen mir all meine Kraft zu rauben.

Mit einem Wort all meine Worte zu nehmen.

Ich lehne die Stirn an die Scheibe und genieße die Kälte, die mir zeigt, wie fucking heftig ich vor Wut koche. Eine Fantasie war, Skylar hier an dieser Fensterfront zu nehmen. Gut, dass ich das nicht getan habe. Eine Erinnerung weniger, die mich quälen kann.

»Es tut mir so leid für dich«, sagt sie leise. »Kann ich was tun?«

»Sie nie wieder erwähnen. Wie wäre das?«

»Oh, Jake, ich verstehe, dass du sauer bist, aber das hat sie nicht verdient.«

»Findest du?«, schnaube ich bitter. »Ich sollte ihr eher Henry, unseren Firmenanwalt, auf den Hals hetzen, und die Anwälte von *TFA* und die Staatsanwaltschaft, um wegen Betrugs und Firmenspionage zu ermitteln. Das hier, das ist mein nettes Ich, okay?«

»Soweit ich weiß, hat sie nichts weitergegeben.«

»Behauptet sie.«

»Ich glaube ihr.«

»Danke, Jane, genau das hat mir heute noch gefehlt, dass meine Schwester eher meiner Ex glaubt als mir. Wie hat sie das geschafft? Hat sie einen Lügendetektortest gemacht?«

»Ich kenne sie eben.«

Mir entweicht ein ungläubiges Schnauben.

»Außerdem kann ich sie verstehen. Ich hätte in ihrer Situation dasselbe getan.«

»Kannst du aufhören, sie zu verteidigen, und bitte auf meiner Seite stehen? Ich bin dein Bruder.«

»Sie hat sonst niemanden.«

»Fuck.« Janes Worte fühlen sich an wie ein Schlag in

die Magengrube. Weil sie recht hat. Skylar hatte nie viele Freunde. Soweit ich weiß, auch hier in New York nicht. Sie hat sich gut mit Zahra und Indy verstanden, den Frauen von *All-in*, aber nie andere Leute erwähnt. Sie ist allein, und ich möchte nicht in ihrer Haut stecken. *Aber wer so ist, hat sich das wohl selbst zuzuschreiben*, blocke ich jeden Hauch eines Gefühls für sie ab, trample auf dem kleinen Keim von Verständnis rum, damit daraus keine Pflanze wird. Denn sie hat mich verdammt noch mal verarscht, dafür habe ich kein Verständnis.

»Soll ich kommen?«, fragt Jane plötzlich.

»Warum? Willst du mich mal heulen sehen?«, rutscht mir scherzhaft raus.

»Ja, unbedingt! Dann sind wir endlich quitt«, witzelt sie. »Ich koche dir auch Suppe und massiere deine Füße.«

Ich muss lachen. Es ist kein freies, lautes Lachen, aber es ist spontan und echt.

»Besser«, sagt sie zufrieden mit sich selbst. »Was ist mit dem Pitch? Seid ihr noch dabei?«

»Auf jeden Fall. Wir machen weiter.«

»Und das kannst du? Jetzt arbeiten?«, fragt sie. »Ich könnte das nicht.«

»Es hilft, um nicht an sie zu denken«, gebe ich zu.

»Meinst du, ihr bekommt den Auftrag?«

»Ja«, sage ich selbstbewusst, auch wenn ich ohne Skylar meine Zweifel habe. Aber wenn wir nicht von unserer Arbeit überzeugt sind, wie soll es dann der Kunde sein? »Wie geht es dir denn?«, wechsle ich das Thema. Bei ihrem Job im Hotel gibt es öfter mal Ärger.

Die nächsten Minuten erzählt sie den neuesten Klatsch

und Tratsch aus Yellow Springs. Nach diesem Tag fühlt es sich so an, als würde man eine dieser alten Serien anschalten, in denen alles perfekt ist. Auf den Rasen statt zur Eingangstür geworfene Zeitungen sind die schlimmsten Probleme. Sehr entspannend.

»Rede mit ihr«, bittet mich Jane, als wir kurz davor sind, für heute Schluss zu machen.

»Du gibst wohl nie auf! Manchmal kannst du echt nerven.«

»Ich bin eben die kleine Schwester. Ich darf das, und du musst mich trotzdem gernhaben, nur für den Fall, dass es dir nicht klar ist. Und du nervst auch, du Sturkopf.«

Wir müssen beide lachen. Wie man das unter Geschwistern so macht. »Pass auf dich auf«, sage ich zum Abschied, ohne ihr was zu versprechen.

»Du auch auf dich, Jake.«

Keine Ahnung, wie das geht, denke ich, als wir das Gespräch beenden. Skylar war immer das, was ich gebraucht habe. Jetzt ist sie weg, und nichts und niemand kann sie ersetzen.

Die Erkenntnis reißt mir zum zweiten Mal heute den Boden unter den Füßen weg. Ich will die Tränen zurückhalten wie den ganzen Tag schon, aber da kommen sie. *Scheiße.*

Verzweifelt reibe ich mir über das Gesicht. Skylar hat keine einzige Träne verdient, die man ihr nachweint, nicht nach der Nummer. Aber ich kann sie nicht stoppen. Was wir hatten, war was Besonderes, und wie bei vielen besonderen Dingen weiß ich, dass man sie so nie wieder finden wird.

Arbeite!, sage ich mir, um mich zu beruhigen. *Denk nicht an sie, sondern arbeite.*

KAPITEL 18

Skylar

Eine Woche später

Mir ist schlecht. Mir ist schon wieder richtig schlecht. So schlecht wie an meinem ersten Tag bei *All-in* und bei der Lebensmittelvergiftung zusammen. Weil mein nächster Schritt darüber entscheidet, ob ich bei Jake eine zweite Chance bekomme oder nicht.

Wie verlangt habe ich die Schredderschnipsel an *All-in* zurückgeschickt, bevor ich noch mehr Ärger kriege. Danach habe ich tagelang an dem Konzept für die Airline gearbeitet. Ich habe bei *DoubleD* schon an genügend Präsentationen mitgewirkt, um zu wissen, wie man so was aufbereitet. Ich sollte die eine Agentur für die andere ausspionieren. Jetzt nutze ich meine Erfahrung von *DoubleD*, um den Leuten zu helfen, die es wirklich verdient haben, den Etat zu bekommen. Den Leuten, die mir wichtig sind.

Die Beschäftigung hat mir geholfen, nicht durchzudrehen, aber man sieht mir an, dass ich die letzten Tage viel geweint habe.

Auf wackligen Beinen durchquere ich das Foyer des Bürogebäudes an der Madison Avenue, das mir so vertraut geworden ist. Schon die Stimmung am Empfang ist so viel anders als bei

DoubleD. Keine Ahnung, woran es liegt. Vielleicht weil in dem Gebäude neben Anwälten auch Architekten und andere Kreative arbeiten. Die Atmosphäre ist voller Energie, voller Leben.

Ich habe keine Mitarbeiterkarte mehr, aber das wissen die Leute am Empfang nicht. Ich passe meine Schritte an, laufe nicht zu schnell und nicht zu langsam, und als ein Fahrstuhl kommt, mogle ich mich dazu. *Geschafft!*

Mein Herz rast. So wie an meinem ersten Tag trage ich den sehr knappen Rock und eine tief ausgeschnittene Bluse. Als ich die Sachen angezogen habe, musste ich an mein Wiedersehen mit Jake damals denken und an die Schmetterlinge in meinem Bauch. Jetzt komme ich mir albern vor. Als wollte ich ihn rumkriegen, so wie ich ihn anfangs mit meinem Outfit ablenken wollte. Irgendwie habe ich das Gefühl, dass beides schiefgehen wird, aber nun ist es zu spät. Ich fahre nicht noch mal nach Hause und ziehe mich um. Wenn ich jetzt umkehre, verliere ich den Mut – und ich verbaue mir eventuell die Chance, wieder in das Gebäude reinzukommen.

Mit vielen Zwischenstopps bewegt sich der Fahrstuhl nach oben, und in meinem Magen drückt es immer unangenehmer. *Nicht wegen schlechten Essens*, weiß ich und muss gequält lächeln, als ich an diesen furchtbaren Tag denke, an dem Jake so verdammt nett zu mir war. »Pling.« Als der Fahrstuhl auf der Etage von *All-in* hält und ich aussteige, könnte ich mich übergeben.

»Was willst du denn hier?«, fängt mich Indy ab, bevor ich zu Jakes Büro durchkomme. Sie versperrt mir den Weg, nicht mehr so herzlich wie sonst. Vermutlich weil die Runde gemacht hat, warum ich hier nicht mehr arbeite.

»Ist er da?«, frage ich.

»Nicht für dich«, zischt sie. »Geh!«

Geh?! Ihre Feindseligkeit treibt mir Tränen in die Augen, die ich hastig wegblinzle. In meiner Tasche habe ich das Konzept, ein wirklich tolles Konzept, mit dem ich hoffe, alles wiedergutzumachen. Ich wusste, dass man mich nicht mit offenen Armen empfangen wird und dass es schwer wird, mir bei Jake Gehör zu verschaffen, aber dass selbst jemand wie Indy mich abweist, verletzt mich. So ist das wohl, wenn die englische Geheimwaffe gegen einen arbeitet.

»Kann ich ihn wenigstens kurz sehen?«, krächze ich und recke mich, um an ihr vorbeizuschauen. Es ist gefühlt eine Ewigkeit her, und es ist nicht nur so, dass ich Jake vermisse, ich mache mir außerdem große Sorgen um ihn. Als ich seine Wohnung verlassen habe, sah er schrecklich aus.

Indy zögert.

»Bitte«, schiebe ich hinterher, kann die ersten Tränen nicht aufhalten und wische sie mir hastig von den Wangen. *Nicht dass sie glaubt, das sei irgendeine Nummer von mir, um Mitleid zu erwecken.*

»Ich denke wirklich, du solltest jetzt –«

»Kurz«, unterbreche ich sie verzweifelt. »Nur ganz kurz.«

Mit einem genervten Seufzen tritt sie zur Seite und zeigt auf einen der Konferenzräume. In dem Moment, in dem ich weiß, wo Jake ist, erkenne ich ihn sofort inmitten der anderen. Mein Blick gleitet wie ausgehungert über ihn. Seine Haare sind zerzaust, er ist unrasiert, und er wettert gerade gegen Zahra, was total untypisch für ihn ist. Ich habe ihn in meiner Zeit bei *All-in* nicht ein Mal die Beherrschung verlieren sehen. *Deinetwegen*, sagt mir eine leise Stimme, als würde ich das nicht wissen. *Das ist deinetwegen.*

»Hast du uns wirklich hintergangen?«, fragt Indy mich verletzt.

»Nein!«, rufe ich sofort und ringe um Fassung.

»Nein?!«, wiederholt sie überrascht. Und augenblicklich freundlicher.

»Doch, ja, ich ...« Das ist nicht der Ort und vor allem nicht die Zeit für lange Erklärungen. »Es ist kompliziert«, sage ich schließlich nur. »Ich musste es tun. Tut mir so leid.«

»Damit dir *DoubleD* mehr Geld zahlt?! Oh, ich hoffe, das war es wert.«

Schockiert starre ich Indy an. *Sie denkt, ich arbeite noch für* DoubleD *und dass ich meine Gehaltserhöhung bekommen habe?!*

»Ich hab gekündigt«, sage ich hastig. »Sie haben mir keinen Cent gezahlt. Ich habe ihnen nie was geschickt. Hat er das denn nicht erzählt? Es war alles wegen meiner Mom.«

»Moment mal!«, sagt Indy, jetzt vollends im Fragemodus, aber sie kommt nicht zu Wort, weil mich Jake bemerkt hat. Als sich unsere Blicke treffen, ist es so, als würde eine Kugel mein Herz zerfetzen. Er kommt aus dem Konferenzraum geschossen und feuert weitere auf mich ab. Eine schmerzhafter als die nächste.

»Hau ab, du hast hier nichts verloren«, brüllt er so laut durch die Etage, dass die gesamte Agentur nun zu uns schaut. Fehlt nur Popcorn, und wir wären Primetime-Unterhaltung.

Ich kann mich nicht rühren. Es ist idiotisch. Wenn ein wilder Stier auf dich zustürmt, rennst du weg und bringst dich in Sicherheit. Ich kann es nicht. Auch wenn der Aufprall wehtun wird, je länger ich nicht renne, desto mehr Zeit habe ich mit Jake. Und erst jetzt merke ich, wie sehr er mir gefehlt hat. Egal, wie wütend er ist.

Keine Sekunde später baut er sich direkt vor mir auf, sodass ich den Kopf in den Nacken legen muss, um zu ihm aufzusehen.

»Geh!«, zischt er.

»K-k-kann ich nicht.«

»Indy, ruf den Sicherheitsdienst«, sagt er, ohne mich aus den Augen zu lassen.

»Tu das nicht«, flehe ich ihn an.

»Was, das Richtige? Doch, weil ich anders als du weiß, was das ist.«

Jake

Unglaublich, dass Skylar einfach so in der Agentur auftaucht! Als hätte sie nicht schon genug Schaden angerichtet. Als würde ihr nicht reichen, alles zerstört zu haben. Nein, wie ein Gaffer muss sie sich das Trümmerfeld, das sie hinterlassen hat, auch noch anschauen.

»Jake, bitte, lass uns reden«, sagt sie.

»Wo bleibt der Sicherheitsdienst?«, blaffe ich Indy an, nicht daran interessiert, mit dieser Frau auch nur ein Wort zu wechseln.

»Soll ich ihn wirklich rufen?«, fragt Indy mich.

»Wirkt Skylar so, als würde sie von selbst gehen? Also: ja.«

»O-o-okay«, stammelt sie und geht zu einem der Telefone, um Leute vom Gebäudeservice zu informieren.

»Willst du gar nicht wissen, warum ich hier bin?«, fragt Skylar mich.

Mein Blick gleitet über sie. Sie hat geweint, das kann ich an ihren geröteten Augen erkennen. Und sie sieht müde aus. Das erkenne ich, weil mir der Anblick von meinem Spiegelbild vertraut ist. Neben der Wut regt sich jetzt so was wie Verlangen und Mitgefühl, Dinge, die ich gerade so dringend brauche wie einen Pickel am Hintern.

»Ich weiß schon, warum du gekommen bist«, knurre ich. »Um weitere Infos abzugreifen.« Ein gemeines Lächeln legt sich auf meine Lippen. »Ich schätze, die Infos, die du hast, helfen *DoubleD* nicht.«

»Nein!«, ruft sie. »Ich habe hier das Konzept.« Sie zieht eine Mappe aus ihrer Tasche. »Ich habe alles für euren Pitch.«

Immer wenn ich denke, sie kann mich nicht mehr enttäuschen, legt sie noch einen drauf. »Und du glaubst, dass ich das jetzt annehme?«, feuere ich zurück. »Wahrscheinlich sind die Unterlagen, die du uns unterjubeln willst, voller Fehler, damit *DoubleD* punktet. Erbärmlich, Skylar.«

Erschrocken sieht sie mich an. *Bravo, die Leistung ist oscarreif.*

»Hey, sei nett«, knurrt Indy und packt mich am Arm.

Wütend schüttle ich sie ab. »Das ist noch nett. Du hast ja keine Ahnung, was ich gerade tun will.« *Sie eigenständig in den Fahrstuhl schleifen – und küssen.* Ich spüre schon ihre Lippen und wie ihr Körper mir nachgibt. *Fuck, Jake, das ist der falsche Film.*

Die Fahrstuhltüren öffnen sich, und ein Mann vom Sicherheitsdienst kommt. »Sie haben ein Problem, Sir?«

»Ja, Ms. Jones möchte gerne das Gebäude verlassen.«

»Nicht, Jake«, fleht sie.

Ich starre sie nur stumm an. Falls ich was fühle, unterdrücke ich es.

»Würden Sie bitte mitkommen?«, sagt der Mann zu Skylar.

Sie rührt sich nicht. Stur wie eh und je.

»Ma'am?«

Sie rührt sich immer noch nicht. Daraufhin packt er sie am Arm und führt sie zu den Fahrstühlen.

»Schau dir das Konzept wenigstens an!«, ruft sie und wedelt mit der Mappe herum. »Die Neuerungen sind gut.«

Alles, was von ihr kommt, kann mich mal! Statt die Mappe zu nehmen, zähle ich langsam von zehn runter. Zehn, sie betreten den Fahrstuhl. Neun, der Sicherheitsmann drückt die Taste für das Erdgeschoss. Acht, er hält Skylar fester, weil sie ausbrechen will.

»Ich wollte dir helfen«, ruft sie und schleudert die Papiere zu mir. »Du kannst mich nicht ewig ignorieren, Jake. Ich liebe dich. Sag mir, was ich tun soll, und ich mache es.«

»Gehen«, antworte ich kühl. »Sofort.«

Drei, die Türen gleiten zu. Zwei, die Kabine verschwindet. Eins, sie ist weg. *Gott sei Dank, Skylar ist weg.*

Fuck, sie ist weg! Ich warte auf die Erleichterung, die einsetzen sollte, doch sie kommt nicht. Ich warte auf das Gefühl des Triumphs, aber auch das bleibt aus. Ich fühle mich wie betäubt. Wenn man mich jetzt am offenen Herzen operieren würde, ich würde es nicht spüren.

»Wow, die Sachen sind gut«, sagt Indy, die sich nach den Unterlagen gebückt und sie aufgehoben hat und sie nun durchblättert.

»Und garantiert eine Falle«, knurre ich.

»Hörst du dich eigentlich selbst reden?«, faucht sie, blättert weiter und pfeift anerkennend. »Sie arbeitet nicht mehr für *DoubleD*.«

»Und das weißt du woher?«

»Das hat sie gesagt.«

Ein Schnauben entweicht mir. *Ja klar, das beweist natürlich alles.* Enttäuscht von Indy, ihrer Leichtgläubigkeit und der ganzen verfickten Welt mache ich mich wieder auf den Weg in mein verficktes Meeting, das Skylar zur verfickt schlechtesten Zeit unterbrochen hat. Dabei spüre ich die Blicke meiner Leute auf mir. Nicht besonders freundlich. Als wäre *ich* das Arschloch, dabei hat *sie* doch alles kaputtgemacht.

»War das nötig?«, fragt mich Max vorwurfsvoll.

»Sie ist weg, nur das zählt.« Ich sehe ihn wütend an. »Du hättest mir ausreden sollen, was mit ihr anzufangen.«

»Jetzt bin ich also schuld?«

So hatte ich es eigentlich nicht gemeint, aber jetzt, da er es sagt … »Ja, du hättest auf die Einhaltung der Firmenregeln pochen müssen, statt diese Nummer auch noch zu unterstützen.«

»Also nur zur Info: Eure Beziehung hat die Agentur weniger durcheinandergebracht als eure Trennung.«

»Oh bitte, ich bin doch total bei der Sache!«

»Wenn du mit ›bei der Sache‹ meinst, dass du alles und jeden zusammenstauchst, ja, dann bist du das. Nimm dir eine Auszeit, Jake.«

»Ich brauche keine.«

»Das war keine Bitte.«

Meint er das ernst? Stumm blitzen wir uns an. Wir beide haben die Muskeln angespannt, und auch wenn wir uns noch nie geprügelt haben, irgendwann ist bekanntlich immer das erste Mal. Und unseres ist in fünf, vier, drei ...

»Hey, ihr zwei«, geht Indy dazwischen. »Wer zuerst die Nerven verliert, darf für mich Bilder suchen.«

Clevere Deeskalationsmethode! Wir stöhnen beide auf, weil das keiner übernehmen will. Die Aufgabe ist langweilig, und wenn es mich trifft, hätte ich zu viel Zeit, um an Skylar zu denken. Es wäre eine doppelte Strafe. »Fuck, sorry«, sage ich.

»Oh, du kennst das Wort also noch?«, faucht sie.

»Ja, natürlich.«

»Dann solltest du das auch *ihr* sagen.«

»Wofür bitte?«, knurre ich, auch wenn Max so aussieht, als würde er vielleicht doch noch auf mich losgehen, sollte ich meinen Tonfall gegenüber seiner Frau nicht mäßigen.

»Ihr Konzept ist großartig«, sagt Indy und blättert es weiter durch. »Sie hat mit unseren Ideen gearbeitet, und die Art, wie alles aufgebaut ist, ist der Hammer. Viel besser, als wir das bisher gemacht haben.«

»Lass mich mal sehen!«, sagt Max und schaut ihr über die Schulter.

»Wollt ihr mich verarschen?«, rufe ich und drehe mich um. »Schon mal was von einem trojanischen Pferd gehört? Sie schenkt euch irgendeinen Scheiß in einer tollen Verpackung, und wenn ihr es verwendet, stehen wir dumm da.«

»Sie hat bei *DoubleD* gekündigt«, erinnert mich Indy erneut.

»Jaja«, sage ich, weil ich das eigentlich nicht gebrauchen kann und weil es ehrlich gesagt noch weniger Sinn ergibt, warum sie dann mit dem Konzept kommt. *Weil ihr* All-in *so wichtig ist? Wohl kaum.*

Ich betrete den Konferenzraum, und meine Leute zucken zusammen. *Klasse, so weit ist es gekommen. Ich bin der Boss, vor dem man Angst hat.* »Wo waren wir stehen geblieben?«, frage ich finster in die Runde. »Zahra, habt ihr endlich die Headline? Samira, was ist mit den Instagram-Reels?«

»Ähm …«, beginnt sie und sieht dann über meine Schulter. »Was ist los, Max?«

Ich drehe mich und sehe Owen, Indy und ihn im Türrahmen stehen.

»Wir haben das Konzept«, sagt Max, mit Skylars verdammter Mappe in der Hand.

»Nicht euer Ernst!«

»Total unser Ernst. Du bist dabei oder raus.«

»Ich denke, wir entscheiden das gemeinsam.«

»Tun wir auch«, sagt Owen. »Mit Leuten, die zurechnungsfähig sind. Indy meinte, Skylar ist nicht mehr bei *DoubleD,* und …« Ava winkt hektisch im Hintergrund und hebt beide Daumen. »Und Ava hat gerade über einen Kontakt bestätigt, dass das stimmt«, redet er weiter. »Das Konzept ist super. Also krieg dich ein.«

Skylar hat die Wahrheit gesagt? Mir wird ganz anders, und tatsächlich kühlt die Info meine Nerven etwas runter. »Fuck, zeig mal«, sage ich, weil ich lieber an Arbeit denke als an Skylar und was es bedeutet, dass sie nicht mehr bei *DoubleD* ist.

Hektisch blättere ich durch die Sachen. *Gut*, denke ich. *Richtig gut. Megagut.* Ich atme tief durch und gebe mir einen Ruck. »Einverstanden, machen wir damit weiter.«

»Du beherrschst dich?«, fragt Max.

»Om!« Ich falte die Hände vor der Brust. »Ich bin die Ruhe selbst.«

»Dann lass uns weitermachen, wir haben nicht mehr viel Zeit bis zur Präsentation.«

Sehr gerne. Arbeit klingt gut. Routiniert verteile ich die nächsten Aufgaben und atme auf, weil sich das normal anfühlt in dem Chaos, in dem ich mich ansonsten befinde.

Mit einem Klopfen kommt Indy noch mal ins Büro, als die Ersten sich bereits in ihren Feierabend verabschiedet haben. »Jake? Was immer passiert ist: Verzeih ihr.«

»Wem?«, frage ich nur. »Ich habe sie schon komplett vergessen.«

»Du machst einen Fehler.«

»Tja, fehlt ja nur noch ein gutes Dutzend, damit ich mit der Person, über die wir nicht reden, quitt bin!« Demonstrativ wende ich mich wieder dem Bildschirm zu und werfe sie damit wortlos aus dem Büro.

»Tut mir leid für euch«, sagt sie leise.

Mir auch, denke ich. *Mir auch*. In meiner Brust zieht es, und hastig sperre ich die Gefühle weg. Ich will diese Wut. Die hilft. Wenn ich alles andere zulasse, dann weiß ich nicht, was aus mir wird.

Weil du sie liebst, Jake.

Ja, antworte ich mir sauer in Gedanken. Aber das heißt nicht, dass sie einen Platz in meinem Leben verdient hat. Den hat sie verwirkt. Egal, wie gut ihre Gründe waren, sie hätte mit mir reden können. Keine Ahnung, wer diese Frau war, aber nicht die, für die ich sie gehalten habe. Die war nämlich humorvoll, klug, witzig und für andere da. Ohne an die Konsequenzen zu denken. Die war keine Verräterin.

Fuck, fuck, fuck.

KAPITEL 19

Skylar

Eine Woche später

»Ich rede noch mal mit ihm«, sagt Indy, als wir in meiner Wohnung stehen und die Sachen in Kisten packen, die ich vor meinem Umzug nach Yellow Springs nicht verkauft bekommen habe. »Früher oder später wird er zur Vernunft kommen.«

Ich schenke ihr ein trauriges, aber auch dankbares Lächeln und schüttle den Kopf. Die letzte Begegnung mit Jake bei *All-in* steckt mir noch in den Knochen. Er war so voller Wut, taub für jede Art von Argument. Und so verdammt kalt zu mir. Es bringt nichts. Meine Zeit mit ihm ist vorbei, genau wie meine Zeit in New York. Um meiner Mom zu helfen, ziehe ich wieder zu ihr.

»Aber das ist doch alles nur ein großes Missverständnis«, ruft Indy empört und wickelt meine Teller für den Transport in Papier.

Nicht ganz, denke ich. »Ich habe euch belogen«, erinnere ich sie leise und schäme mich schon wieder dafür, dass ich das wirklich getan habe.

»Ja, das hast du.« Ihr vorwurfsvoller Blick trifft mich. »Aber du hast uns nicht betrogen.« Das weiß sie jetzt, weil wir uns nach meinem letzten Auftritt bei *All-in* noch mal getroffen und uns ausgesprochen haben.

»Es ist okay«, sage ich und fange an, mein Schlafzimmer für die Übergabe an den Vermieter zu putzen. Das Letzte, was ich brauche, ist, dass er mir die Endreinigung in Rechnung stellt.

»Nein, verdammt.« Sie hält mitten in ihrer Arbeit inne und sieht mich an, als wäre ich nun diejenige, die nicht mit sich reden lässt. »Vielleicht solltest du ihm zu Hause auflauern.«

»Er hat meine Nummer auf seinem Handy und mittlerweile auch auf seinem Firmentelefon gesperrt«, berichte ich. »Wenn ich ihn noch mehr belästige, lässt er mich glatt festnehmen.« Ich schlucke bitter. »Das wäre doch lustig, dann bleibe ich auf Staatskosten in New York. Als Gefangene.«

»Orange würde dir stehen«, sagt Indy in Anspielung auf die Farbe der Gefängniskleidung.

Ich verziehe das Gesicht. »Niemandem steht Orange.«

»Die Modemagazine sagen was anderes.«

»Sie lügen!« Ich weiß das, denn alle paar Jahre wird irgendeine Farbe als das neue Schwarz ausgerufen, vor Kurzem war das Orange. Nun sind die Secondhandläden, bei denen ich mich immer eindecke, voll mit dem Zeug, und dort liegt es wie Blei.

»Du könntest bei uns wohnen«, schlägt Indy vor. »Max und ich haben Platz. Das Penthouse ist groß.«

Gerührt atme ich tief durch, um jetzt nicht wieder loszuheulen. Wir haben uns schon bei *All-in* gut verstanden, aber seit meiner Entlassung sind wir richtige Freundinnen geworden. Ich schätze, weil es ihr vor einiger Zeit ähnlich ging wie mir. Sie musste auch New York verlassen und war von ihrer großen Liebe getrennt. Der Unterschied zu meiner Situation ist, dass ihre Liebe sie zurückgeliebt hat. Max ist ihr nachgereist nach England. Aber Jake wird nicht mit einem Verlobungsring in Yellow Springs auftauchen und mir einen Antrag machen. Jake will mich vergessen.

Mit dem Wischtuch in der Hand muss ich innehalten und blinzle gegen diese verfluchten Tränen an, die sich immer dann melden, wenn ich sie am wenigsten gebrauchen kann. Ich verliere den Kampf, streife mir die Putzhandschuhe ab und hole mir ein Taschentuch.

»Er kommt schon zur Vernunft«, sagt Indy, lässt die Teller liegen und umarmt mich.

»Nein, wird er nicht«, schniefe ich. Auch Jane, die Jake so mächtig auf die Nerven geht, dass er wohl ein paarmal während ihrer Gespräche aufgelegt hat, gibt ihre Hoffnung mehr und mehr auf. Statt sanfter wird Jake wütender. Wenn er könnte, würde er mehr Abstand zwischen uns bringen statt weniger. Dass ich gehe, kommt ihm sehr gelegen. Gerne auch nicht nur nach Yellow Springs, sondern gleich nach Alaska.

»Ich gebe ihm einen meiner Shots«, murmelt Indy. »Die bewirken wahre Wunder.«

Ich lache erstickt. »Damit er unter Drogen zur Vernunft kommt?! Ich erkenne dumme Ideen sofort. Das ist eine, die geht nach hinten los.«

»Nicht unbedingt.«

»So dachte ich am Anfang von alldem auch. Und du siehst ja, wo ich nun stehe.« Dabei, in meine alte Heimat zurückzukehren und mit meiner Mom zu leben. Es ist das Beste für sie und für mich. Mit ihrem kleinen Gehalt und meinen Ersparnissen können wir die Gläubiger erst mal zufriedenstellen. Da im Tourismus immer Saisonkräfte gesucht werden, bin ich mir sicher, dass ich schnell irgendwo kellnern kann. Nebenbei werde ich mich nach einem besser bezahlten Job umschauen, sodass genug Geld übrig bleibt, um die Schulden meiner Mom abzuzahlen, bis wir beide neu starten können. *In hundert Jahren oder so …*

»Wie wäre es mit fünf Shots? Die bekehren Jake bestimmt«, hakt Indy noch mal nach.

»Nein, auf keinen Fall. Deine schon gar nicht. Die kommen direkt aus der Hölle.«

»Mexiko«, korrigiert sie mich. »Aber temperaturtechnisch ist das dicht dran, so heiß, wie es da unten werden kann.« Sie wird ernster. »Geht's wieder, Heulsuse? Ich wollte dir eigentlich helfen, nicht dich ärgern.«

»Ja, geht«, schniefe ich. »Und keine Sorge, du hilfst mir.«

»Da bin ich ja froh.«

Wir machen weiter. Viel ist es nicht mehr. Um mit einem möglichst großen finanziellen Puffer nach Hause zu kommen, habe ich meine eigenen Möbel und jede Menge Secondhand-Outfits verkauft. Immerhin 2.000 Dollar kamen so zusammen. Ich nehme mir wieder meine Putzhandschuhe und mache das Schlafzimmer sauber. Indy klappert in der Küche mit den Tellern herum. Ich bin dankbar, dass sie mir hilft, aber dadurch, dass jeder seiner Aufgabe nachgeht, habe ich wieder viel zu viel Zeit, um meinen Gedanken nachzuhängen. Um Jake nachzuhängen.

Jake, Jake, Jake …

Augenblicklich zieht sich mein Körper zusammen, vermisst ihn. Seine Berührungen, sein Lächeln, seine Flirts, seine Worte. Und auch all die kleinen Dinge, die keine Worte brauchen. Die A-bis-Z-Dinge.

»Wie schlägt er sich denn?«, frage ich Indy, als ich im Schlafzimmer fertig bin.

»Gut«, sagt sie knapp, und ich weiß sofort, dass sie lügt. Ein strenger Blick genügt, und sie bricht ein. »Er ist schon da, wenn ich komme, und sitzt noch da, wenn ich gehe. Ich glaube, er fährt nur nach Hause, um seine Sachen zu wechseln und um zu duschen.«

»Wegen der Präsentation?«

»Das behauptet er. Aber ich denke, es ist deinetwegen.«

»Weiß Max davon?«

»Er nimmt ihn immer mal beiseite, doch er kann auch nicht viel ausrichten. Jake will mit niemandem über seine – Zitat – beschissenen Gefühle – Zitat Ende – reden.«

Indy muss mir nicht erklären, was das bedeutet. Jake flüchtet sich in die Arbeit, um nicht spüren zu müssen, wie sehr ich ihm wehgetan habe. Verdammt, das wollte ich nicht. Hätte ich nur früher die Karten auf den Tisch gelegt, dann wäre alles anders gekommen, bestimmt auch nicht ohne Streit, aber nicht so. Scheiß auf mein Herz. Ist es eben gebrochen. Aber dass ich seines zerstört habe …

»Okay, einen Versuch starte ich noch«, sage ich zu Indy, die mich überrascht ansieht. »Kannst du mir dein Handy geben?«

»Yes, Skylar!« Sofort springt sie hoch und holt es mir. »Er ist unter NERVENSÄGE abgespeichert.«

Ich runzle die Stirn.

»Du willst nicht wissen, wie oft ihm einfällt, dass wir Grafiker noch mal ein Wort überarbeiten sollen. Das sei ja nicht viel. Nur dass sich dann alle Absätze verschieben, die Zeilen nicht mehr stimmen, der Platz manchmal nicht reicht und ich diese ach so kleinen Änderungen zigmal machen muss.«

Da wäre ich auch genervt. »Sicher, dass du mir helfen willst?«, frage ich schmunzelnd. »Du klingst, als hätte er es verdient zu leiden.«

»Total sicher. Jetzt ist es nicht mehr nur ein Wort, sondern es sind meist vier oder fünf, die er geändert haben will. Der Mann hat neuerdings Wortfindungsstörungen. Wenn das so bleibt, brauche ich mehr Leute in meiner Abteilung. Also los!«

Nervös wähle ich die Nummer und halte den Atem an, als das Freizeichen folgt. Gleich darauf höre ich Jakes Stimme. »Sag mir nicht, du schaffst meine Änderungen nicht bis um sechs!«, schießt er sofort los. Scharf und unfreundlich und ohne Hallo. *So untypisch für ihn.*

Unsicher sehe ich zu Indy, doch sie winkt ab. Sie scheint zu wissen, wovon er spricht, hält es wohl aber nicht für so wichtig.

»Hi, ich bin's«, krächze ich.

»Wer?«, blafft er noch eine Spur eisiger.

»Du weißt, wer«, sage ich, weil er mich garantiert an der Stimme erkannt hat. »Es tut mir alles wirklich so leid. Lass es mich noch mal erklären.«

Huch! Die Verbindung bricht ab. Wie bei einem technischen Defekt, nur dass das keiner war.

»Was sagt er?«, fragt mich Indy.

»Er hat aufgelegt.«

»Los, ruf ihn noch mal an!«

Wieder wähle ich den Kontakt, wieder geht er ran. »Indy, wenn du nicht willst, dass ich dich auch blockiere, solltest du einer gewissen Person nicht dein Handy geben«, meldet er sich so laut, dass Indy, die neben mir steht, es mitbekommt, obwohl ich den Anruf nicht auf Lautsprecher gestellt habe.

»Hör ihr zu!«, sagt sie.

»Nein«, blafft er zurück. »Wenn du sonst nichts hast, hör auf, mich zu stören.« Er wartet. »Hast du was?«

»Ja, Skylar –«

Anruf beendet. Er hat erneut aufgelegt, und seine Wut donnert durch mich hindurch wie neulich, als würde er wieder vor mir stehen. Ich spüre sie wie Faustschläge, die mich bearbeiten. Und mir bleibt nichts anderes übrig, als sie zu ertragen.

»Danke«, sage ich zu Indy nur, reiche ihr das Handy zurück und sinke zu Boden.

»Scheiße!«, flucht sie, hockt sich neben mich und streicht mir über den Rücken.

»Vielleicht solltest du erledigen, was er braucht«, sage ich. »Den Rest schaffe ich alleine.«

»Sei nicht albern, ich bleib hier. So viel Zeit habe ich.«

»Nicht dass ihr meinetwegen den Etat nicht bekommt. Der Termin ist doch morgen, oder?«

»Ist er, aber wir sind fertig. Wir waren von Anfang an sehr schnell mit dem Konzept, und deine Arbeit hat noch mal alles beschleunigt.« Sie verdreht die Augen. »Es kann natürlich sein, dass Jake mal wieder die Kommata austauschen will, aber ob ich das jetzt mache oder nicht: Am Ergebnis ändert das nichts.«

Endlich mal gute Aussichten. Das freut mich.

Ich putze mir die Nase, und dann erledigen wir den Rest. Wir verpacken mein Geschirr und verstauen die Kartons in meinem alten Auto, das die meiste Zeit nur rumgestanden hat, weil ich mit der U-Bahn schneller unterwegs war. Wir putzen zusammen noch das Wohnzimmer und das Bad, und als wir fertig sind, haben wir jegliche Spur von Skylar Jones in New York beseitigt. Es ist so, als hätte es mich nie gegeben.

»Soll ich über Nacht bleiben?«, fragt Indy.

»Nein«, winke ich ab. »Geh nach Hause und steh bereit, wenn dich noch jemand für die Präsentation braucht.«

»Also sagen wir jetzt Auf Wiedersehen?«

»Ja«, krächze ich und umarme sie.

»Du bist hier immer willkommen«, sagt sie.

»Und Max und du, ihr müsst mich in Yellow Springs besuchen kommen. Die Stadt ist klein, aber für ein Wochenende genau richtig. Man kann wandern gehen, und es gibt tolle Restaurants.«

»Machen wir.«

Wir zögern beide den Abschied hinaus, aber schließlich ist es so weit. Kurz vor elf Uhr abends geht Indy, und meine letzte Nacht bricht an. Sie ist genau wie meine erste, allein und voller Ungewissheit. Ich schlafe kaum, spiele in meinem Kopf wieder und wieder durch, wie alles mit Jake so schieflaufen konnte, und vermisse ihn …

***

Am nächsten Morgen stehe ich wie gerädert auf. Bis nach Ohio ist es etwa eine Neun-Stunden-Fahrt, und ich bin froh, als ich kurz nach sechs die letzten Sachen von der Nacht in meinen Wagen hieve und meinem Vermieter die Schlüssel übergebe. Mir wird das Herz ganz schwer, als direkt nach mir ein Pärchen meine Wohnung bezieht. *Zeit zu gehen, Skylar. Los!*

Ich steige in mein Auto, das protestierend unter dem vielen Zusatzgewicht ächzt, aber anspringt, und quäle mich aus New

York City heraus. Der Stau stört mich nicht, jede Minute, die ich länger hier bin, heißt, dass mein Traum von damals noch nicht ausgeträumt ist. Doch sobald ich erst Queens und dann den Großraum New York verlassen habe und die Interstate leerer wird, wird mir ganz anders. Es ist wirklich vorbei. Alles.

Nicht weinen, sage ich mir. Das ist das Letzte, was ich jetzt brauche, rumheulen, nicht aufpassen und einen Unfall bauen.

Als eine Abzweigung für einen Tank- und Food-Court kommt, fahre ich von der Interstate und mache eine kurze Pause. Es ist frisch draußen, kein schönes Wetter, dafür trocken, auch wenn der Himmel so aussieht, als würde heute noch was herunterkommen.

Kehr um, sagt eine leise Stimme in meinem Kopf. Und ja, ich will das. Unbedingt. Doch ich kann nicht. Es ist alles geklärt. New York ist Geschichte. Jake ist Geschichte. Meine Mom erwartet mich am Abend.

Ich klemme mich wieder hinter das Lenkrad, fahre weiter und mache Musik an, um nicht daran zu denken, was ich alles zurücklasse. *Wen* ich alles zurücklasse. *Aber wie kann man aufhören, an den Menschen zu denken, den man geliebt hat, seit man vierzehn Jahre alt war? Falls es da ein Geheimrezept gibt: huhu, hallo, hierher bitte.* Mein Leben lang war dieser Mann in meinem Kopf. Selbst wenn ich wollte, ich werde ihn nie vergessen.

Kurz hinter Clintonville fängt es an zu regnen, und ich schalte die Scheibenwischer ein. Binnen Sekunden wird die Sicht immer schlechter, und ich gehe vom Gas und krieche fast über die Interstate, zusammen mit anderen PKWs, Lieferwagen und Trucks. Ein Teil von mir will schneller fahren, aber ich lasse es. Ich habe in letzter Zeit genug Fehlentscheidungen getroffen.

Als ein Schild für eine Abfahrt zu einem Rastplatz auftaucht, beschließe ich, dort das Unwetter abzuwarten. Die Spaghetti Bolognese müssen warten.

Peng!

Ein Knall ertönt wie beim Autoscooter, gleich darauf schlingert mein Wagen wie wild auf der Fahrbahn. Ich umklammere das Lenkrad und versuche krampfhaft, mich daran zu erinnern, was man tun soll. *Gegenlenken? Einfach halten? Beten?*

Beten ist gut!

Hallo, Gott, wir hatten keine besonders enge Beziehung, aber gerade jetzt könnte ich deinen Beistand gebrauchen.

Als würde mir Gott sagen: ›Zu spät!‹, gibt es einen Ruck, die Leitplanke wird zur Sprungschanze, mein Wagen verliert die Bodenhaftung, und ich überschlage mich. *Das war's.* Ich mache mir keine Illusion darüber, dass das hier gut für mich ausgeht. Ich schließe die Augen. Und da ist er, der berühmte Film. Er zeigt alle wichtigen Momente in meinem Leben. Er zeigt Jake.

Jake

So wie Max und Owen rücke ich meine Krawatte zurecht, als wir den Showroom von *Space Air* betreten, um uns für den Etat zu bewerben. Der Boden ist spiegelblank. Gitterbrücken und Transportbänder führen durch den Saal. Leuchtzeichen zeigen die Wege. Und in der Decke ist die Milchstraße mit LEDs nachgebaut. *Nicht nur das Sonnensystem, das wäre zu winzig. Nein, gleich die ganze Milchstraße!*

»Unsere Idee ist scheiße«, raune ich Owen angesichts so viel Luxus zu. »Wir haben das zu klein gedacht.«

»Vertrau mir, das ist gut«, gibt er nur zurück.

»Ruhe, ihr beiden«, zischt Max uns zu.

Eine überdimensionierte Flugzeugtür öffnet sich, und Kevin Flanders, der Vorstandsvorsitzende von *Space Air*, und zwei Assistenten nehmen uns in Empfang. »Willkommen im siebten Himmel«, begrüßt er uns.

»Wohl eher in den unendlichen Weiten«, sage ich. Was sofort für eine entspannte Stimmung sorgt. Als wäre das hier kein Geschäftstermin, sondern ein Treffen unter alten Bekannten. *Vielleicht geht ja wirklich alles gut.*

Wir betreten den Besprechungsraum, eine überdimensionierte First-Class-Lounge, und mein Herz schlägt begeistert immer schneller. Als uns die Servicekräfte in Uniformen des Kabinenpersonals der Airline die Getränke bringen, ist es vollends um mich geschehen. Ich will diesen Etat, ich will diesen Kunden, ich will für diese Leute Kampagnen machen und damit ihr Publikum begeistern.

Wie immer beginnt Max die Präsentation mit einleitenden Worten, übergibt jedoch schnell an Owen, der sich mit der Struktur der Airline am intensivsten auseinandergesetzt hat. Begeistert trägt er seine Analyse vor, ohne dabei auf die Folie zu schauen. *Yes! So gut waren wir noch nie vorbereitet.*

»Jetzt kommt der Part, auf den Sie sich besonders freuen können«, leitet Owen schließlich zu mir über. »Jake Thomas, unser Texterchef, stellt Ihnen die Inhalte der Kampagne vor.« Er grinst. »Wir haben es mit den Beispielen vielleicht etwas übertrieben, aber Sie werden verstehen, warum.«

Weil wir vernarrt in den Job sind.

Ich habe mir genau überlegt, wie ich vorgehen will. »Bilder sagen mehr als tausend Worte«, beginne ich. »Bilder sind mächtig.« Ich mache eine Pause. »Und wir alle sind von Bildern übersättigt.« Ich flippe durch ausgewählte Ziele, die *Space Air* ansteuert. »Vegas, wow!«, sage ich lahm. »Die Karibik! Welch Überraschung. Mit Palmen.« Bildwechsel. »Ägypten mit den Pyramiden.« Ich seufze. »Seit mehr als viertausend Jahren können wir sie uns anschauen. Langsam reicht es.« Ich schalte zu einem gigantischen Mosaik aus Fotos um. »Ja, Bilder sagen mehr als tausend Worte, aber am Anfang war das Wort, und wo wären wir ohne ›Ich liebe dich‹, ›Ich vertraue dir‹, ›Ich glaube dir‹?« *Fuck*, in dem Moment, als ich die Worte sage, muss ich an Skylar denken. Ich sollte wütend werden, aber da ist nichts als Sehnsucht. *Total unprofessionell.*

Ich räuspere mich.

»Bilder sind gut, aber Worte können so viel mehr.«

Ich lasse unsere ersten Kampagnenmotive wirken. Ein Spruch, ein Bild.

ERST ENTERTAINMENT BEI DER BROADWAY-SHOW,
DANN GLÜCKSMOMENTE BEIM BALI-FLOW.

Vom Savoir-vivre in einem Pariser Café direkt zur Fähre an die Nordsee.

Nonstop vom gruseligen London Tower zur sensationellen Chinesischen Mauer.

Für die Gestaltung hat sich Indy richtig ins Zeug gelegt und die Farben des Firmenlogos der Airline verwendet. Aber am meisten stechen die Headlines ins Auge, und sie machen das, was gute Worte können: Sie erzeugen Bilder.

»Unser Ansatz eignet sich für Plakate – mit viel Platz, um Preisaktionen zu kommunizieren …« Ich zeige Beispiele mit entsprechenden Flächen. »Unser Ansatz funktioniert aber auch in Mailinglisten und auf Social Media …« Jetzt zeige ich ein paar der Ideen, die von Skylar stammen. Wir haben versucht, was Besseres zu finden, aber in dem Medium war sie einfach unschlagbar.

»Und –«, setze ich an, da klingelt mein Handy. »Entschuldigung«, sage ich aus dem Konzept gebracht.

»Hast du es nicht aus?«, zischt Max verärgert.

»Doch, natürlich, nur für die Familie nicht.« Das haben wir alle so geregelt. Ich schaue aufs Display und muss schlucken. Jane. Das ist jetzt nicht der richtige Zeitpunkt für ihre Späße. »Entschuldigen Sie die Unterbrechung«, sage ich in die Runde und will einfach weitermachen. Gleich darauf meldet sie sich wieder. Unter anderen Umständen würde ich rangehen, aber seit ich mich von Skylar getrennt habe, nervt sie mich pausenlos. Und ich erinnere mich nur zu gut an die Nummer, die Indy gestern abgezogen hat. Sie hat mich angerufen und dann Skylar ihr Handy überlassen.

So eine Aktion kann ich jetzt echt nicht gebrauchen. »Sorry. Ich schalte es ganz aus«, sage ich mit einem freundlichen Lächeln und mache weiter. Ich kann spüren, wie ich die Runde für einen Moment verunsichert habe. *Auf dass ich damit nicht unsere Präsentation ruiniere.*

»Mehr!«, ruft Flanders zum Glück begeistert. »Das ist großartig. Wehe, Sie überspringen was!«

»Keine Sorge«, sage ich und lasse jedes Bild ein paar Augenblicke wirken, als ich weitermache. Da klingelt Max' Handy.

»Entschuldigung«, murmelt er, schaut kurz drauf und wirkt besorgt. Ich kann ihn verstehen. Es gibt nicht viele Menschen, die ihn stören würden. Anders als ich steht er auf. »Da muss ich rangehen«, erklärt er. »Meine Frau.«

Ich rechne damit, dass jemand in der Herrenrunde einen unpassenden Witz reißt, aber das passiert nicht. »Natürlich, gehen Sie ran«, sagt Flanders verständnisvoll. »Sollen wir warten?«

Max sieht zu mir und Owen und schüttelt den Kopf. »Ich kenne alles, und es wird auch nicht lange dauern. Danke.« Er steuert den Ausgang an, um in Ruhe mit Indy zu sprechen, dabei kann ich ihn noch hören: »Was ist los, Baby?« Pause. »Was?!« Wieder Pause. »Nein, das war richtig, dass du anrufst. Fuck.« Das klingt übel. »Fuck, fuck, fuck«, ruft er schließlich so laut, dass ich die Präsentation unterbreche. So kann ich nicht weitermachen.

Wir alle drehen uns zu ihm. Ich rechne damit, dass er sich entschuldigend an unsere potenziellen Kunden wendet, stattdessen heftet sich sein Blick auf mich. Nur mich. Und er ringt um Worte.

Mir wird anders, ohne dass ich begreife, warum.

In Zeitlupe sehe ich Max näher kommen. Er schaut mich an, als wäre jemand gestorben. Wenn ich nicht lebendig vor ihm sitzen würde, könnte ich glauben, ich bin es.

»Geh an dein Handy«, sagt er nur.

»Wie bitte?«

»Du sollst verdammt noch mal an dein Handy gehen.«

Ich verstehe gar nichts. Max wendet sich in dem Moment schon an die Leute der Airline. Mit einer todernsten Miene.

»Jetzt, Jake!«, herrscht er mich an, weil ich immer noch keinen Finger rühre, während er sich sofort wieder an *Space Air* wendet, die Unterbrechung entschuldigt und um eine längere Pause bittet.

»Wir haben später einen Termin«, sagt Flanders.

»Wir können Themen kürzer anschneiden. Keine Sorge, wir halten die Präsentationszeit ein.« Gleich darauf hält er mir mein Telefon hin. »Hörst du schwer, Jake? Geh an dein Handy!«

Ich schalte es wieder ein und sehe zig verpasste Anrufe von Jane. Nicht nur einen, zwei oder drei. Sie hat ohne Pause versucht, mich anzurufen. Und sie macht es gerade wieder.

»Ja?«, melde ich mich mit zittriger Stimme.

»Jake!«, schluchzt sie nur. »Verdammt, Jake, du musst sofort kommen.«

Mir ist, als würde jemand eine Stahlfaust in meinen Magen rammen. Ich müsste mich vom Tisch erheben, aber habe Angst, dass meine Beine mich nicht tragen. Es ist unprofessionell vor dem Kunden. Doch ich kann nicht anders.

»Geht es dir gut?«, presse ich heraus.

»Mir?«, quiekt sie. »Ja, natürlich.«

Meine Nerven drehen durch. »Jane, was ist dann los?«, frage ich so beherrscht wie möglich. »Ist was mit Mom oder Dad?«

»Nein«, sagt sie und holt tief Luft, als hätte sie Probleme mit dem Sprechen. »Es geht um Skylar. Sie hatte einen Unfall.« Meine Schwester schluckt und kämpft hörbar mit den Tränen. »Einen heftigen Unfall. Und wenn du jetzt irgendwas Dummes sagst, dann rede ich nie wieder mit dir. Nie, nie wieder, Jake.«

Das ist ihr voller Ernst. Mache ich aber nicht, denn ich kann für den Moment gar nichts sagen.

»Bist du noch dran?«, fragt sie.

Mein Hals ist wie zugeschnürt, während mein Gehirn die Information verarbeitet und verarbeitet und verarbeitet ... So langsam wie die ersten Computer, die es auf dem Markt gab.

»Jake, hallo?!«, sagt sie.

»Was ist?«, fragt mich Max besorgt.

Ich verarbeite das immer noch. Keine Ahnung, warum das so lange braucht. Aber diese paar Sätze wühlen alles in mir auf, reißen sämtliche Schutzmauern ein, hinter denen ich mich die letzten Wochen verschanzt hatte.

»Es geht um Skylar«, wiederhole ich Janes Worte. »Sie hatte einen Unfall. Einen heftigen Unfall.«

»Wenn du zu ihr willst, ist das in Ordnung«, sagt Max. »Willst du zu ihr?«

Hilflos sehe ich ihn an. Ich stehe komplett neben mir, ich kann gar nicht sagen, was ich fühle, ich spüre mich selbst nicht mehr. *Eine Welt, in der Skylar Mist gebaut hat, damit komme ich klar. Eine Welt, in der ich sie dafür hasse? Akzep-*

tabel. Eine Welt, in der wir uns nie wiedersehen? Fein. Aber eine Welt, in der es sie nicht mehr gibt? Da versagt meine Vorstellungskraft.

»Wir brechen ab«, sagt Max da, ohne dass ich ganz begreife, warum. »Wir lassen Ihnen alles hier, Mr. Flanders, und wir würden uns sehr freuen, wenn Sie uns in Betracht ziehen würden. Wir holen auch gerne die Präsentation nach, aber unter diesen Umständen können wir nicht –« Er bricht ab. Max bricht nie ab!

»Es geht schon«, sage ich, obwohl man mit mir nichts mehr anfangen kann.

»Red keinen Unsinn«, sagt Owen und greift mir unter die Arme. »Hoch mit dir!«

»Wir sind hier noch nicht fertig«, wende ich ein.

»Doch, sind wir«, meint Max.

Nur am Rande bekomme ich mit, dass er noch ein paar Worte mit den Leuten von *Space Air* wechselt und wie Owen mir das Handy abnimmt und mit meiner Schwester weiterredet. Was sie besprechen, höre ich nicht. Oder doch, tue ich, aber es ergibt keinen Sinn. Nur ein Wort kommt immer wieder bei mir an: »Skylar ... Skylar ... Skylar.« Und dann: »Wir sind unterwegs!«

»Wir?«, wiederhole ich irritiert.

»Einer für alle, alle für einen«, sagt Owen.

Sie sind all-in.

KAPITEL 20

Skylar

Ich lebe, stelle ich mit Erleichterung fest. Zumindest denke ich, dass ich lebe. Für den Himmel ist mein Zustand zu armselig. Und für die Hölle, in der ich mich schon gesehen habe, definitiv zu behaglich.

Licht kitzelt meine Augenlider. Ich kämpfe darum, sie zu heben, auch wenn der Versuch für Kopfschmerzen sorgt, aber ich mache weiter. Ich muss mit eigenen Augen sehen, dass das hier noch die normale Welt ist. *Bitte, bitte, bitte.*

»Hey, Dornröschen«, murmelt eine Frauenstimme. Janes. »Langsam. Lass dir Zeit!«

Eine schmale Hand schiebt sich in meine, drückt mich, und ich erwidere ganz leicht den Druck. Auch wenn es wehtut, so zwinge ich meine Augen, sich weiter zu öffnen. Ich blinzle hektisch, als würde ich in gleißendes Licht schauen, und erst verschwommen, dann immer klarer taucht meine beste Freundin auf.

»Wie geht es dir?«, fragt sie leise.

»Gut«, presse ich heraus. Nicht nach herkömmlichen Standards, logisch. Aber ich fühle mich den Umständen entsprechend okay. Vorsichtig bewege ich die Finger meiner anderen Hand und wackle mit den Zehen. Ich kann nicht nachsehen, aber es scheint alles noch dran zu sein. »Was ist passiert?«

»Du hattest einen Unfall.«

»Das weiß ich«, sage ich, will die Augen rollen, lasse es jedoch, als ein höllischer Schmerz mich durchfährt.

»Ja, mach das besser nicht«, sagt Jane und verzieht das Gesicht.

»Warum?«, frage ich und hebe, auch wenn es sich anfühlt, als würde ich Gewichte stemmen, meine Hand, um nach meinem Gesicht zu tasten. Auf halbem Weg greift Jane meine Hand und legt sie wieder hin.

»Du solltest dich schonen!«

»Ich hab nur die Hand gehoben«, erwidere ich, will es fauchen, aber ich klinge nicht wie eine Raubkatze, sondern eher wie ein Stubentiger.

Sie seufzt und murmelt etwas, das klingt wie: »Einer ist sturer als der andere.« Dann steht sie auf und holt ihr Handy. Als sie zur Seite weicht, wird mein Blick frei auf einen der Besucherstühle, auf dem zusammengesackt jemand sitzt, den ich kenne.

»Jake ist hier?« Ich ignoriere Jane und dass ich mich jetzt über die Kamera ihres Handys anschauen kann und sehe zu ihm.

»Ja, ist er«, flüstert sie. »Er wollte unbedingt bei dir sein, aber irgendwann konnte er nicht mehr wach bleiben und ist eingeschlafen.«

Ich kenne Jane, sie klingt amüsiert und zufrieden, allerdings auch besorgt um ihren Bruder. So kennt sie ihn nicht.

»Wie lange liege ich denn schon hier?«

»Zwei Tage«, sagt sie und fährt mir vorsichtig über die Stirn. »Du hattest einen Autounfall auf dem Weg nach Yellow Springs. Dein Wagen hat sich überschlagen.« Sie schluckt. »Der Airbag hat wohl das Schlimmste verhindert, aber Zeug von deinen Küchensachen ist nach vorne geflogen und hat dich getroffen. Du warst nicht ansprechbar, als die Rettungskräfte eingetroffen sind.«

»Deshalb die Kopfschmerzen«, murmle ich.

»Ich denke, es geht dir gut«, knurrt Jane. »Warte, ich hole den Arzt.«

»Es sind nur Kopfschmerzen«, rufe ich ihr hinterher, aber sie ist schon raus aus dem Zimmer.

Frustriert schließe ich die Augen und atme tief durch. Da spüre ich andere Hände, die mir über die Schläfen streichen. *Seine* Hände.

»Mmh«, seufze ich genießerisch. »Nicht aufhören!«

»Mach ich nicht«, sagt Jake.

Meine Augenlider sind in den letzten paar Minuten schwerer geworden, aber ich zwinge sie wieder nach oben. »Es tut mir so leid, Jake.«

»Das war doch nicht deine Schuld, Sky.«

Ich glaube, wir reden von verschiedenen Dingen. »Nein, das, was ich getan habe.« Alles ist noch da. Eine kleine Amnesie wäre jetzt ganz nett, aber so einfach macht es mir das Schicksal nicht. Ich erinnere mich genau an das Angebot von Daniel Devilton, daran, dass ich *All-in* verraten sollte und erst viel zu spät begriffen habe, dass ich das nicht kann. Und an das Ende. Daran erinnere ich mich ebenfalls.

»Mir tut es leid, dass ich nicht für dich da war, Sky. Was kann ich tun?«

»Küss mich!«, sage ich müde.

»Sicher?«

Mein eben noch schmerzender Körper reagiert plötzlich

auf andere Weise, auf angenehme und vertraute Weise. »Ja«, hauche ich nur.

Ganz vorsichtig stützt sich Jake neben meinem Kopf ab, kurz darauf treffen seine Lippen meine. Auch wenn es wehtut, erwidere ich den Kuss und seufze frustriert, als sich Jake für meinen Geschmack viel zu schnell zurückzieht.

»Besser?«, fragt er und streichelt wieder über meine Schläfe.

»Nein«, sage ich, weil ich ihn nicht mehr anlügen will.

Seltsamerweise lächelt er, als wäre das was Gutes.

Ich habe ihm noch so viel zu sagen, aber mein Körper lässt mich im Stich. Das war wohl alles zu viel auf einmal. Ich merke, wie ich wieder einschlafe. »Bleibst du?«, frage ich.

»Auf jeden Fall.«

Das genügt mir fürs Erste.

***

Als ich das nächste Mal erwache, ist ein Arzt im Raum, der meine Werte überprüft. Es muss deutlich später als vorhin sein, denn die Sonne steht tiefer. »Jake?«, murmle ich benommen und versuche, wacher zu werden.

»Er holt sich Kaffee«, höre ich Janes Stimme, wende meinen Kopf in die Richtung, aus der sie kam, und sehe meine beste Freundin.

»Au«, ächze ich, weil die Bewegung wehtut.

»Auf einer Skala von eins bis zehn, wie stark sind die Kopfschmerzen?«, fragt mich der Arzt.

»Auszuhalten«, sage ich. »Wie nach einer Nacht mit zu viel Alkohol.« *Keine Ahnung, welche Zahl das ergibt.*

»Vier?«, fragt er.

»Vier«, bestätige ich.

»Gut«, meint er. »Wenn sie schlimmer werden, rufen Sie

jemanden vom Pflegepersonal. Aber so wie alles aussieht, verheilen die Verletzungen gut. Sie haben jede Menge Prellungen und Verletzungen im Gesicht und am Arm, die wir nähen mussten, doch das wird wieder, Ms. Jones.«

»Danke, Dr. Lopez«, sagt Jane und setzt sich wieder zu mir, als er das Zimmer verlässt.

»Wie sehe ich aus?«, frage ich amüsiert und tatsächlich fitter als vorhin.

Jane holt wieder ihr Handy, geht in den Selfie-Modus der Kamera, und ich quietsche, als ich mich erblicke. Ich bin eine Frau mit geschwollenen Augen, zwei genähten Schnitten an der Stirn, einem Kopfverband, einer aufgeplatzten Lippe, einer blau verfärbten Gesichtshälfte und einer Halskrause! Manchmal sagt man ja, man fühlt sich matschig. Nun, mein Gesicht sieht definitiv so aus. Und Jake hat nicht mit der Wimper gezuckt und mich geküsst! Als wäre ich die tollste Frau auf der Welt. Kein Wunder, dass er so vorsichtig war.

»Ich sehe aus wie eine überfahrene Katze«, stelle ich fest.

»Wenn, dann eine angefahrene, schließlich lebst du noch«, korrigiert Jane mich und schluckt. »Du hattest wirklich großes Glück. Erinnerst du dich an den Unfall?«

»Es hat wahnsinnig viel geregnet«, sage ich.

»Warum bist du nicht langsamer gefahren?«, macht sich Jakes knurrende Stimme verärgert bemerkbar. Er kommt zu mir und setzt sich Jane gegenüber auf die andere Bettseite.

»Bin ich doch!«, rufe ich. *Was denkt er denn von mir?*

»Du hättest rechts ranfahren können«, schiebt er hinterher, stellt seinen Kaffee ab und nimmt meine Hand, ganz anders, als er klingt, wieder sehr sanft. Als könnte ich unter zu viel Druck zerbrechen.

»Ich wollte die nächste Abfahrt nehmen«, erkläre ich. »Dann gab es einen Knall, als hätte mich ein anderer Wagen gerammt. Der Rest ging zu schnell.« Ich versuche, mich an Einzelheiten zu erinnern, aber das Letzte, was mir in den Sinn kommt, ist, wie ich immerzu an Jake denken musste.

Jane und ihr Bruder werfen sich skeptische Blicke zu.

»Was?«, frage ich.

»Die Polizei hat keinen anderen Wagen erwähnt.«

»Dann war es kein Wagen, sondern was anderes. Vielleicht ist ein Reifen geplatzt. Den Knall habe ich mir jedenfalls nicht eingebildet«, murmle ich finster. »Das musst du mir glauben!«

»Du hast ganz schön was abbekommen«, meint er ausweichend, und sein Blick scannt erneut mein Gesicht und wird schmerzerfüllt, als würden ihm meine Verletzungen so wehtun wie mir.

Enttäuscht schweige ich und merke, dass ich wieder müder werde. Für diese Art Diskussion habe ich gerade keine Kraft.

»Ja«, sagt er schließlich. »Ja, ich glaube dir, Sky. Wenn ich mich recht erinnere, bist du nicht die beste Autofahrerin. Aber deshalb gehst du auch keine Risiken ein.«

»Ich fahre toll«, sage ich.

Er und seine Schwester lachen wie aufs Wort.

»Wie gemein von euch!«, rufe ich.

»Du fährst wie eine Achtzigjährige«, spricht Jane das aus, was sich Jake offensichtlich verkneift. »Du fährst immer deutlich unter der Höchstgrenze. Du machst Schulterblicke, als könnte sich in letzter Sekunde noch jemand auf deine Spur beamen. Und du brauchst zum Einparken in Lücken, die so breit sind wie ganze Footballfelder, trotzdem mindestens drei Versuche.«

»Drei Versuche sind doch okay«, maule ich. Dabei weiß ich, dass sie recht hat. Jake hat mich damals als Volljähriger beim Fahren begleitet, und mir ist bis heute nicht ganz klar, wie er meine Fahrkünste ertragen hat. Wobei ... Wahrscheinlich, weil er mich einfach schon immer mochte.

»Alles gut?«, fragt Jake sanft.

»Ja«, sage ich. »Und bei dir?«

»Mir?«, tut er überrascht.

»Du siehst müde aus.«

»Er hat sich geweigert, sich auszuruhen und zu schlafen«, sagt Jane. »Ich zitiere: Ich habe so viel Zeit mit ihr verpasst, ich verpasse keine weitere Sekunde.« Sie grinst. »Süß, oder?«

Seinem Gesichtsausdruck nach will Jake seine Schwester erwürgen. Aber warum auch immer ihm das unangenehm ist, mir gefällt es. Dass er hier ist. Bei mir. Nach allem, was passiert ist. Und dass er so über mich redet.

»Was ist mit dem Pitch?«, frage ich.

»Keine Ahnung«, antwortet er.

»Wie, keine Ahnung?!«

»Wir waren in der Präsentation, als Jane mich angerufen hat.«

»Dich versucht hat anzurufen«, fällt sie ihm ins Wort. »Woraufhin er mich ignoriert hat. Ich musste erst in der Agentur anrufen, habe Indy erreicht, die wiederum Max anrufen musste, und erst dann habe ich meinen Bruder ans Telefon gekriegt. Dabei weiß er, ich würde ihn tagsüber nie stören, wenn es nicht wichtig wäre.«

»Ich dachte, Skylar benutzt dich, um an mich ranzukommen«, brummt er entschuldigend.

»Würde ich nie«, töne ich.

Jake hebt skeptisch die Augenbrauen.

Stimmt, Indy beziehungsweise ihr Handy hatte ich benutzt.

»Sorry«, sage ich nur, dabei tut es mir nicht leid, ich hätte alles gemacht, um zu ihm durchzudringen. »Und was ist jetzt mit dem Pitch?«, frage ich.

»Wir haben die Präsentation abgebrochen. Wir alle«, sagt Jake.

»Ihr habt was?!«, rege ich mich auf, was sofort für heftigere Kopfschmerzen sorgt.

»Vielleicht reden wir besser später weiter«, meint Jake und streichelt beruhigend meine Schläfe. Mir ist mittlerweile klar, warum. Das ist eine der wenigen Stellen, die nicht blau ist, sondern noch nach Mensch und nicht nach zermatschter Pflaume aussieht.

»Nein, sag schon, wie es mit der Airline lief«, drängle ich.

Jake reibt sich das unrasierte Kinn. »Als Jane mir erzählt hat, dass du einen Unfall hattest, stand ich völlig neben mir.«

»Er war ein Zombie«, kichert Jane, woraufhin er ihr wieder böse Blicke zuwirft. »Ein Wrack«, korrigiert sie sich, was Jakes Blick nach nicht besser ist. »Eine wandelnde Leiche.«

»Das ist ein Zombie«, knurrt er.

»Du warst ein süßer Zombie«, meint sie wie ein Friedensangebot an ihren Bruder. »Er stand so neben sich, dass ihn die anderen hierher begleitet haben.«

»Aber ihr habt so hart für den Kunden gearbeitet«, rufe ich. »Wie konntet ihr euren Termin einfach abbrechen?«

»Er war nicht wichtig«, sagt er. »Einer für alle und alle für einen. Wir machen die Dinge entweder gemeinsam oder gar nicht. Und bevor du dich aufregst: Es ist okay. Niemand ist sauer auf dich. Wir haben, bis der Anruf kam, auf jeden

Fall gepunktet. *Space Air* hat unsere Unterlagen, und alle waren sehr verständnisvoll.« Jetzt grinst Jake, und mich durchfährt es warm. »Sie haben sich sogar nach dir erkundigt. Keine Ahnung, was das bedeutet, aber zumindest legen sie es uns nicht negativ aus, dass die Familie vorgeht.«

»Familie?«, krächze ich.

»Natürlich Familie!«, sagt Jake. »Das warst du immer, das wirst du immer sein. Egal, wie viel Mist du baust.« Er holt tief Luft. »Egal, wie viel Mist ich baue.«

»Aber trotzdem, all die Arbeit ...«, seufze ich enttäuscht.

»Sie ist nicht wichtiger als die Menschen, die man liebt«, sagt Jake.

»Du ... liebst ... mich?«

»Ich lass euch mal allein«, höre ich Jane sagen. Ich kriege am Rand mit, wie sie das Zimmer verlässt, doch ich kann nur zu Jake schauen.

»Ja, ich liebe dich, Sky.«

»Wieder?«, frage ich ängstlich.

»Immer noch.« Er seufzt, als wäre das was Schlimmes, aber sein Blick sagt, dass er mich nur aufziehen will.

»Also verzeihst du mir?«

»Ja. Schließlich wolltest du nur deiner Mom helfen.«

»Du weißt es!«

»Jane hat es mir erzählt. Ich hätte dir gleich zuhören müssen. Sorry. Ich war so ein Arsch. Ich liebe *All-in*, aber falls es nicht klar ist: Kein Job der Welt ist wichtiger als der Mensch, den man liebt.« Er schluckt. »Verzeihst du mir denn auch?«

»Vielleicht«, sage ich mit einem Lächeln und habe plötzlich das Gefühl, ich habe eine weitere Dosis Schmerzmittel bekommen, so leicht fühle ich mich. Aber niemand hat was an meiner Infusion geändert. Es sind Jakes Worte, die mir so helfen. Seine Worte, die sich wie Balsam auf die Stellen legen, die die Medikation nicht erreichen konnte. Seine Worte, die alles wiedergutmachen.

Jake

Vielleicht? Sie verzeiht mir nur vielleicht?! Mir wird heiß und kalt, und wäre Skylar nicht verletzt, würde ich sofort alle Register ziehen, damit daraus ein Ja wird. Aber ich lasse es, denn sie schläft wieder ein. Mit einem Lächeln, das mich unendlich erleichtert und mir Hoffnung schenkt. *Fuck*, hab ich dieses Lächeln vermisst.

Obwohl ich hundemüde bin, zwinge ich mich, wach zu bleiben. Jane hat es richtig gesagt: weil ich keine Sekunde mit Skylar verpassen will. Aber auch, weil ich wahnsinnige Angst habe, dass im Schlaf irgendetwas mit ihr passiert. Wenn sie Hilfe braucht, soll sie welche bekommen.

Ich halte ihre schmale Hand, zähle die Sommersprossen auf ihrem Gesicht, lausche ihren Atemzügen und kämpfe gegen die immer stärker werdende Müdigkeit an.

Wieder brodelt in mir dieses Gefühlschaos. Die Vorstellung, Skylar zu verlieren, war so, als würde mir jemand die Luft zum Atmen nehmen. Ich kannte noch nicht mal die ganze Geschichte, aber ich wusste in dem Moment schon, dass ich nicht ohne sie leben kann. Und als mir Jane dann erzählt hat, dass Skylar das alles nur getan hat, um ihrer Mom zu helfen, habe ich mich wie der größte Arsch der Welt gefühlt.

Indy hat uns aus New York begleitet, und sie hat mir außerdem berichtet, dass Skylar wirklich den Job gekündigt und ihr Apartment in Queens aufgegeben hat. Ich gebe zu, um die Wohnung ist es kein Verlust. Sie war nicht groß und lag in einer reinen Wohngegend, nicht dort, wo das Leben tobt. Dass sie jedoch einen Großteil ihrer Klamotten verkaufen musste, ärgert mich. Ich hoffe, sie findet schnell neue. *Skylar ohne ihre extravaganten Outfits ist wie New York ohne den Broadway.*

»Es tut mir so leid«, murmle ich an ihrem Bett, nicht zum ersten Mal und sehr sicher nicht zum letzten. Rational weiß ich, dass so ein Unfall immer passieren kann, und keiner gibt mir die Schuld daran. Aber hätte ich mich erwachsener verhalten, wäre alles anders gekommen.

»Du solltest schlafen«, murmelt sie nach einer Weile, als sie wieder wach wird.

Ich betrachte sie, sehe die Verletzungen, die schlimm aussehen, aber schnell heilen werden, und die, die sie und mich für immer an diesen Unfall erinnern werden, weil Narben zurückbleiben werden.

»Geht schon«, sage ich und küsse vorsichtig ihren Mundwinkel.

»Mmh«, seufzt sie genießerisch. »Mehr.«

»Mehr ist nicht drin«, sage ich und weiche zurück.

»*Etwas* mehr«, schiebt sie hinterher und greift meine Hand fester als beim letzten Mal.

»Ich werde dir wehtun«, sage ich. Ihr ganzer Körper ist voller blauer Flecke. Dazu kommen zahlreiche kleinere Schnittwunden von ihren fucking Küchenmessern, die sie fahrlässig in einer Kiste verstaut hatte, die sich beim Unfall geöffnet hat. *Texten kann sie, packen nicht.*

»Bitte«, sagt sie nur und zieht meinen Arm zu sich. »Hier ist Platz, Jake.«

»Auf deinem Bett?«

»Ja, ich muss nur zur Seite rücken.« Sie macht tatsächlich Anstalten, sich zu bewegen, und keucht dabei erschöpft.

»Bist du irre?!«, blaffe ich sie an.

»Du hilfst mir ja nicht.«

Es fehlt nicht viel, und ihr bricht der Schweiß aus. »Du bist unmöglich«, sage nun zur Abwechslung ich, greife ein und schiebe sie zur Seite, bevor sie all die Fortschritte der letzten Tage zunichtemacht.

»Jetzt ist Platz. Komm her«, sagt sie. »Oder ist dir peinlich, hier mit mir zu liegen?«

Damit kriegt sie mich, das weiß sie ganz genau. Sie ist die einzige Person, für die ich alles tue, was sie verlangt. Ich ziehe mir auch ein Hasenkostüm an und laufe damit zwischen all den Anzugträgern die Wall Street auf und ab, wenn sie das glücklich macht.

»Nichts mit dir ist mir peinlich«, sage ich und lege mich zu ihr.

»Perfekte Antwort«, seufzt sie und schmiegt sich mit ihrer halbwegs gesunden Seite an mich.

»Gut?«, frage ich.

»Gut. Und für dich?«

»Ich erdrücke dich.«

»Du wärmst mich.«

Langsam entspanne ich mich. Ihr Duft steigt mir über den Geruch von Desinfektionsmittel hinweg in die Nase.

Ein Duft, der mir signalisiert, dass alles in Ordnung ist. Gleich darauf spüre ich ihre Finger in meinen Haaren, und das ist alles, was ich brauche. Irgendetwas wollte ich sie noch fragen, aber die Erschöpfung holt mich ein.

***

»Piep, piep, piep«, weckt mich ein Geräusch auf. Ich schrecke wie vom Blitz getroffen hoch. »Skylar?!«, keuche ich.

»Entspann dich, mir geht es gut«, sagt sie sofort.

Ich sehe zu ihr. Das Piepen bleibt, doch es kommt nicht von ihrer Seite, sondern von außerhalb des Zimmers. Weil es Nacht ist und sehr ruhig, habe ich es nur deutlicher gehört als am Tag, wenn ein Alarm auf der Station losging. Erleichtert lasse ich mich wieder auf die Matratze sinken.

»Wie lange habe ich geschlafen?«, frage ich.

»Sieben Stunden.«

»Wow. Fühlt sich nicht so an.«

»Weil du wahrscheinlich noch mehr Schlaf brauchst.« Ich spüre ihren Blick auf mir. »Du siehst immer noch müde aus, Jake.«

»Besser als überfahren«, kontere ich und bereue sofort meine Worte. Zum Glück lacht sie leise. Ich drehe mich zu ihr und streichle wieder die Stelle an ihrer Schläfe, die heil ist. »Es tut mir wirklich alles so leid«, sage ich.

»Das ist nicht deine Schuld.«

»Ich bin mir sicher, Jane sieht das anders.«

»Ja, sie ist ziemlich sauer. Aber auch sie weiß, dass du nichts für den Unfall kannst.«

»Hätte ich dir zugehört –«

Sie legt mir einen Finger auf die Lippen. »Ich kann es verstehen, Jake. Schon gut.«

»Nicht schon gut«, widerspreche ich ihr und schnappe nach ihrem Finger. »Ich war dumm und verletzt und überfordert. Das ist alles keine Entschuldigung, und trotzdem kann ich mich nur entschuldigen und hoffen, dass du mir verzeihst. Es tut mir alles unendlich leid«, sage ich voller Aufrichtigkeit. »Ich werde nie wieder an dir zweifeln. Versprochen, Sky.«

»Du bist wirklich noch nicht richtig fit, oder?«, neckt sie mich. »Ich hab dir doch längst verziehen.«

»Vorhin hast du auf meine Frage mit ›vielleicht‹ geantwortet.«

»Ich fand, das hast du verdient«, sagt sie lächelnd. »Aber hast du verlernt, zwischen den Zeilen zu lesen? Das war ein Ja, Jake. Natürlich verzeihe ich dir.«

»Wirklich?!«

»Ja, wirklich, du Dummie. Schon vergessen? Du bist der Mann, den ich liebe. Ich werde dir immer verzeihen, auch wenn du mich echt schlecht behandelt hast. Also kann ich nur hoffen, dass du das nie wieder tust.«

»Sehr sicher nicht«, sage ich, muss völlig unpassend grinsen und wackle mit den Augenbrauen. »Es sei denn, du willst es.«

Plötzlich knistert die Luft zwischen uns, und sie haut mich leicht. »Klasse, Jake, jetzt will ich dich, und es geht nicht.«

»Aber du bist mir nicht ernsthaft böse, oder?«

»Nein.« Sie rückt zu mir. »Außerdem geht es dir ja wohl mindestens genauso. Das stimmt mich versöhnlich.«

»Sorry«, sage ich nur und küsse eine Stelle auf ihrer Schulter, die ebenfalls heil ist.

Sie stöhnt frustriert und murmelt etwas, das wie »Unfair!« klingt.

»Nur kuscheln«, sage ich, wie ich es schon mal getan habe.

Sie seufzt. »Jake, diesmal wirklich nur kuscheln.«

***

Skylar verbringt eine Woche im Krankenhaus, und ich bleibe die ganze Zeit bei ihr. Weil ich am Anfang so neben mir stand, waren auch Max, Indy, Owen und Jane da, aber nachdem ich endlich etwas Schlaf bekommen habe und wieder klar denken kann, verabschieden sich die New Yorker. Meine Schwester organisiert Skylar und mir noch Sachen, dann geht sie ebenfalls.

Wir reden viel, wie immer und doch anders. Noch mehr als sonst erzählt Skylar von ihrer Mom, und ich ärgere mich, dass mir nie aufgefallen ist, wie arm ihre Familie ist. Als ich vom Ausmaß der Geldprobleme höre, wird mir ganz anders. Jahrelang ging es gerade so gut, auch weil Skylar ihre Mom unterstützt hat, aber ab dem Moment, als sie nur noch halbtags arbeiten konnte, wurde das Geld immer knapper. Von ihrem Ex-Mann konnte sie nichts erwarten, also haben beide Frauen das getan, was sie kannten: sich durchgeschlagen. Zu zweit.

»Wir finden eine Lösung für deine Mom«, verspreche ich ihr. »Und eine, die dich wieder nach New York bringt. Zu mir und zu *All-in*.«

»Zu dir?«

»Mein Loft ist groß.«

»Okay, zu dir«, sagt sie lächelnd. »Und was ist mit *All-in*? Bist du sicher, dass ich wieder in der Agentur arbeiten soll?«

»Ich wäre ein schlechter Chef, wenn ich dein Talent ignorieren würde.«

»Ich bin mir sicher, es gibt bessere Texterinnen.«

»Keine wie dich, Sky.«

***

Sobald Skylar entlassen wird, begleite ich sie nach Yellow Springs, wo wir die nächsten Wochen bei meinen Eltern bleiben, bis sie sich vollständig erholt hat. Dort hat sie alles, anders als im Haus ihrer Mutter, die wir jeden Tag besuchen – und die auch bei uns jederzeit willkommen ist.

Als Skylars Verletzungen abgeheilt sind, überlegen wir alle gemeinsam, wie wir ihrer Mom helfen können. Fakt ist, der Schuldenberg ist groß, und sie wird das Haus verlieren, doch sie wird nicht auf der Straße landen. Sie gehört jetzt zur Familie. Das lasse ich nicht zu.

»Ich übernehme die Schulden«, biete ich an, was mir schon die ganze Zeit durch den Kopf geht. Es ist viel, aber nicht so viel, dass ich es mir nicht leisten könnte.

»Bist du verrückt geworden?!«, quietscht Skylar auf meinem Schoß sitzend und fühlt meine Stirn, als wäre ich krank. »Wir reden von beinahe 60.000 Dollar.«

»Ich habe das Geld«, sage ich und streiche über ihren Oberschenkel.

»Und einen Dachschaden«, grummelt sie.

»Dein Vater und ich haben eine bessere Idee, eine, die auch langfristig hilft«, sagt meine Mom. »Was haltet ihr davon, wenn sie in unsere Scheune zieht?«

»Wir überlegen schon eine Weile, was wir mit dem Gebäude machen«, fügt mein Dad hinzu. »Wir haben beschlossen, es auszubauen und zu vermieten. Das wäre perfekt.«

Das klingt tatsächlich ziemlich gut. Und es wäre immer jemand in der Nähe, wenn Skylars Mom Hilfe braucht.

»Wie hoch soll denn die Miete sein?«, fragt Skylar.

Warnend schaue ich meine Eltern an, bloß nichts Falsches

zu sagen. So wie ich wissen sie mittlerweile, dass Skylars Mutter nicht so viel Geld hat.

»200 Dollar«, sagt meine Mom zum Glück. *Das ist fast geschenkt.*

Skylar sieht jedoch nicht so happy aus, wie ich es erwartet hätte. »Was ist los?«, frage ich, jetzt mehr denn je darauf bedacht, ihr zuzuhören, damit es keine neuen Missverständnisse gibt.

»Der Umbau wird dauern«, sagt sie. »So viel Zeit hat meine Mutter nicht. Sie verliert das Haus eher.«

»Bis dahin kann sie unser Gästezimmer beziehen«, biete ich an und sehe erneut warnend zu meinen Eltern. »Richtig, Mom?«

»Natürlich«, erwidert sie sofort.

»Was sagst du, Mom?«, fragt Skylar ihre Mutter.

»Mir fehlen die Worte. Wie könnte ich da Nein sagen?! Vielen Dank!« Sie hat vor Freude Tränen in den Augen. »Skylar, hilf mir! Du bist doch Texterin. Was sagt man da noch?«

»Keine Sorge, das war genau richtig, Mom. Weniger ist manchmal mehr.«

Meine Eltern bereden mit Skylars Mutter die Pläne, Skylar und ich können da nicht mehr viel beisteuern.

»Geht schon«, sagt meine Mom, als sie sieht, wie Skylar sich entspannt an mich lehnt und mit ihren Fingern über meinen Unterarm streicht. »Wir können den Rest auch ohne euch klären.«

»Sicher?«, fragt Skylar in die Runde.

»Natürlich«, sagt ihre Mutter.

Sehr gut, denn es gibt eine Sache, die ich unbedingt mit

Skylar machen möchte. Ich beuge mich zu ihr und streife mit meinen Lippen ihr Ohr. »Darf ich dir mein Zimmer zeigen?«

»Das kenne ich doch. Ich übernachte dort mit dir.«

»So meine ich das nicht«, sage ich mit einem Zwinkern.

Skylar stöhnt.

»Zu früh?«, frage ich und meine den Sex. »Wenn das hier zu viel ist, warte ich noch.« *Irgendwie.*

»Kein bisschen zu früh«, sagt sie. »Eher zehn Jahre zu spät. Zeig mir dein Zimmer, Jake.«

Ich stehe mit ihr auf und hebe sie hoch, immer noch etwas vorsichtig, auch wenn alle Verletzungen gut abgeheilt sind. Sie schlingt ihre Beine um mich, und in dem Moment, als ich die Hitze zwischen ihren Schenkeln spüre, weiß ich, dass die Nummer unrühmlich schnell gehen wird. Ich brauche sie, sie mich. Das letzte Mal ist einfach zu lange her. Es muss nicht perfekt sein, sondern jetzt sofort.

Ich trage Skylar in mein Zimmer, schließe die Tür hinter mir und lege sie auf dem Bett ab. Ihre Hände sind sofort an meinen Jeans, meine sind an ihrem Rock, und wir reißen uns die Kleidung vom Leib, als würden wir einen Weltrekordversuch unternehmen.

»Ich bin vorsichtig«, sage ich zu ihr, als wir beide nichts mehr anhaben, nur noch uns spüren.

»Musst du nicht sein!«, antwortet sie, weil sie mich genauso dringend braucht wie ich sie.

Ich greife prüfend an ihre Pussy, spüre ihre Feuchtigkeit, öffne ihre Beine und positioniere mich. »Letzte Chance, es sich anders zu überlegen. Drei, zwei, eins …«, zähle ich leise runter. »Zu spät.«

Ich packe sie und schiebe mich mit einem harten Stoß in

sie. Und sobald ich sie spüre, *uns* spüre, wird mir klar, dass ich was vergessen habe. »Kondom?«, frage ich nur, dabei liebe ich, nur uns zu spüren.

»Egal«, sagt sie.

»Wirklich?«, hake ich nach, damit uns beiden klar ist, was das bedeutet. Kein normaler Sex, sondern einer, aus dem mehr werden kann. Eine ganze Familie.

»Wirklich«, antwortet sie.

Dann übernehmen meine Instinkte. Ich will mehr, immer mehr, genau wie sie. Ich beuge mich über sie, küsse ihren Hals, küsse Stellen, wo die Blutergüsse waren, die nun weg sind, küsse die alte Skylar und die neue, küsse *meine* Skylar.

»Ich komme gleich«, stöhnt sie da.

»Warte noch!«

»Kann ich nicht!«

Kurz darauf pulsiert ihr Unterleib, sie explodiert und zieht mich mit sich, so wie sie das immer getan hat. Ich spüre uns, nur uns, und nie hat sich etwas besser angefühlt.

»Freu mich schon, das zu wiederholen«, sage ich, drehe mich auf den Rücken, ziehe sie auf mich und lege meine Hand auf ihren unteren Rücken. »Dann gerne etwas langsamer.«

»Ich freu mich auch darauf«, sagt sie. »Auch wenn es so genau richtig war. Du warst all-in.« Sie legt den Kopf zurück und sieht mich an. »Und ich bin es auch, mit dir, Jake. Schon immer, für immer.«

»Schon immer, für immer«, wiederhole ich die besten Worte der Welt. Denn was ist Liebe anderes, als all-in zu sein?

EPILOG

Skylar

Einen Monat später

Es ist so still bei *All-in*, dass ich mich kaum traue zu atmen. Jakes Hand auf meinem unteren Rücken verkrampft sich. Jeder hat sich in den großen Konferenzraum gequetscht und starrt wie gebannt zur Beamer-Leinwand und auf die Website, auf der um sechs Uhr die Ergebnisse des jährlichen US-Agenturrankings veröffentlicht werden. Die Grafiker sind hier, die Kontakter und meine Abteilung, die Texter.

Neun, acht, sieben …

Neben mir zählt Indy lautlos die Sekunden runter, bis es 18 Uhr ist. Max steht hinter ihr und fährt sich durch die Haare, für einen souveränen Agenturchef ziemlich nervös.

Sechs, fünf, vier …

Eden, die Marketingleiterin unseres Kunden *Parker Resorts* und die Freundin von Owen, ist extra vorbeigekommen, um heute dabei zu sein. Und um ihren Freund zu unterstützen, der ungewöhnlich grün um die Nase aussieht. Falls er einen Spuckeimer braucht, ich kann die Papierkörbe empfehlen …

Drei, zwei, eins …

Das Ergebnis erscheint. Ganz oben stehen drei Agenturen, die im letzten Jahr schon stark waren. Wenig überraschend, dass wir dort nicht auftauchen.

Wir! Freude durchfährt mich, denn ich gehöre jetzt dazu. Als Teamleiterin von drei Textern, die nur für *Space Air* da sind, denn *All-in* hat den Etat bekommen. Trotz der abgebrochenen Präsentation. So gut war sie.

»Scroll nach unten!«, ruft Indy Owen zu.

»Mache ich doch!«

»Schneller!«, rufe ich, weil er das gefühlt in Zeitlupe macht.

»Ich bin gründlich.«

»Dafür lieben wir dich«, sagt Eden. »Aber nicht jetzt. Beeil dich etwas!«

Er beeilt sich. Große Namen laufen über den Bildschirm. Auch *DoubleD*, was mir einen Stich versetzt. Doch bei zahlreichen zahlungskräftigen Kunden im Banken- und Versicherungsumfeld wundert es mich nicht. Für das Ranking zählt nicht Kreativität, sondern der erwirtschaftete Umsatz, das Business. In dem Punkt war Daniel Devilton schon immer gut.

Und da ist plötzlich *All-in*. Auf Platz 14! *Wow!*

Jake hat mir verraten, dass Max, Owen und er mit einer hinteren Platzierung gerechnet haben. Zwar haben wir *Parker Resorts* als Großkunden und neu auch *Space Air*, aber *All-in* hat sich vom Agenturnetzwerk *TFA* getrennt. Um wieder unabhängiger zu sein – und um keinen Stress mit Beziehungen am Arbeitsplatz zu haben. Dadurch ist die Bilanz etwas schlechter, doch das scheint nicht so viel ausgemacht zu haben wie gedacht.

Spontan falle ich Jake um den Hals und küsse ihn.

»Was bekomme ich, wenn wir mal auf Platz eins sind?«, raunt er mir zu.

»Streng dich an und finde es nächstes Jahr heraus«, necke ich ihn.

»Challenge accepted«, sagt er. »Habe ja jetzt die beste Texterin der Welt an meiner Seite, um das zu schaffen.«

Hat er. Auf jeden Fall. Und wenn nicht die beste, dann die, die ihn am meisten liebt. Das ist doch auch was.

»Teatime«, trällert Indy, und mit einem Schlag erwacht die Agentur aus ihrer angespannten Warterei, und wildes Geschnatter bricht aus.

»Nicht hier!«, sagt Max, bevor Indy ihren Schnaps aus der Hölle verteilen kann. Er klatscht in die Hände und ruft alle für eine Minute noch mal zur Räson.

»Urgs«, macht Indy neben mir. »Jetzt kommt wieder eine seiner Reden!«

Ein Lachen entweicht mir, aber nicht über Max, sondern über Indys Reaktion. Mein Blick trifft Jakes, und er nickt. Er sieht das wie ich. Die Reden sind absichtlich so schlecht. Sie sprechen das Helfersyndrom von uns an und sollen die Stimmung auflockern.

»Liebe *All-inner*, wir wollten hoch hinaus und sind tief gefallen. Wie Ikarus, der zur Sonne wollte, haben wir uns die Flügelchen verbrannt«, beginnt Max. »Aber wir lassen uns nicht die Flügel stutzen. Fehlt auch einer, wir machen weiter! Selbst wenn wir keinen haben, hören wir nie auf. Wie Phönix aus der Asche sind wir aufgestiegen, haben alles gegeben, waren all-in.«

Jubel ertönt an der Stelle, auch von mir.

»Und es hat sich gelohnt«, macht Max weiter. »Wir sind wieder aufgestiegen, in ruhiger Reiseflughöhe unterwegs, wo uns kein Sturm mehr was anhaben kann. Über uns der unendliche Weltraum, unter uns die Erde. Lassen wir uns weiter dahingleiten, nehmen wir jedes Unwetter, wie es kommt, und genießen wir den Rückenwind, der uns vorantreibt.«

Indy vergräbt peinlich berührt ihr Gesicht in der Hand. Jake als jemand, der es hundertmal besser könnte, ist dagegen der Erste, der lautstark applaudiert, als Max fertig ist.

Gott, ich liebe diesen Mann. Ich liebe die Atmosphäre bei All-in. *Und ich liebe sogar diese gut gemeinten, schlecht gehaltenen Ansprachen, die meine Texterohren zum Bluten bringen.*

Die letzten Worte von Max retten noch die Rede. »Das muss gefeiert werden. Auf geht's! Unten warten Busse auf euch!«

Sofort herrscht Aufbruchstimmung, als wäre ein Ausverkauf bei Tiffany's gestartet. *Jeder Diamant heute nur einen Dollar.*

»Hast du nicht behauptet, ihr hättet keine Location gefunden?!«, murmle ich überrascht zu Jake. Damit bin ich nicht alleine. Indy und Eden geht es genauso. Uns war klar, dass wir heute was zu feiern haben, aber weil wir nichts von der Organisation mitbekommen haben, haben wir auf eine Party in der Agentur getippt.

Jake grinst nur breit. »Tja, war wohl gelogen.«

»Ich denke, wir lügen uns nicht mehr an«, knurre ich und schaffe es dabei, halb sauer und halb begeistert zu klingen. Immerhin steht eine Party an.

»Ein paar Geheimnisse müssen sein, Sky.«

Ich behalte meine finstere Miene mit Mühe und Not bei, nicht weil ich sauer bin, sondern weil ich ihn aus der Reserve locken will.

»Ich mache es später auch wieder gut«, flüstert er mir ins Ohr und schiebt seine Hand von meinem unteren Rücken etwas tiefer. *Oha!*

Mein Körper steht sofort wie unter Strom. »Warum nicht gleich jetzt?«, frage ich und sehe, wie die anderen gehen. »In fünf Minuten haben wir die Agentur für uns.«

»Später«, wiederholt Jake nur mit einem Lächeln.

»Du kannst echt warten?! Auf mich?« Ich drücke mich an ihn und lasse ihn meine Wärme spüren. Heute trage ich einen Faltenrock aus den Fünfzigerjahren und ein eng anliegendes, tief ausgeschnittenes Top, das meinen Brustansatz zeigt und verrät, dass ich keinen BH anhabe. Nicht um zu provozieren, sondern weil keiner darunter gepasst hat. Und was Jake mit mir anstellt, sieht er deutlich, denn meine Brustwarzen zeichnen sich hart unter dem Stoff ab.

»Ich konnte zehn Jahre warten, ich kann es auch jetzt«, sagt er.

Guter Punkt. Ich ringe mit mir, ob ich ihn weiter bezirzen sollte. Früher oder später hätte ich Erfolg. Aber es siegt meine Neugierde. Ich habe von einer legendären Feier auf einer Jacht gehört. Das war abgefahren! Und ich kenne Indys Geschichte im *Escape*, einer Luxusbar in Manhattan mit Separees und einer tollen Dachterrasse – und dem Flaschendrehen, das ihr Leben verändert hat. Ich frage mich, was es dieses Mal ist.

»Kommt ihr auch noch?«, ruft uns Zahra vom Fahrstuhl aus zu.

»Sind unterwegs«, antwortet Jake und schiebt mich, die Hand auf meinem unteren Rücken wie ein Versprechen, vorwärts.

***

»Ihr seid verrückt«, rufe ich, als die schwarzen Busse mit den *All-innern* eine Stunde später vor einer Lagerhalle in Jersey halten, die aber keine Lagerhalle mehr ist, sondern ein *All-in*-Casino. »Das ist viel zu teuer, Jake!«

»Günstiger, als du denkst«, erklärt Max, der mich gehört hat. »Es gibt zig Veranstalter, die so was auf die Beine stellen. Alles ist gemietet, und die Getränke hätten wir ja sowieso bezahlt.«

»Aber Geld zu verzocken ...«

»Spielgeld«, korrigiert er mich und reicht mir einen Stapel Chips. »Viel Spaß beim Verprassen.«

Über einen roten Teppich betreten wir die umgebaute Halle und werden von Lachen, Musik und jeder Menge Geklingel und Gebimmel von den Spielautomaten begrüßt.

»Sie sind doch erst kurz vor uns hier angekommen«, staune ich, weil das Casino so aussieht, als würde jeder seit Stunden spielen.

»Du weißt doch, wir sind all-in«, sagt Jake. »Wir brauchen keine Aufwärmphase.«

»Dann bin ich hier ja richtig«, raune ich ihm zu. »Ich nämlich auch nicht.« Ich ziehe ihn am Kragen zu mir. »Ist *jetzt* zufällig *später*?« *Bitte, bitte, bitte.* Die Atmosphäre und Jake verdrehen mir mächtig den Kopf. Meine Hormone tun ihr Übriges.

»*Jetzt* sollten wir erst mal was trinken!«

Zack, landet seine Hand wieder auf meinem unteren Rücken, fast meinem Hintern, weil er mich ärgern will. Hitze schießt durch mich, Verlangen, Liebe, alles.

»Ein Bier und einen Long Island Iced Tea, bitte«, bestellt Jake an der Bar, und mein Herz rast.

Sollte ich es ihm jetzt sagen? Nervös beobachte ich, wie der Barkeeper die Getränke bereitstellt. Er füllt das Bier ab, dann will er meinen Drink mixen. »Für mich nur ein Wasser«, werfe ich ein.

»Alles okay?«, fragt Jake und bemerkt endlich, wie hibbelig ich bin.

»Ähm … ja«, sage ich, bin froh, dass der Barkeeper mir schnell ein Glas reicht, und nehme hastig ein paar Schlucke.

»Wir haben uns versprochen, uns nicht anzulügen«, knurrt er finster.

»Außer bei Überraschungen«, gebe ich seine Worte von vorhin zurück.

»Raus damit, Sky!«

»Ich weiß gar nicht, wie ich es sagen soll«, stammle ich nun, was für eine Texterin immer wieder erbärmlich ist. Unser Job ist es, Worte zu haben, nicht um sie verlegen zu sein.

»Egal, wie du es sagst, tu es einfach!«, meint er sanft.

Ich lege meine Arme um seinen Hals, liebe, wie er sofort seine Arme um mich legt und mich an sich zieht. »Es ist wirklich früh«, sage ich.

»Früh?«, wiederholt er irritiert.

»Ich war auch noch nicht beim Arzt.«

»Beim Arzt?!«, wiederholt er jetzt noch angespannter.

»Es kann auch alles falscher Alarm sein. Ich bin immer pünktlich.«

»Pünktlich?«

»Ich glaube, ich bin schwanger«, sage ich endlich. »Deshalb das Wasser.« Und deshalb auch dieser wirklich heftige Sexdrive. Mit Schwangerschaftsübelkeit rechnet man, aber nicht damit.

»Du bist schwanger!«, sagt er nur und grinst breit.

»Ich *glaube,* ich bin schwanger«, korrigiere ich ihn.

»Wir bekommen ein Baby.«

»*Vielleicht*«, füge ich hinzu.

»Warum zum Henker sagst du mir das nicht sofort?«

»Weil ich erst fünf Tage überfällig bin. Ich wollte dich nicht beunruhigen.«

»Sky, mit so was beunruhigst du mich doch nicht.« Er zieht mich an sich und umarmt mich, wie er es noch nie gemacht hat, als wollte er seinen Körper komplett um meinen falten. »Wenn was passiert, was wichtig für dich ist, dann ist das auch wichtig für mich.«

»Es könnte nicht klappen«, sage ich.

»Oder es könnte klappen«, erwidert er begeistert. »Richtig?«

Ich kann nur nicken und weiß nicht, wohin mit meinen Gefühlen.

»Okay, jetzt«, sagt er nur.

»Was jetzt?«

Er sieht mich hitzig an. »Na, was wohl!«

Jake

In meinem Kopf rattert es, wo man in diesem Casino für sich sein kann. *Nirgends, absolut nirgends.* Es gibt keine Separees, keine Nischen, keinen Ort, wo man ungestört ist.

Nur die Busse, mit denen wir gekommen sind!, fällt mir plötzlich ein. *Große Tourbusse, die eine brauchbare hintere Sitzreihe haben – und blickdichte Scheiben.*

»Komm mit!«, sage ich nur, nehme Skylar an der Hand und ziehe sie mit mir nach draußen.

»Ich treib es nicht mit dir in einem Hinterhof«, warnt sie mich.

»Musst du auch nicht.«

Ich entdecke einen der Fahrer, die durch ihre schwarzen Anzüge auffallen, der sich gerade die Beine vertritt, und verlange nach dem Schlüssel.

»Nicht dein Ernst!«, ruft Skylar.

»Und ob«, sage ich, bin froh, dass der Fahrer keine dummen Fragen stellt, auf den zweiten Bus zeigt und mir den Schlüssel gibt.

»Rein mit dir«, sage ich zu Sky, als wir den Bus erreichen, lasse sie vorgehen, folge ihr und verriegele die Tür hinter mir.

»Und jetzt?«, fragt sie.

»Geh nach hinten durch! Befehl vom Boss.«

Sie weicht brav zurück und behält mich im Blick. »Was als Nächstes, Boss?«

»Zieh dein Oberteil aus!«

Sie macht es, ohne zu zögern.

»Und nun der Rock!«, fordere ich.

Sie streift ihn ab, und hungrig gleitet mein Blick über ihren Körper, den ich so verdammt genau kenne, der so viel mitgemacht hat und der vielleicht bald unser Baby tragen wird. *Hilfe, ist das heiß!*

»Jetzt den Slip?«, fragt sie, als sie bei der hintersten Sitzreihe des Busses angekommen ist.

»Nein«, knurre ich und erreiche sie. »Den übernehme ich. Du hilfst mir aus dem Hemd.«

Sofort stürzen sich ihre Finger auf die Knöpfe meines Oberteils. Ich beuge mich zu ihr, küsse sie, greife an ihrem Höschen vorbei zwischen ihre Beine und schiebe meine Finger in ihre Feuchtigkeit.

Stöhnend hält sie bei ihrer Aufgabe inne.

»Weitermachen, Sky«, keuche ich ihr ins Ohr.

Frustriert zerrt sie an den letzten Knöpfen und streift mir das Hemd über die Schultern.

»Jetzt meine Hose!«, sage ich und spüre ihre Hände schon an meinem Gürtel, bevor ich den Satz beendet habe. Sie reibt über meine Erektion, und *verdammt*, das alles hier dauert mir viel zu lange.

»Du bringst mich um«, stöhne ich. Ich mache kurzen Prozess mit ihrem Slip, schiebe mir selbst die Hose tiefer, drücke sie auf dem Polster zurück und dringe in sie, so schnell, wie ich mich traue.

»Mehr!«, keucht sie.

»Ja«, antworte ich, bewege mich jedoch weiter beherrscht.

»Nein, halte dich nicht zurück.«

»Ich will euch nicht wehtun.«

»Euch?«, fragt sie nach und erschauert unter mir.

»Euch«, sage ich sanft.

»Du tust mir weh, wenn du nicht schneller machst. Bitte, Jake.« Sie greift an meinen Hintern und schickt Signale direkt von dort zu meinem Schwanz.

»Fuck, Sky«, keuche ich nur und verliere wie so oft mit ihr die Kontrolle. Ich packe sie an der Hüfte, ziehe sie an mich und benutze ihren Körper, benutze sie, lasse es zu, dass sie mich benutzt. Es sollte mich nicht so anmachen, aber ich liebe dieses Gefühl, dass sie ein Teil von mir ist und ich ein Teil von ihr bin. So wie es schon immer sein sollte.

»Ja, Jake, mehr!«, keucht sie, als ich sie genau so halte, dass ich sie ganz einnehmen kann.

»Nicht genug?«, frage ich nur.

»Von dir? Nie«, sagt sie. »Wie immer, schon immer, für immer.«

Oh, ich weiß, dass sie mich manchmal echt nervig findet, aber das ändert nichts daran, dass sie mich immer in ihrer Nähe haben will, so wie ich sie.

»Jake!«, ruft sie nur, greift an meine Schultern und schaut mich verzweifelt so kurz vor ihrem Höhepunkt an. Mein Lieblingsblick von ihr: wenn ich alles bin, was sie braucht.

Ich greife an ihre Klit, kreise leicht mit den Hüften, küsse sie und spüre, wie sie wenig später kommt. Gleich darauf zieht sie mich mit sich. Ich stoße in sie, komme und zittere, als mir klar wird, dass wir entweder jetzt Sex haben und ein Baby zeugen oder schon eines haben. *Wie perfekt kann bitte alles sein?*

»Geht es dir gut?«, frage ich wie so oft danach.

»Total gut«, sagt sie, zieht mich zu sich und döst ein.

»Ich bin zu schwer«, sage ich.

»Du bist genau richtig.«

Obwohl ich ihr glaube, verlagere ich ein ganz klein wenig mein Gewicht. Sie protestiert leise, aber bremst mich nicht.

»Ich liebe dich«, sage ich, den einzigen Klassiker, der nie alt wird.

»Und ich liebe dich«, sagt sie. »Voll und ganz, alles an dir, alles mit dir, alles.«

Für einen Moment befürchte ich, dass ich die letzten Wochen nur geträumt habe, dass sie und ich hier sind und wir jetzt ein gemeinsames Leben haben. Aber das ist kein Traum, sondern passiert wirklich. Das Schicksal hat uns eine zweite Chance gegeben, und wie so oft bei zweiten Chancen muss man beweisen, dass man sie auch verdient hat, und das haben wir beide.

»Lass uns wieder reingehen«, sagt Skylar nach einer Weile. »Ich muss meine Spielchips noch einsetzen.«

»Du meinst verlieren? Am Ende gewinnt doch immer die Bank.«

»Nicht heute«, sagt sie lachend. »Ich habe eine Glückssträhne.«

Wir ziehen uns an und verlassen Hand in Hand den Bus. Im Casino grinsen uns Indy und Max an. Auch Eden und Owen tun es. Irgendwie alle. Ich bin mir sicher, dass sich nicht der Sex rumgesprochen hat – oder zumindest nicht ausschließlich –, sondern die Wasserbestellung. Das und dass wir so plötzlich weg waren, lässt jetzt nicht allzu viel Interpretationsspielraum.

»Sie wissen es, oder?«, fragt Skylar.

»Ja, sieht so aus«, antworte ich. »Unser Kind wird verdammt viele Onkel und Tanten haben.«

»Eine riesige Familie«, haucht Skylar, die selbst bis vor Kurzem nur ihre Mom hatte.

»Ist das okay?«

»Das ist wundervoll!«

Sie packt mich fester an der Hand und zerrt mich zu den Roulettetischen und setzt alle ihre Chips auf Rot, die Farbe der Liebe.

»Bist du dir sicher?«, frage ich.

»Wer nicht wagt, der nicht gewinnt.«

Der Croupier wartet auf die Einsätze und bringt die Kugel ins Rollen. Es ist egal, auf welcher Zahl sie zum Stehen kommt. Denn wenn man all-in geht, kann man durchaus mal ein Spiel verlieren, aber am Ende gewinnt immer die Liebe.

Ende

MEHR VON PHILIPPA

Reihen

Colorado Kisses
Always You Forever Us
Maybe You Finally Us

Time for Passion
All We Have Is Today
You Were Mine Yesterday
Forever Yours Tomorrow

Miami Rebels
One uncontrollable Kiss
Two unforgettable Lessons
Three unbreakable Hearts

Lawyers, Love & Lace
You Can't Escape Love - Begehren . Vertrauen . Lieben
You Can't Control Love - Im Zweifel für die Liebe

Tease & Please
Tease & Please - berührt und verführt
Tease & Please - entdeckt und erweckt
Tease & Please - hart und zart
Tease & Please - Heiß im Eis
Tease & Please - Wut und Glut
Tease & Please - befreit und bereit
Tease & Please - Wahl oder Qual
Tease & Please - Geben und Nehmen

Einzeltitel

Mister Sweet Mistake
Burning Kisses Under The Stars - Echte Leidenschaft
Romance Love - Vollkommen dir ergeben
Pulse of Passion - Sehnsucht nach dir

Philippa L. Andersson lebt und arbeitet in Berlin. 2012 erschien ihre erste Kurzgeschichte. 2013 folgte ihr erster Roman »In deinen Armen«. 2017 war sie mit »You Can't Escape Love Begehren . Vertrauen . Lieben« erstmals in der BILD-Bestsellerliste. Viele ihrer Romane gibt es auch als Hörbuch. Wenn sie nicht schreibt, joggt sie durch ihren Kiez, entdeckt neue Restaurants oder lässt sich vom Leben inspirieren.

Newsletter

Abonniere den Newsletter von Philippa und verpass keine Neuerscheinung der Autorin.
Deine Daten werden nicht weitergegeben.
www.philippalandersson.de/newsletter

Kontakt

www.philippalandersson.de
www.facebook.com/PhilippaLAndersson
www.instagram.com/philippal.andersson
www.tiktok.com/@philippalandersson